# Re:제로

Re: Life in a different world from zero

## 부터 시작하는 이세계 생활

강풍을 두른 일격과
파괴의 상징인 무지개색 극광——
그러나 그 두 가지 위협 앞에서도
알파르드는 흉악하게 이를 드러내며 비웃었다.

「——진짜,
형님은 상상이랑 똑같아서 끝내줘.」

「엘 크라우젤리아——!」

소리치는 알파르드의 정면에서 율리우스가 기사검을 겨누며 영창했다.

「호아아아압——!!」

그 눈부신 빛을 뒤따라 리카드가 포석이 깨질 기세로 정면에 돌진한다.

둑이 터진 듯
그때까지 억누르던 감정이
흘러넘치는 신부들.

"나도 싫어." "싫었어." "계속 싫었어." "싫어. 진짜 싫어."
"정신이 나갔어." "머리가 이상해."
"누가 좋아하겠어." "저 자신만 좋아할 뿐."
"머릿속에서 몇 번이나 거부했어." "울고 싶었어."
"근데 불가능했어." "싫어." "죽으면 좋을 텐데."
"정말 싫어." "싫어, 싫어, 싫어. 진짜로 싫어."
"눈매가 싫어." "말투가 싫어." "걸음걸이가 싫어." "성격이 싫어."
"인간성을 사랑 못하겠어." "어제보다 싫어." "내일이 더 싫어."
"역겨워."

「소녀를 만지는 것을 허하마.

드레스의 등을 잠가라.」

「으힝」

「노래꾼을 데리고 춤추는 이상
소녀도 그에 걸맞은
복장이어야만 하는 법.」

# Re: Life in a different world from zero

The only ability I got in a different world "Returns by Death"
I die again and again to save her.

## CONTENTS

프롤로그
『혼전도시』
003

제1장
『탐욕 공략전 개막』
042

제2장
『화염도시 찬가』
112

제3장
『절연장에 사인을』
151

제4장
『릴리아나 마스커레이드』
225

제5장
『──믿어.』
275

제6장
『레굴루스 코르니아스』
309

# Re:제로

## 부터 시작하는 이세계 생활

Re: Life in a different world from zero

**나가츠키 탓페이** 지음
**오츠카 신이치로** 일러스트

표지 · 본문 일러스트
**오츠카 신이치로**

# 프롤로그 『혼전도시』

## 1

──광장에는 몹시 추악한 긴장감이 깔려 있었다.

사방이 수로로 둘러싸인 광장. 한 차례 범람한 영향으로 수로의 수위는 높고, 주위에는 넘친 물에 젖은 흔적이 남아 있었다. 광장에 가려면 수로에 놓인 돌다리를 건너야 한다. 젖은 돌다리 앞에는 한 사람이── 아니, 악몽이 웃음을 띠며 서 있었다.

"──『폭식』의 대죄주교."

오토 스웬은 전율과 긴장에 말라붙은 혀를 움직이고 어금니를 깨물었다.

그 이름을 되새기자 등짝에 식은땀이 흘렀다. 당연하다. 대죄주교라는 직함에는 그만큼 무거운 의미가 있다. ──이 도시에서, 이 세계에서 그들만큼 증오를 받는 존재는 없다.

하지만 오토에게 『폭식』이란 존재는 단순한 세계의 적을 넘어서는 의미가 있다.

『폭식』의 대죄주교는 오토가 속한 에밀리아 진영이 용서하기 어려운 적이었다.

"……이거 또 나츠키 씨나 람 씨에게 한 소리 듣겠네."

오토는 에밀리아 진영 내에서 특히 얽힌 게 많은 두 사람이 아니라 자신이 『폭식』과 조우했다는 사실에 한숨을 쉬었다. ──솔직히 그 사실에 안도하고 있다.

원한은 우선사항을 정하는 판단력을 흐리게 한다. 분노는 냉정한 사고력을 방해한다.

그런 의미에서 오토가 『폭식』에 품은 적의는 에밀리아 진영 내에서는 비교적 흐린 편이다. 단, 그렇기 때문에 애써 냉정하게 의문점을 알아챌 수 있다. 예를 들면──

"……제 기억으론, 『폭식』의 대죄주교는 다른 이름을 댔을 텐데요."

"어라라, 나들보다 먼저 우리하고 만났던 거야? 그럼 형은 먹다 남았단 건데 대단하잖아. 어라, 반대인가? 악식가도 그냥 넘기는 무미건조 쪽?"

"어느 쪽이든 간에 좋은 의미는 아닐 것 같은데요……."

물음에 웃으며 대답하는 소년── 라이 바텐카이토스. 깨지는 웃음소리를 들으면서 오토는 역시 기억과 눈앞의 소년이 일치하지 않는다고 판단했다.

몇 시간 전에도 오토는 『폭식』을 자칭하는 존재와 도시 안에서 조우했다. 그때는 엉금엉금 기는 꼴로 도망쳤는데, 그 『폭식』과 라이 바텐카이토스는 다른 사람이다. 그러나 어느 한쪽이 대죄주교를 사칭한 가짜가 아니다. 그것은 양쪽 모두와 직접 마주친 오토라면 단언할 수 있었다.

──왜냐하면 대죄주교는 타인이 감히 사칭하지 못할 사악한 기운을 두르고 있으므로.

"……즉, 『폭식』의 대죄주교는 두 명 있다. 아니, 최소 두 명이라는 편이 정확할까요."

"흐응…… 썩 좋은 추측이야, 형. 본 적 없는 낯짝치곤 썩 괜찮아. 어디서 어떤 식으로 숙성한 사람인지 나들, 궁금해지네."

입술을 핥는 혀와 호기심 어린 눈초리에 오토 안의 겁내는 마음이 아우성쳤다.

현재, 오토의 처지는 결코 좋다고 할 수 없었다. 위험을 감안하고 도시청사에서 뛰쳐나온 건 본인이지만, 이렇게 각오한 것보다 더 무거운 시련을 내놓아도 되느냔 말이다.

도시 사방에 있는 대수문 제어탑 네 곳 동시 공략은 각 탑을 대죄주교가 하나씩 점거했을 거라 간주하고 세운 작전이다. 불쑥 튀어나온 자의 존재는 계산에 없다.

그리고 무엇보다 가장 큰 오산은──

"──야, 장사꾼! 사이좋게 수다 떨지 마! 그럴 때가 아니잖아!"

늠름함과 귀여움이 기적적으로 동거하고 있는 생김새의 소녀가 용감하게 호통쳤다.

반짝이는 금발에 붉은색의 타오르는 눈. 이 도시에서 가장 지체 높은 위치에 있는 다섯 명── 영예로운 왕선 후보자 중 한 명인 펠트가 덧니를 드러내며 고함치고 있었다.

그 존재에 오토는 진정으로 골치가 아프단 표정으로 이마에 손을 짚었다.

"저도 전적으로 같은 의견인데요……. 펠트 님, 왜 이런 곳에 계시죠? 그것도 하필이면 대죄주교하고……."

"뭐야. 내가 피난소에 없는 게 그렇게 뜻밖이야? 거기선 그렇게라도 말 안 하면 그 바보가 내 옆에서 떨어지려 하질 않으니까 별수 없었어."

"라인하르트 씨더러 바보라고……."

얼굴을 팍 구겨서 미소녀 인상을 다 망친 펠트. 그 대답에 오토는 마음속 갈등을 숨기면서 펠트의 말에도 일리가 있다고 생각했다.

실제로 라인하르트의 초췌한 기색을 감안하면 펠트 옆을 떨어지기 싫어할 만도 하다.

──마녀교가 도시를 점거한 이래, 오토가 펠트와 급박한 상황에서 조우한 건 이번이 두 번째.

첫 번째는 라인하르트의 부친인 하인켈이 펠트를 인질로 잡고 아들을 마음대로 조종하려던 상황이었다. 오토는 운명을 저주하면서도 그 상황을 타파하는 데 협력해서 하인켈을 구속한 다음 라인하르트를 데리고 스바루 일행과 합류했다.

그때, 펠트는 하인켈을 감시하느라 남겠다고 선언했다. 펠트를 전장에 데려가기를 저어했던 라인하르트는 이를 승낙하고 따로 움직이려고 했는데──

"그건 펠트 님의 핑계였다 이거죠. 하지만 따로 움직인 결과는……."

"시끄럼마! 나도 뽑기 운이 망했단 자각은 있다고! 하지만 뽑은 건 뽑은 건데 어쩌라고! 그럼 지금 가진 패로 때울 수밖에 없어!"

"그 답 자체는 제 취향이기도 한데, 말이죠."

고립무원에 기사는 부재 중. 그런 상황에서 대죄주교와 마주친 처지에 겁먹지 않고 저항하려는 자세에는 솔직하게 감복했다. 단, 가진 패가 너무 빈약한 건 난처한 노릇이다.

"페, 펠트, 진짜로 할 거냐! 상대는 대죄주교라잖아……?!"

"정신 바짝 차려, 가스통! 딸한테 아빠라고 불리기 전에 죽긴 싫을 거 아냐."

펠트가 가진 패에 해당하는 인물이 바로 그 옆에서 얼굴을 실룩거리는 거한이었다.

가스통이라고 불린 남자는 무기 없이 주먹만 쥐고 정면에 섰다. 제법 모양이 잡힌 자세지만 여하튼 마음이 따라오질 않았다.

대승부, 그것도 상대가 대죄주교씩이나 되면 다소 격이 떨어지는 감은 부정할 수 없다.

"그렇게 비관하지 말아 주라. 무슨 만남이든 맛을 졸이는 미식으로 가는 한 걸음! 『폭식』이라 하지만 우리도 사전에 준비가 중요하단 것쯤은 알아."

바텐카이토스가 공감하지 못할 논리로 겁먹은 가스통의 마음을 들쑤셨다. 오토는 그 모습을 흘끔대며 광장에 있는 다른 진영—— 하얀 외투를 걸친 다섯 남자의 무리를 바라보았다.

오토는 통일된 외투와 그들 중심에 있는 인물의 얼굴을 본 적이 있었다.

"다이너스 씨 맞죠? 키리타카 씨의 호위를 맡은 『백룡의 비늘』 책임자."

"그런 댁은 에밀리아 님의 내정관이었지. 피차 운이 없어."

"네, 누가 아니래요."

소도(小刀)를 양손에 잡고 어깨를 으쓱인 인물—— 다이너스의 말에 오토가 수긍했다.

『백룡의 비늘』은 도시의 대표 중 한 명인 키리타카의 사병이며 뮤즈 상회의 방위를 중심으로 이곳 프리스텔라에서 발생한 사태를 수습하느라 바삐 뛰어다니는 집단이다.

다이너스는 키리타카의 부관이며, 들은 바로는 『분노』의 대죄주교가 뮤즈 상회를 습격했을 때 아나스타시아 일행을 피신시키기 위해 후미를 지켰다고 한다.

실제로 그것을 지휘했을 키리타카의 모습은 그들 사이에서 보이지 않았다.

"도련님은 끌려갔어. 우리는 찾아다니는 중이다."

"끌려갔다고요? 그건……."

"……쉽지 않은 건 알아. 근데 말이야. 댁도 알 거 아냐."

오토가 언급하지 않은 뒷말을 다이너스는 씁쓸한 표정으로 부정했다.

이런 상황에서 마녀교도에게 끌려간 키리타카의 안부는 절망적이다. 그를 제외한 십인회 소속 중역은 전원이 살해당했다고 들었다.

키리타카는 교섭 상대이며 단순히 적과 아군으로 가를 관계가

아니었지만, 입장과 책임에 걸맞게 행동한 사실은 존경할 만하다. 저들이 쉽지 않은 도박에 나서는 걸 탓할 수는 없다.

"그건 그렇지만……."

오토, 그리고 펠트 일행과 『백룡의 비늘』. 그 세 진영이 구축한 삼각형의 중심에 바텐카이토스가 서 있다. 언뜻 유리한 건 오토 쪽으로 보이지만 실상은 겉보기만큼 단순하지 않다. ──더 제대로 싸울 수 있는 사람이 있기를 바랐다.

"주력이라고 할 수 없는 편성으로 적의 주력과 정면 충돌……. 웬 끔찍한 농담이래요."

"나랑 하얀 옷 일당은 그나마 낫잖아. 혼자 걸어가던 너한테 듣긴 싫다."

오토가 투덜대자 펠트에게서 지당한 지적이 날아왔다.

그 점에선 오토도 변명이 불가능했다. 실제로 세 진영의 전투력으로 줄을 세우면, 단독에다 빈손인 오토가 틀림없이 제일 기대가 희박하다.

"야야. 싸우지 마, 싸우지 마! 기왕이면 협력해 주라고. 나들이 찾는 걸! 아아, 어디 있어? 찾고 있다고. 만나고 싶어. 만나고 싶어. 만나게 해 주질 않아!"

"만나고 싶어……? 대체 무슨 얘기를 하는 거죠?"

바텐카이토스는 전력을 비관하는 상대를 아랑곳하지 않으며 열에 들뜬 표정으로 자기 몸을 껴안았다. 오토는 그 말꼬리를 잡고 눈썹을 찌푸렸다.

바텐카이토스의 태도는 여유의 표출이다. 마음만 먹으면 그는 한순간에 오토 일행을 짓밟을 수 있다. ──그러므로 그런 마음을 먹게 두지 않는다. 말로, 교섭으로.

"몇 번이나 설명하긴 역시 귀찮은데. 다른 사람들은 도통 입을 열질 않아서 말이야. 싫어. 싫은걸. 싫고말고. 싫대도. 싫을 거라던데."

펠트가 험악한 표정으로 "쳇." 하고 혀를 찼다. 용감한 소녀는 바텐카이토스의 대화에 낄 마음이 없는 모양이지만, 오토는 방침이 달랐다.

오토도 대죄주교에게는 본능적인 혐오를 품었다. 하지만 대화는 가능한 상대다.

이래 봬도 오토는 『언령의 가호』로 다양한 생물과 교섭해 왔다. 의사소통만 가능하다면 어떤 상대에게서든 양보를 끌어내 보겠다.

『폭식』이 무슨 난제를 내놓든지 간에 스바루를 둘러싼 문제와 비교하면 훨씬 낫다. 그 점에서 스바루의 존재로부터 힘을 빌린다는 기분도 들었다.

"자자, 그렇게 말하지 말고요. 어쩌면 힘을 보태 줄 수 있을지도 모른다고요? 기왕 만났는데 말이나 해 보세요. 예를 들면, 방송에 있던 요구 같은 걸 말하나 보죠?"

"우리가 알고 싶은 건 하나뿐……. 아까 그 방송을 한 영웅이 있는 곳이야."

──앞서 한 말 취소.

역시 스바루의 힘은 안 빌려줘도 되고 가능하면 이름도 듣고 싶지 않았다.

그런 오토의 속마음을 무시하고, 바텐카이토스가 살짝 붉어진 뺨에 두 손을 짚고서 꿈지럭꿈지럭 허리를 틀며 몸부림쳤다.

"그 한없이 사랑스러운 영웅이 나들을 심판하러 와 줄 거라고. 이 작은 가슴이 그걸 원해서 뛰고 뛰고 높이 뛰어서 터질 것만 같아!"

"……그 양반, 골칫거리만 불러 모으는 그 체질 좀 어떻게 못하나."

본인이 있으면 '누가 원해서 그랬겠냐.' 하고 반론이 나오겠지만 이 자리에 없는 인물과 말다툼해 봤자 해결이 안 된다.

"거봐! 말해 봤자 헛수고라고 그랬잖아! 누가 한패를 팔아먹겠냐!"

"일단 적 진영인데 말이에요. 한패 판정은 아마 이쪽이나 그쪽이나 같겠죠……."

콧김을 씩씩대는 펠트의 철학에 오토는 쓴웃음 지으면서 뺨을 긁었다.

호인이다. 혹여 오토도 스바루 일행과 늦게 만났다면 힘을 빌려줘도 나쁠 건 없다고 생각했을지 모른다. 그 올곧은 인간성은 미덕이다. 그렇기에 이 자리에서는 삐뚤어진 인간성을 가진 사람으로서 골칫거리 적과 싸우는 법을 한 수 지도해 주겠다.

"자, 방금 막 들은 질문 말인데…… 물어본 상대가 안 좋았네요. 이 사람들은 답을 몰라요. 아까 연설한 장본인과 이 사람들은 합류하지 못했으니까요."

"흐응? 말투를 보니 형은 안 그런 모양이네?"

"네. 저는 조금 전까지 같이 있었죠. 뭐하면 있는 곳으로 데려가 드릴까요?"

오토의 발언에 삼자삼색의 반응이 있었다. 펠트가 눈썹을 치켜 올리고 다이너스의 뺨이 굳었으며, 바텐카이토스는 눈을 빛냈다.

오토는 각자 반응을 시야 끝자락에 놓고 거래에 임할 작정으로 두 팔을 벌렸다.

"저도 제 목숨은 아까우니, 어떨까요. 생명만 보장해 주신다면야."

"호오! 알아! 알고 있구나! 나들의 영웅이 있는 곳을! 한없이 사랑스러운 영웅의 모습을! 그 약하고 여린, 지탱해 주지 않으면 불안해서 견딜 수 없는 그 사람을!"

"──네? 네, 물론."

흥분한 바텐카이토스의 말투에 오토는 위화감을 느끼면서도 끄덕였다.

마치 스바루를 적잖이 안다는 투였다. 자신의 영웅상을 입에 담았을 뿐이라고 치부하기에는 나츠키 스바루라는 인간과 너무나 가까운 발언이었다.

"아니. 안내해 드리죠."

하지만 오토는 그 위화감을 찍어 눌렀다.

다름 아닌 스바루다. 대죄주교와 두세 명 더 면식이 있어도 놀라진 않는다. 물론 전원과 인연이 있지는…… 『탐욕』 『폭식』

『색욕』『분노』── 어느 틈에, 전원하고 인연이 있었다.

"어라? 갑자기 표정이 시무룩해졌네. 형."

"쓸데없는 참견이에요. 그보다 어쩌겠어요? 이 자리에서 저희를 몰살시켜 단서를 날리는 거랑, 전원의 생명 보장과 맞바꾸어 영웅과 면회하는 것. 어느 쪽을 바라시죠?"

"흐──응……."

대화의 주도권을 잡고자 거래할 태세를 유지하는 오토의 말에 바텐카이토스는 순순한 눈치였다. 거무칙칙한 분위기와 정반대로 그 점만은 겉보기처럼 어린애다운 순박함 같은 면이 남아 있어서, 그 불균형이 참으로 섬뜩한 기분을 낳았다.

어쩌면 이 소년 또한 바라지 않았는데 괴물이 되고 만 불쌍한 신세로──.

"──방금, 나들을 동정했지?"

"네?"

오토가 그런 감상을 품은 순간, 바텐카이토스의 표정이 갑자기 변했다.

소년다운 면모가 사라지며 공허한 감정이 깃든 두 눈이 오토의 영혼을 핥았다.

"그 눈, 본 적이 있는데. 깔아 보는 눈이야. 얕보는 눈이야. 업신여기는 눈이야. 우리를 상품 취급하고…… 아아, 그렇군. 아까부터 구리다 싶었지."

오토를 보는 바텐카이토스의 두 눈이 공허한 감정에서 증오로 돌변했다. 한순간 온몸의 털이 쭈뼛 서는 감각에 오토의 목이 얼어붙었다.

"너, 상인이지? 물건에 가격을 매기고 남에게 팔아 먹어 자기 잇속을 채우는 놈들 말이야. 인간의 가치든 의도든 전부, 전부 다! 저울질하고 돈으로 바꾸는 수전노지?"

"그, 건…… 약간, 해석의 차이가 있는 것 같은데요."

오토는 떨리는 목소리를 숨기면서 낌새가 수상한 흐름에 머리를 굴렸다. 안 그래도 외줄을 타는 심경이었는데 도중에 눈가리개까지 추가된 기분이었다.

건널 수 있을지 없을지는 이미 그때의 운—— 아니, 줄을 잡고 있는 상대의 기분에 따르는 상황일까. 그리고 그 상대의 기분은 벌써 최악으로 떨어진 뒤였다.

"아아, 제길! 속을까 보냐. 안 속아! 누가 너희 같은 놈들 말을 들을까 봐! 어차피 이 세상은 폭음! 폭식! 먹고, 뜯고, 빨고, 마시고, 핥고, 씹고, 삼킬 때까지는 믿지도 못해!"

"항! 결국 이렇게 될 걸 가지고."

바텐카이토스가 팔다리를 떨며 부르짖자 펠트가 불만스럽게 콧방귀를 뀌었다. 넘쳐 나오는 귀기 앞에 등골이 얼어붙은 오토와 달리 펠트의 담력은 보통내기가 아니었다.

펠트는 허리춤 뒤에서 단검을 뽑고 익숙하게 자세를 잡았다.

"저, 펠트 님은 싸울 수 있나요?"

"계집애는 빠지라고 하지 마라? 내 명줄은 누구에게도 못 맡겨. 내 주인은 나야. 내 일은 내가 정한다."

임전 태세인 펠트는 기세가 등등하다. 그 옆의 표정이 해쓱한 가스통과는 마음가짐에서 하늘과 땅만큼 차이가 난다고 할까. 현재 가스통이 전력이 될 가망은 희박해 그저 바람잡이나 비슷한 존재다. 난장판에서 쓸모가 없는 스바루와 같은 존재다.

"그렇게만 생각해도 그 양반 가치 엄청 내려가네……."

아무튼 도망갈 생각만 하는 무리가 모인 것보단 싸울 기개가 있는 쪽이 선택지는 많다.

바텐카이토스가 펠트와 『백룡의 비늘』, 그리고 오토까지 세 진영을 둘러보다가 "슬슬 됐어?" 하고 긴 혀로 타액을 흘렸다.

"미식에는 사전 준비와 재료가 중요. 좋은 재료가 모여야 비로소 미식에 가치가 생기지!"

"알 듯 모를 듯……."

"몰라도 전혀 문제없어! 우리의 미학은 나들 외의 누군가가 알아 줄 거라고 기대도 안 해! 자, 그럼 슬슬——잘 먹겠습니다!"

전채는 대화를 나누는 중에 결정한 것이리라. 입을 쩍 벌려 날카로운 이빨을 드러낸 바텐카이토스가 땅을 박차고 오토에게 돌진했다.

눈에 띨 만큼 나서던 오토는 일직선으로 다가드는 모독자에게 손가락을 들이대고 말했다.

"상인과 거래하는 동안에는 말을 끝까지 들어야만 하는 법이지요. ——반드시 비장의 수가 있으니까."

"뭐어?"

"보험, 말이죠!"

의혹으로 눈썹을 찌푸린 바텐카이토스 앞에서 오토가 신발 뒤꿈치를 세게 두 번 두드렸다.

그 소리가 신호인 것처럼 수면이 터지고──

"카아아──!"

오토 뒤에 있던 수로에서 뛰쳐나온 수룡 무리가 날아들던 바텐카이토스의 사지를 물어뜯으며 사나운 사냥이 시작되었다.

<br>

2

<br>

"──그 여검사의 정체는 제 안사람인 선대 『검성(劍聖)』입니다."

제어탑으로 가는 도중, 동행한 『검귀(劍鬼)』가 사정을 설명하자 가필은 가슴 속의 심장이 틀어 잡힌 감각을 맛보았다.

──동행한 빌헬름, 『검귀』라고 불리는 남자는 왕국사에 남은, 살아 있는 전설이다.

빌헬름과 그 아내 『검성』의 이야기는 뭇사람들의 사랑을 받고 지금도 노래로 전해진다.

따라서 빌헬름의 사정은 가필에게도 깊이 파고들었다. 하물며 한 번 잃었던 아내와 뜻하지 않은 적 사이로 재회했다면 더욱 그렇다.

"소문에, 선대 『검성』은 백경한테 당했다고……."

"그 원수는 갚았습니다. ……그래야 했겠지요. 하지만 그놈들은 죽은 안사람의 유해를 농락하며 영혼을 짓밟고 과거 안사람이 지키려던 사람들에게 검을 들이대게 하고 있습니다."

"_____."

"도저히 용서할 수 없는 짓입니다."

목소리에 고요한 검기를 담고 당당히 앞을 응시하는 남자의 발걸음에 가필은 숨을 죽였다. 이 얼굴에 같은 남자로서 어떤 말을 하겠는가. 무슨 말을 하겠는가.

가장 사랑하는 여인의 생사가 농락당하고, 그 검을 바라지 않는 피로 물들인 남자에게, 무슨 말을.

"이 어르신은……."

그와 동시에 가필에게도 역시 양보 못할 마음이 있었다.

빌헬름이 죽은 아내라고 말한 여검사의 검으로부터 가필을 감싸고 가슴이 꿰뚫린 소녀가 있다. 지금도 생사의 경계를 헤매는 소녀를 구하려면 『사신(死神)의 가호』를 가진 여검사를 쓰러뜨려 미미를 '죽음'에서 해방하는 것 말고는 방법이 없다.

그리고 그건 소녀에게 구원받은 가필이 할 일이다.

"양보해 달라고는 안 합니다. 단지 상대가 얼마나 강적인지, 그 사실을 전해 드릴 필요가 있었지요. 『검성』과 『여덟팔』…… 생전의 실력과 변함이 없긴 않습니다만."

"……살아 있었을 적보다 더 강하다고?"

"아니요. 그 반대입니다. ──전성기와는 거리가 멉니다."

고개를 가로저은 빌헬름의 말에 가필은 복잡한 심경이었다.

가필은 이미 두 번이나 송장 병사가 된 전사와의 전투를 경험했다. 그 두 번 모두에서 밀렸음에도 불구하고 전성기 이하의 실력이라는 것이다.

가필은 영웅의 전설과 전기를 좋아했다. 역사에 이름을 남긴 사람들을 존경했다.

자신은 이길 수 있을까. ──동경하던 전설의, 진짜 싸움에.

"──가필 공."

"알아."

빌헬름이 이름을 불러서 발을 멈추었다. 정면에서 소름이 돋을 지경의 검기를 느꼈다.

바라보니 가필 일행의 앞길, 높디높은 제어탑 입구로 이어지는 길에 기다리는 인영이 있었다. 큰 체구와 호리호리한 체구, 그리고──.

"겉보기부터 괴물. 저것이 『색욕』의 대죄주교."

기이하게 비대화한 그림자가 꿈틀거리며 길 저편을 가득 메우고 있었다. 달빛 각도 때문에 선명하게 보이진 않지만 그 괴이한 존재감을 놓치진 않았다.

스바루에게도 자세하게 들었다. ──『색욕』이 지닌 끔찍한 권능의 힘은.

가필은 두 팔을 가린 은빛 방패를 마찰시키며 조용히 전의를 높였다.

『색욕』과의 인연은 깊다. 송장 병사의 검이 미미를 상처 입힌 것도 그렇지만, 『색욕』의 대죄주교가 가진 권능은 도시 주민을 사람 아닌 모습으로 변모시켰다. 그중 한 명, 흑룡으로 모습이 바뀐 인물은 가필과 복잡한 관계에 있던 갤럭 톰슨──.

기억을 잃은 어머니와 연분을 맺어 새로 태어난 두 동생의 아버지가 된 인물이었다.

　남편이, 아버지가 인간의 모습을 빼앗겼음을 알면 그 가족이 얼마나 상처 입을까. 그건 이미 가필에게 남의 일이 아니다. 그렇기에——

　"——『모닥불에 앉는 올레그렌』이지. 뛰어나온 걸 후회하게 해 주마."

　『색욕』과 그 산하의 송장 병사를 목격한 가필이 세게 주먹을 맞부딪쳤다. 그 옆에선 빌헬름도 허리의 검을 만지고 시선의 온도를 급속히 떨어뜨렸다.

　날카롭게 세운 검기에 온몸의 솜털이 곤두선 가필은 힐끔 옆을 보았다. 그 눈초리에 빌헬름도 짧게 끄덕였다.

　그리고——

　"하압——!"

　가필과 빌헬름, 둘이 땅을 박찬 순간은 한 치의 오차도 없이 동시였다.

　『검귀』가 내딛는 발걸음으로 포석을 터트리며 낮은 자세로 적에게 매섭게 돌진했다. 삽시간에 대기 중인 적의 간격에 들어선 찰나, 은빛 섬광이 번뜩 직선으로 뻗었다.

　적은 괴물과 두 검사. 그중 호리호리한 검사에게로 검이 망설임 없이 내달렸다.

　번뜩이는 은광. 도시의 밤하늘에 충격과 찢어지는 마찰음이 울려 퍼지고, 칼날이 얇고 긴 검이 빌헬름의 선뜻한 첫 공격을 받아 흘렸다. 그것은 마치 칼날끼리 춤사위를 벌이게 하는 듯한 초월적인 기량이 만들어 낸 결과였다. 단, 이 검격의 표적은 목이 아니었다.

내지른 검압이 일으킨 바람이 장검을 쳐든 인물이 입은 로브의 후드를 벗겨내어 그 안에 숨은 용모를 밤공기에 드러냈다.

"————."

차갑게 얼어붙은 파란 두 눈. 아리땁다는 한마디로는 형용치 못할 사랑스러운 용모. 길고 풍성한 불꽃의 빨강머리를 하나로 묶고 있는, 마침내 드러나는 전설 중의 전설——.

"——테레시아."

그 젊은 여인의 모습을 본 빌헬름의 눈에 말로 표현 못할 격정이 스쳤다.

그런 노검사의—— 아니, 남편의 동요에 테레시아는 눈길도 주지 않았다. 몸을 돌린 테레시아의 참격이 빌헬름에게로 날아들었다. 긴 검을 손발처럼 자유로이 다루며 정확하게 상대의 급소를 노리는 테레시아는 그야말로 죽음의 신. 홀로 한 전장에서 아인(亞人) 천 명을 벤 전설에 거짓은 없다.

하지만 그 전설에 거짓이 없다면——

"——흐, 아아아아!"

검풍이 회오리처럼 미쳐 날뛰며 테레시아가 펼친 참격을 모조리 떨어뜨렸다.

그 결과를 만든 것은 천 명을 벤 『검성』을 꺾어 아내로 맞은 『검귀』의 검세(劍勢)였다. 빌헬름은 직전에 내비친 동요를 즉각 봉하고 한 검사로서 검을 휘둘렀다.

전성기와는 거리가 멀다 해도, 그 실력은 여전히 검의 정점에 손이 미치는 영역이었다.

지금부터 시작될 것은 검과 검의 정상 결전—— 옛날에 성사되어 전설이 되었던 대승부다.

"그러니까, 그걸 방해하게 둘까 보냐!"

"_____."

가필은 그 자리에 멋없이 끼어드는 우를 범하지 않고 지그재그로 거한에게 달려들었다.

땅을 박차며 정면으로 적에게 육박한 빌헬름과 달리, 가필은 길을 에워싼 건물의 벽을 3차원적으로 이용해 상식에 얽매이지 않는 각도로 공격했다.

안 그러고는 이빨이, 발톱이 닿지 않는다. 당연하다. 적은 여덟 개의 팔을 가진 영걸.

"『여덟팔』의, 쿠르강——!"

부르짖는 가필을 거구를 감싼 외투 속에서 나타난 네 개의 팔이 영격했다.

우람한 통나무 같은 팔이 바위도 깨부수는 가필의 타격을 정면으로 막았다. 터져 나온 충격파에 바닥 가도가 함몰했다.

팔에 튕겨 나간 감촉. 의기충천에 상태는 최고. 모자란 것은 하나도 없다.

가필은 첫 공격이 막힌 것에 대한 감상도 없이 거침없이 연격을 펼쳐 생물적인 불리함을 유리한 운동량으로 메꾸려 했다.

"으라라라라라라라랍——!"

주먹이, 발톱이, 발차기가, 이빨이 온갖 각도로 쿠르강을 덮쳤다.

그 공격이 헛수고가 아님은 쿠르강의 파란 피부를 할퀴고 피를 내는 모습을 봐도 명확하다.

맞는다. 먹힌다. 가필의 발톱은 전설의 『여덟팔』에게 닿는다.

그 고양감과 전투에 대한 집중력으로 잡음을 차단해라. 모든 소리를 내버리고 지금 이 순간의 생사에 온 마음을 퍼부어 호랑이가 되어라. ──안 그러면 생명이 깎여나간다.

"오, 오오오오!"

가필은 포효와 함께 발톱과 이빨을 휘두르는 짐승이 되어 적의 목덜미를 노렸다.

──가필은 잡념이 많다.

이건 전에 람에게도 지적받은 사항이다. 싸우는 중에 잡념이 많다. 결코 머리 자체가 좋은 건 아닌데 고민거리가 잇달아 솟아난다.

말을 나누지도 않았는데 『사신의 가호』 소유자와의 싸움을 양보했다거나. 『색욕』의 대죄주교를 정면에 두자 기억을 잃은 어머니와 이부동생들을 걱정한다거나. 자신보다 훨씬 강한데 스바루와 오토가 무사할지 염려한다거나.

──이 모양인데 라인하르트에게 기가 죽은, 나약한 자신이 미미를 구할 수 있겠느냐는 생각도.

생각하지 않으려고 필사적으로 그 잡념들을 머리에서 쫓아내려 한다. 하지만 생각을 안 하려는 행위가, 생각한다는 행위하고 대관절 무엇이 다르다는 말인가.

──그렇게 잡념에 시야가 흐려진 순간, 가필의 몸통을 굳센 팔이 후려쳤다.

"푸." 하고 폐 속의 내용물이 밀려나온다. 눈을 까뒤집은 가필의 몸이 훨훨 날아갔다. 상대는 날아가는 가필을 쫓아가 다시 일격. 수직으로 내려찍힌 충격으로 포석에 등부터 찧어 피를 토하는 가필의 안면이 재차 짓밟혔다.

말없는 일격에 콧잔등이 찌그러졌다. 코피 때문에 시야와 호흡이 불안정해졌다. 상대는 그 등을 차올리고 몸이 떠오르자 타격, 타격, 타격, 집요하게 구타한다.

"껙, 커윽…… 욱?!"

시야가 붉게 물들고 호흡할 새가 없다. 여덟 개의 팔이 펼치는 연격에는 말 그대로 빈틈이 없으며 가필은 가없은 인형처럼 농락당했다.

그 동안 상대는 말도 없이 가필을 거대한 주먹으로 무자비하게 때리고 또 때렸다.

"────."

침묵. 거기에는 역시 전사의 긍지도, 투쟁에 임하는 자의 마음가짐도 일절 없다. 힘조차 생전만 못하다면 여기에 모욕당한 존재는 무엇이란 말인가.

──가필은 또다시 질리지도 않고 잡념을 품은 자신을 생각하며 뺨을 일그러뜨렸다.

"카, 아아아아아악──!"

다음 순간, 가필의 이빨이 상대의 손목에 박히고 구타하던 팔을 깊이 뜯어냈다. 가필은 분출하는 거무칙칙한 피를 뒤집어쓰며 곧장 반격에 나서려 했다.

"──커, 윽."

벌린 구강에 둥글게 뭉친 외투가 처박히자 가필은 눈을 부릅떴다. 눈앞에서 로브가 가리고 있던 거대한 몸, 적의 모습이 드러났다.

거인족에 필적하는 강대한 체격. 그 목 위에는 오니(鬼)도 이럴까 싶은 흉악한 얼굴이 있으며, 그 전사에게 『투신』이라는 이름을 준 여덟 개의 팔이 공개되었다.

어깨에서 난 일반적인 두 팔에 더해 같은 곳에서 다시 두 개, 옆구리에서 다시 두 개의 팔이 나고, 남은 한 쌍은 등 쪽에서 크게 정면으로 손바닥을 겨눈 모양새다.

『여덟팔』의 쿠르강, 다완족(多腕族) 중에서도 싸움을 위해 태어났다는 생각밖에 들지 않는 위용── 그 전투력을 목도하자 용기를 북돋았을 마음이 크게 술렁거렸다.

그건 결코 영웅이 앞에 있다는 고양감이 아니라 공포였다.

악몽이 따로 없다. ──어제부터 줄곧 깨지 않는 악몽이 이 마음을 좀먹고 있다.

"아, 아아으아아아!"

번쩍. 눈앞의 광경이 폭발하는 듯한 착각이 들고, 그제야 가필은 자신이 멈춰 있었음을 깨달았다.

멈춰 있을 여유라곤 없다. 눈앞의 적이 누구인지 이미 각오를 마쳤을 터.

"멍청한 짓, 할 때가 아냐――."

가필은 입 안을 스스로 깨물어 피 맛을 보고 제정신을 차렸다.

쿠르강은 눈앞에서 여전히 당당한 자태로 가필을 응시하고 있었다.

"여기서 겁먹으면 뭣 때문에 내가 있는데! 대장도! 오토 형도 기다리고 있어! 난 싸움밖에 재주가 없잖아!"

포효했다. 설령 허세라도 거기에서 힘을 끌어내기만 하면 그만이다.

다리에 힘을 주며 버텨 서고, 발을 박은 땅에서 힘을 끌어올렸다. 『지령(地靈)의 가호』가 지닌 힘으로 으스러진 뼈를 붙이고 깨진 이마를 회복한 뒤 정면으로 뛰어들었다.

그때, 반격의 봉화가 될 혼신의 일격이 펼쳐졌다.

짐승의 팔이 으르렁댄다. 끌어올린 대지의 힘을 한 점에 집중해서 내지른 위력은, 직격당하면 건물이 무너지며 수로마저 산산이 터트릴 파괴력을 간직하고 있었다.

은제 방패로 덮인 화력이 곧게 뻗어 영웅에게 직격했다. 허리를 낮추어 힘을 모으다가 해방된 두 팔이 곧게 쿠르강의 가슴뼈에 꽂히고――.

"――이게 무슨."

그 혼신의 일격이 쿠르강의 정면에 교차된 두 자루의 대도――『여덟팔』의 쿠르강이 생전부터 애용하던 무장, 귀식도(鬼食刀)에 막혔다.

타격의 위력이 죽은 게 아니다. 받아 흘리지도, 걷어내지도 않았다.

가필의 일격은 단순히 정면에서 힘으로 영웅에게 미치지 못했다.

"――가필 공!"

발을 멈춘 가필의 고막에 멀리서 나는 빌헬름의 목소리가 닿았다.

저쪽도 결코 한눈팔 수 없는 칼부림을 펼치는 중이었을 것이다. 그런 싸움이 한창인데도 불구하고 가필을 부른 이유는.

――빌헬름의 눈에도 그만큼 치명적인 순간이라고 보였기 때문이다.

"――아."

그 순간, 가필의 시야를 뒤덮은 것은 눈앞에 선 쿠르강의 위용이 아니었다.

쿠르강은 우두커니 서 있는데 커다란 등 너머에 꿈틀대던 거대한 그림자가 단숨에 위에서부터 뒤덮으며 육박한 것이다.

그 거대한 그림자는 쿠르강의 거구까지 포함해 가필을 집어삼키려고 했다. 그것은 싸움이 시작되기 전부터 길 안쪽에서 줄곧 꿈틀대던 존재였다.

"――『색욕』이, 아냐?"

『색욕』의 대죄주교라고 여기던 그림자의 정체가 코앞에 다가들어서야 비로소 깨달았다.

거기 있는 것은 탱글탱글 꿈틀대는 커다란 핏덩어리였다. 농밀한 피 냄새가 콧구멍을 침범하고, 가필의 몸이 구역질을 부르는 파멸적인 조형에 삼켜졌다.

"＿＿＿＿＿."

호흡이 불가능해지고 시야가 붉게 물들었다. 가필은 하늘을 쳐다보았다.

핏덩어리에 더러워진 시야. 머리 위에 일렁이는 달이 보여서.


──달마저도 꼴사나운 가필을 비웃는 것만 같았다.


3


"캐서, 먼 일이 있었는지 내한티 말할 맘은 든 기가?"

큼직큼직하게 걷던 리카드가 표정이 험악한 옆의 기사에게 말을 걸었다.

결전을 앞두고 예상 밖의 물음에 율리우스의 날카로운 눈매가 가늘어졌다.

"──별일이군, 리카드. 네가 그렇게 남을 신경 쓰다니."

"씨잘데기 없는 말투로 얼버무릴 끼 머 있나. 여기 있는 기는 내뿐이데이. 아가씨도 다른 아들도 없으니께, 이따금 푸념하는 기야 비밀로 해 준다카이."

"……네겐 못 당하겠어."

평소에는 그다지 느낄 수 없지만, 리카드는 데면데면한 성격 같으면서도 사람 보는 눈이 꼼꼼하다.

안 그러면 『철 어금니』의 단장 노릇은 못 하고, 단편적으로 전해 들은 리카드의 장렬한 경력에서도 그 역사는 엿볼 수 있었다. 자기 생각만 하며 주위를 보는 눈이 없는 놈은 살아나갈 수 없다. ——노예와 용병, 어느 입장이든 간에.

"마, 나잇값이란 기제! 이래 봬도 내는 우리 진영의 믿음직한 아부지란 심보데이. 사위의 상담쯤이야 언제든 받아준다."

"사위라니 몸 둘 바를 모르겠군. 난 아나스타시아 님께 그런 불경한 마음이 없어."

"뭐라카나. 아가씨 야기라곤 안 캐쌌다. 미미 야기일지 우째 알고. 그 밖에도 내 딸은 버글버글한디 맨 처음 아가씨 들먹이는 시점에서 설득력 텄다 안카나."

그 지적에 율리우스가 쓴웃음 지었다. 앞머리를 만지며 생각에 잠긴 모습은 평소와 다르지 않지만, 리카드는 그 표정에서 희미하게 무리하는 낌새를 발견하고 개코를 실룩거렸다.

우아하단 말을 체현하고 있는 율리우스. 하지만 그 몸짓과 표현이 빛바랜 감은 부정할 수 없었다. 리카드의 오랜 후각이 그런 전조를 놓치면 안 된다고 호소했다.

"도시청사 탈환에 실패했을 즈음부터 맞나? 눈치가 영 아이었지. 아가씨는 머라 깊은 야기는 안 카더만도 내는 사양 않고 묻긋다."

"사정을 봐주진 않는군."

"당연하제. 다 목숨 걸고 하는 기다. 망설이는 놈한티 등짝 맡기긴 내도 사절이다카이. 어때, 내 이 무적의 논리에 반론 있나?"

"——아니, 네가 옳아. 잘못된 건 나다."

율리우스는 느릿하게 고개를 가로젓고 고운 눈썹을 찡그렸다.

그 태도는 율리우스가 내면에 말로 표현 못 할 불온을 품고 있다는 증명이었다. 하지만 그 사실을 긍정했음에도 뒷말이 좀처럼 나오지 않았다.

잘못된 것은 자신이라고 인정했음에도 아무 말도 못하는 율리우스.

"와 그기서 입 다무나. 뭘 망설일 끼 있어. 솔직하게 하는 생각 입 밖에 낼 뿐인디, 그기 아이나? 뭘 그카 고민…… 아니, 망설이고 있나."

"……태도가 확실하지 않아서 미안하다. 다만, 그래. 적절한 말을 찾을 수가 없어. 나 스스로 왜 이렇게까지 마음에 걸리는지 그 답이 분명치 않아."

차분한 리카드의 물음에 율리우스가 복잡한 기색을 띤 채로 대답했다. 율리우스는 찌푸린 표정의 리카드 앞에서 허리에 찬 기사검의 칼자루를 만졌다.

"너도 짐작한 대로 내 미혹의 원인은 도시청사의 전투—— 더 정확히 말하자면 검을 주고받았던 대죄주교에 있어. 『폭식』의, 로이 알파르드라고 이름 밝힌 소년이지."

"뭐꼬. 설마 어린애캉 붙기가 부담시럽다고 카진 않긋지."

"나도 그렇게까지 각오와 무관한 남자가 아니야. 설혹 상대가 어린애일지라도 용서하기 어려운 악의 길에 물들었다면 심판해야만 해. 하지만……."

거기서 율리우스가 말을 끊고 짧게 한숨을 쉬었다.

"그 소년이, 내게 던진 말이 머리에서 떨어지질 않더군."

"머리에서 안 떨어져……?"

"아마도 『폭식』의 권능은 타인의 기억과 관계된 것이야. 크루쉬 님이 당신의 기억을 잃고 스바루 진영의 소녀가 누구에게나 잊혔지. 이 도시에도 이미 그런 피해가 나왔다고 짐작해야 마땅해. 그리고──."

"그리고?"

"──그 피해는 우리에게도 남의 일이라곤 못 할 거라는 얘기야."

율리우스의 완곡한 표현에 리카드는 콧잔등에 주름을 잡다가 한 박자 늦게 이해가 따라잡았다. 즉, 율리우스는 이렇게 말하고 싶은 것이다.

"설마, 우리 동료 중 누군가가 『폭식』의 먹이가 됐다 이 말이가?"

"……도시청사 옥상에서 마주 본 『폭식』은 명백하게 나와 면식이 있는 태도더군. 그 언동은 우리 진영 밖에 있는 인간이라면 못 할 거였어."

"먼, 그딴 어이없는 일이……."

있을까 보냐고 리카드는 부정하고 싶었지만, 그건 단순한 책임 회피다.

만약 율리우스의 우려가 옳고 아나스타시아 진영의 관계자가 『폭식』의 손에 걸려 그 기억을 빼앗겼다면──

"미미 갸들도 용병단 아들도 다 모였을 끼다. 물론 내캉 아가씨…… 율리우스, 너도 확실히 있어. 그란디 누가 더 빠졌다는 야기가 되긋나.”

“그 인식 자체를 속이는 것이 『폭식』이 가진 권능이란 거겠지. 우리는 동료를 빼앗겼을지도 모르는데 그걸 알 수도 없어.”

들으면 들을수록 악랄한 힘은 확실히 백경 전투에서 있었던 위험한 안개의 효력에 가깝다. 그 마수의 안개에도 휩싸인 인간의 존재가 기억에서 소멸하는 힘이 있었다.

단, 사라진 기억을 먹고 자라는 『폭식』의 대죄주교가 가진 힘 쪽이 더 끔찍하다.

하지만——

“헤맬 끼 머 있다 그러나.”

“음…….”

“확실히 열불 나는 야기 맞다. 우리 식구를 우리가 잊고, 상대가 뺀질뺀질 기억하고 있다믄 속이 뒤집히제. ——그라카도 할 일은 그게 그거데이.”

“——『폭식』의 대죄주교를 격파하고 기억을 되찾는다.”

“그라고, 도시를 해방해서 영웅으로 개선하는 기제. 그 형씨의 연설에 멋진 모습 다 빼앗겼다간 『가장 뛰어난 기사』라는 이름이 울 끼 아이가!”

그렇게 말한 리카드가 알통을 만들고 큰 입을 벌려 패기를 뿜었다. 그 힘찬 자세에 율리우스가 한순간 얼떨떨해하다가 바로 “후.” 하고 웃음을 띠었다.

“보소. 제 상태 돌아왔나 보네. 어때, 야기해 볼 만하제?”

“그래, 음. 탄복하겠어. 역시 너는 단장의 그릇이야.”

"마, 치아라. 낯 뜨겁다 안카나. 이딴 거야 그냥 나잇값 하는 기다!"

거칠게 적갈색 머리를 벅벅 긁으며 리카드가 성큼성큼 앞으로 걷기 시작했다. 따라서 문제가 해결됐다고 여긴 리카드는 이 순간 율리우스의 표정을 볼 수 없었다.

──여전히 깊은 우려와 고뇌를 띠면서도 깜빡이는 눈 속에 그 감정을 감춘 표정을.

『폭식』에 대해 율리우스는 말 못 할 불안과 서투른 감각을 품었다.

그건 리카드에게 대강 전한 내용으로는 설명하기 부족한 감각이다. 심지어 율리우스의 본능이 '상대해서는 안 된다'고까지 경종을 울리고 있었다.

그러나 율리우스는 맹세했다. ──주군에게, 벗에게, 이 기사검에.

많은 이들과 적대하고 모든 진영과 인연이 깊은 존재인 『폭식』과는 결판을 내고 싶다고 소망하는 사람이 많았다. 하지만 상황이 그걸 허락치 않았다. 상황이 그들에게 불행을 강요한 『폭식』과 정정당당하게 결판내기를 허락치 않았다.

외람되게도 그 역할을 떠맡은 입장이다. 그렇다면 불안 같은 건 찍어 누르고 나아가리라.

──율리우스 유클리우스여, 나아가라. 신의에 부끄럽지 않은 기사이고 싶다면.

그리고 힘차게 나아간 그 앞에야말로 자랑스러운 자기 자신이 있다면——

"——아아, 역시 우리를 만나러 와 준 거구나. 감격했어."

——그, 악귀나찰의 존재를 그대의 기사검으로 토벌하라.

율리우스와 리카드가 2번가의 제어탑을 목전에 둔 순간, 그 높은 탑 앞에 있는 광장 중앙에서 유유히 바라보는 작은 그림자가 서 있었다.

색이 짙은 갈색 머리를 공들여 땋아 내리고 녹색의 길고 낙낙한 옷을 걸친 어린 소년이었다. 나이는 10대 한복판에서 전반쯤. 아직 어린애라고 해도 아무 지장 없다. 그냥 무해한 어린애다.

——온몸에서 거무칙칙한 귀기가 어마어마하게 넘실대지만 않는다면.

"······율리우스, 아까는 내 실수했다카이."

"무슨 사과를?"

"아니 뭐······ 이걸 어린애 취급했쌌다카다니 바보로 보는 기 하꼬 똑같다 안카나."

리카드가 광장에서 마중한 소년을 바라보고 굵은 팔로 팔짱 끼면서 말했다.

리카드다운 표현으로 눈앞의 소년이 가진 이질성을 인정한 것이다. 직접 마주하면 알 수 있다. 이 소년을 평범한 어린애로 취급하는 건 자살행위다. 그런 짓은 어지간히 수준이 다른 실력자, 라인하르트 정도밖에 허락되지 않으리라.

"하긴 그 친구라면 이렇게 두 번째 기회 자체부터 허락치 않았 겠지. 이 만남이 이루어진 것이 이미 네 본질이 일탈해 있다는 가장 큰 증명이다."

"하핫, 그런 표현 참 좋아하더라! 나들도 싫어하진 않는데, 뭐라고 할까. 시적에다 화려? 예쁘게 상을 차려뒀지!"

율리우스의 말을 들은 소년이 손뼉을 치며 야단법석을 떨었다. 율리우스를 야유하는 발언이었지만 당사자는 개의치 않았다.

앞으로 나서 리카드 옆에 나란히 선 다음, 입을 벌리고 웃는 소년을 시선으로 꿰뚫었다.

"──『폭식』의 대죄주교 로이 알파르드."

"아아, 와 줄 줄 알았지. 믿었어. 그랬어. 그래. 그랬다고. 그랬지. 그럴 거야. 그렇고말고. 그렇잖아. 그럴 거라더라. 그렇게 계속 소원했기에! 폭음! 폭식! 고대하던 보람이 있다 이 말이야!"

율리우스의 지적에 소년── 알파르드가 자신의 마른 몸을 껴안고 몸부림쳤다.

그 자세, 틀림없이 도시청사의 옥상에서 마주쳤던 대죄주교다.

"재수가 없는 아구마. 저걸로 틀림없제?"

"그래, 맞아. ──저 나이에 대죄주교라니 한탄스럽지만."

뺨이 일그러진 리카드의 물음에 율리우스는 찬찬히 끄덕였다. 알파르드는 그런 둘의 모습을 번갈아 바라보다가 긴 혀로 치열을 훑으면서 말했다.

"이번에 양이 푸짐한 멍멍이까지 데려와 줬단 이거군! 그 배려, 끝내주게 기쁜걸! 여하튼 우리는 만복감을 우선하는 『악식』이라서."

"남의 낯짝 보고 악식 선언이라니, 어데부터 따져야 될지 모르것다. 내는 니 먹을 끼도 아이고, 좋은 거 먹고 다니니께 육질도 나쁘지 않데이."

"리카드, 얘기가 엇나가지 않았나?"

등에서 커다란 손도끼를 뽑고 가볍게 자세를 잡는 리카드의 말을 율리우스가 바로잡았다. 그리고 율리우스도 기사검에 손을 얹은 채 전의를 서서히 높이면서 말했다.

"네 모욕도 귀에 딱지가 앉은 차라서 말이야. 친구에게 동행을 청했다만…… 설마 그걸 비겁하다고는 안 하겠지?"

"응, 좋지. 자기 자신에게 하는 그런 변명 같은 거. 그렇게 기분을 북돋는 게 자기 방식이겠지만 그것도 꽤 싱겁단 말이지. 『악식』이라곤 했지만 나들도 딱히 일부러 퍼석퍼석해서 맛이 안 나는 걸 먹고 싶은 게 아니거든."

"아까 대환영한 것치고는 매정한 말을 하는군. 싱겁다니……."

"자기도 알면서. 그런 점은 귀엽다고 봐. 응, 응. 새콤달콤하지."

알파르드는 손을 살랑살랑 저으며 경박한 태도를 고수했다. 도발하는 건지, 원래 그런 태도인지는 불명이지만 선선히 받아넘긴 율리우스와 달리 리카드는 크게 혀를 찼다.

"멋대로 떠드시는데, 꼬마. 어리니께 너그럽게 봐줄 줄 알믄 큰 착각이데이. 니가 저지른 짓은 귀염성이 읎어. 아나 도령도 여간내기 아니지만도 니하고 비교하믄 비교당한 아나 도령이 불쌍타. ──대갈통 쪼개 주마."

"오오, 무섭다, 무서워. 그렇게 무서운 얼굴로 노려보지 말아 줘. 멍멍이라고 한 게 그렇게 성질 돋웠나. 사과해, 사과할게. 리카드 씨. 우리는 이래 봬도 너를 좀 동경했었다고? 기죽지도 않고 무신경하게 큰소리로 빽빽 떠드는 성격 같은 걸!"

"……아하, 그렇구마. 이건 확실히 열 뻗치네."

이름이 불린 리카드가 율리우스의 말을 떠올린 듯 이를 딱 부딪쳤다.

모르는 식구가 당하는 바람에 이쪽 내력이 들통났다. 그렇다는 생각밖에 들지 않는 언동을 언외로 반복하는 알파르드에게 불확실하고 애매한 분노만이 거세진다.

그리고 그게 바로 『폭식』의 술수일 것이다.

"말을 더 주고받으면 저 소년의 손바닥 위에서 놀아나는 거야. 우리로서도 그건 바람직하지 않아."

"이크, 그거 말투야 그럴싸하지만 이쪽 의견을 봉쇄하겠단 거지. 이거 봐. 또 그렇게 재미없는 결론 나오지! 신경 쓰면서 신경 안 쓰는 시늉을 진짜 잘한다니까!"

"―――."

"자기 호기심은 속에 담아 두고 우선순위대로 따라 하는 똘똘이구나. 그건 기사로서 훌륭한 미덕인데 말이야. 인간적으로는 따분하기 그지없거든."

"――그렇군. 그럼 조금이라도 네 마음에 흥이 일면 좋겠다."

그 이상의 대화를 바라지 않으며 기사검을 뽑은 율리우스의 입술에서 영창이 흘러나왔다.

바로 율리우스 주위에 옅은 여섯 색깔의 빛── 정령기사와 계약한 준정령(準精靈) 여섯이 떠오르며 아름답게 반짝이는 빛이 훤칠한 장신을 휩쌌다.

정령기사 율리우스 유클리우스. 그를 『가장 뛰어난 기사』이게 하는 검술과 정령술의 융합.

"주제넘지만 그것을 보여 주지."

"열등감의 향긋한 냄새도, 좌절을 맛본 고소한 식감도, 강하게 뭔가를 갈망하는 감미로운 절망도, 특히 소중하게 떠안은 비밀의 만복감도, 네게는 아무것도! 아─무것도 없어!"

율리우스는 가느다란 기사검에 환한 빛을 두르며 유려한 몸짓으로 자세를 잡았다. 그 옆에서 리카드가 손도끼를 어깨에 걸치는 모습을 곁눈질하고 말했다.

"리카드, 처음부터 전력을 퍼붓겠다. 맞춰 줘."

"그래. 맡기그라."

임전 태세에 들어간 두 사람 앞에서 알파르드가 "핫." 하고 날카로운 이빨을 드러냈다. 알파르드가 크게 두 팔을 휘두르자 긴 소맷부리에서 튀어나온 호조(虎爪)가 손가락에 장착되었다. 날카롭게 날이 선 왼손의 다섯 손가락을 놀려 율리우스와 리카드에게 대항할 심산이다.

어린애의 가는 팔. 미덥지 못한 암기. 어느 것이나 리카드의 도끼는커녕 율리우스의 기사검이 가진 위력도 받아내지 못할 만치 빈약하게 보이지만──

"정령기사, 율리우스 유클리우스. ──방심은 하지 않는다!"

율리우스가 예의 바르게 전투가 시작하려는 순간에 자신의 이름을 밝혔다.

물론, 용병 노릇하던 리카드에게 그럴 의리는 없다. 오로지 생명을 빼앗고 빼앗긴다. 생사가 걸린 장소에서 관철할 의리 따위 전무하다.

그런 양극단의 전의를 정면으로 받으며 알파르드는 입맛을 다셨다.

"좋지. 좋아. 좋고말고. 좋을지도. 좋잖니. 좋겠지. 좋잖아. 좋을걸. 좋을 테지. 좋을 터이기에! 폭음! 폭식! 미식, 악식, 그리고 포식! 덤덤한 맛, 싱거운 맛, 별미, 진미! 모조리 싹 먹어치우겠어! 재미없는 인생, 그 또한 나들을 채우는 미지의 맛이다!"

"──엘 크라우젤리아!"

소리치는 알파르드의 정면에서 율리우스가 기사검을 겨누며 영창했다.

눈부시게 빛나는 여섯 색깔의 빛이 율리우스 눈앞에 원을 그리고, 그 중앙에 찔러 넣은 칼끝에서 극광이 알파르드에게 발사되었다.

여섯 종류의 속성이 뒤섞여 무지개색으로 빛나는 파괴의 힘은 적을 모조리 집어삼키는 일격이다.

율리우스가 가진 최대 화력을 아낌없이 꺼낸다. ──선언한 대로 방심은 하지 않는다. 여유를 보일 만한 상대도 아니다.

"흐아아아압──!"

그 눈부신 빛을 뒤따라 리카드가 포석이 깨질 기세로 정면에 돌진한다. 손도끼를 쳐들고 알파르드가 극광에 어떻게 대항하든 간에 처치할 각오다.

강풍을 두른 일격과 파괴의 상징인 무지개색 극광—— 그러나 그 두 가지 위협 앞에서도 알파르드는 흉악하게 이를 드러내며 비웃었다.

그 흉소가 율리우스의 가슴속에 불길하고 음산한 낌새를 불러일으켰다. 율리우스는 그 정체가 싸움에 도전하기 전에 자신을 좀먹던 것과 동질의 감각임을 느껴 어금니를 깨물었다.

불길한 예감을 느끼는 율리우스의 시야에서 로이 알파르드가 비웃음과 함께 말했다.

"——진짜, 형님은 상상이랑 똑같아서 끝내줘."

# 제1장 『탐욕 공략전 개막』

1

"――스바루!"

성당 입구를 발길질로 부수고 안으로 쳐들어온 스바루와 라인 하르트를 은방울 소리 같은 목소리가 맞이했다.

하얀 신부 의상으로 몸을 꾸미고 제단 앞에 선 상식을 초월한 미소녀, 에밀리아의 목소리였다.

길고 반짝이는 은발을 장식품으로 치장하고 순백의 드레스를 입은 그녀는 아름다웠다. 숫제 눈이 멀 지경이라 의상부터 스바루가 고르고 싶었을 정도다.

"최고로 E · M · T……! 라는 감상이야 어쨌든, 아슬아슬하게 안 늦었나 본데."

"그리고 보건대, 원만하게 식이 진행되던 것도 아닌 모양이야. 아무래도 자리를 잘못 든 훼방꾼 취급당할 걱정은 안 해도 되겠어."

라인하르트가 성당 안을 둘러보다가 살짝 차오른 긴장감을 감지하고 끄덕였다.

널찍한 성당이다. 바닥에는 붉은 융단, 벽에는 엄숙한 분위기의 가구가 장식되어 중앙 제단과 신랑신부를 화려하게 연출하고 있었다. 참석자로는 누구나 남 못잖은 미녀들이 얼추 50명. 하나로 통일한 드레스가 참으로 곱고 매력적인 광경이었다.

　그 얼굴에 인간다운 감정이 거의 없이 인형처럼 무기질적이지만 않았더라면 완벽했다.

　"당연하지만 에밀리아땅의 상황을 제외하더라도 정상적인 결혼식 같지는 않군."

　"에밀리아, 땅?"

　스바루의 말에 제단 앞의 하얀 옷을 입은 남자—— 레굴루스가 불현듯 중얼거렸다. 곧바로 레굴루스는 언짢은 웃음을 띠며 "너냐." 하고 스바루를 노려보았다.

　"발칙한 바람둥이 년의 상대가 너냐. ……이해하기 힘든걸. 옆의 빨강머리라면 또 몰라도 날 걷어차고 택한 게 너라고? 이 여자의 안구는 무슨 유리구슬이야?"

　"보석 같다고 그래라. 그리고 옆과 비교당하면 할 말 없으니까 그만해."

　"입 닥쳐. 축복의 자리는 지금부터 애도의 자리로 바뀐다. 너희는 초대객에서 조문객으로 전향할 준비를…… 아아, 필요 없나. 너희도 곧장 배웅하는 쪽에서 배웅받을 쪽이 될 거니까."

　"너, 용케 세게 나오네. 신혼 이혼은커녕 결혼식에서 차였잖아. 얼굴 더 안 붉히고 뭐해? 그리고 내 옆에 있는 게 누군지 못 들었냐?"

스바루는 살의로 목소리를 낮춘 레굴루스를 도발하며 옆의 라인하르트를 턱짓했다. 그 몸짓에 레굴루스는 "아하." 하고 무관심하게 금빛 눈을 가늘게 떴다.

"뭐더라, 『검성』? 들어본 적은 있지. 검을 휘두르는 재주밖에 없는 놈의 호칭 아니었어? 그런 놈을 데려오면 권위로 내가 엎드려 빌 줄 알았나 봐? 못쓰겠네. 그거 우스꽝스럽지. 역사니 혈통이니, 그런 쉬어 터진 전통주의로 나를 쓰러뜨릴 수 있을 것 같아? 그런 건 새바람에 꼴사납게 패배하는 복선이잖아. 그거, 실제로 해 보고 싶어?"

"검을 휘두르는 재주밖에 없다는 말은 절묘한 표현이군. 실제로 내가 모두의 기대를 받는 역할 중 많은 건 그게 이유지. 단지 지금은 그 역할을 다할 수 있을지 조금 미심쩍어."

"흐응? 실력 차이를 알았단 소리야? 제법 생각이 기특한걸."

레굴루스의 자신만만한 태도에 라인하르트는 "아니." 하고 고개를 가로저었다. 라인하르트의 손은 허리의 검—— 그가 항상 가지고 다니는, 하얀 성검의 칼자루를 만지고 있었다.

그 자세로 라인하르트가 짧게 숨을 내쉬고 말했다.

"이 『용검(龍劍)』은 아스트레아 가문의 초대부터 전해지는 일종의 보검이라서, 틀림없이 세계 최고의 한 자루지만…… 딱 한 가지 결점이 있거든."

"결점이라면 뭔데?"

"이 검을 뽑기에 합당한 적이 아닌 한, 칼집에서 뽑을 수가 없어. 즉."

중간에 말을 끊은 라인하르트의 파란 눈이 레굴루스를 꿰뚫었다.

"――아무래도 너로는 상대가 못 된다는 게 검이 내린 결론인가 보군."

"익――!"

라인하르트의 의도는 몰라도 레굴루스의 표정이 통렬한 굴욕에 거세게 일그러졌다.

엘자 상대로도 『용검』이 뽑히지 않았음을 아는 스바루는 그말이 거짓이 아님을 잘 안다. 하지만 그 사실 또한 레굴루스에겐 아무런 위로가 되지 않을 것이다.

"저기 말이야! 『검성』이 검도 뽑지 않고 뭘 할 수 있는데? 우쭐대지 마라, 떨거지. 나하고 넌 차원이 다르다고. 미완결인 너희와 완결한 개체인 나! 타인과 비교해서만 자기 가치를 확인할 수 있는 굼벵이들이 어딜 감히 날 평가해!"

"……뭐라고나 할까, 너 딱 그거다."

"아앙?"

"자폭이 너무 심해. 누가 딴죽 걸길 기다리냐? 완결했다니 뭐니 하는 것에 비해 타인과 비교해야만 안심하는 건 바로 너잖아."

"――큭, 모자란 결함품이! 충족된 이 몸에게 설교를 나불대지 마!"

참다못한 스바루의 말에 레굴루스가 격분하고 마침내 강경 대응에 나섰다.

흉인(凶人)이 노호하며 바닥을 짓밟은 순간, 파괴의 분류가 성당을 분쇄하면서 스바루와 라인하르트에게로 밀어닥쳤다. 석재와 목재 구별 없이 건축자재 전부가 모래처럼 바스러지는 파괴의 힘——.

"스바루, 이리로."

"으와?!" 하고 비명을 지르는 스바루. 라인하르트가 그 허리를 안고 가볍게 도약해 유유히 파괴의 폭풍을 뛰어넘었다. 한달음에 공격에서 벗어난 라인하르트. 그가 정신을 못 차리는 스바루를 부드럽게 바닥에 내리고는 단숨에 레굴루스 쪽으로 뛰어들려 했다.

"움직이지 마! 이상한 짓 하면 이 여자들의 목숨은 없어!"

그러나 반격은 두 손을 참석자에게 겨눈 레굴루스의 협박에 기선을 제압당했다.

레굴루스가 두 손을 겨눈 것은 잘 꾸며 입은 여성들이었다. 그녀들은 거의 인간다운 반응을 내비치지 않으며 감정이 얼어붙은 눈으로 눈앞의 투쟁을 무관심하게 바라보고 있었다.

"이 판국에 배짱도 두둑하다고 넘어갈 문제는 아니겠지. 이 사람들 대체 뭐야."

"모두가 내 소중한 아내들이지. 내 사랑에 부응해 주는 아리따운 처녀들이야. 너희는 그런 아무 죄도 없는 이들을 죽게 하겠다는 거냐? 정신이 나갔어. 비열한 것들!"

"돌겠네. 어렴풋이 알았지만 대화가 성립 안 돼."

한사코 진심에서 나온 호소인지 레굴루스의 논법은 지리멸렬했다. 우선 인질로 삼는 게 자신이 사랑하는 아내들이라는 점부터 엉망진창이다. 최악인 건 헛소리를 실천하겠다는 레굴루스의 태도다. 곧, 지리멸렬한 인질 작전이 스바루 쪽에 충분히 효과가 있다는 점이다.

"나는 이들을 죽게 하고 싶진 않아. 그래도 너희가 저항하겠다면 죽여야만 하지. 끝에서부터 하나씩 순서대로. ……그런 잔혹한 짓을 강요하다니 너흰 악마야."

"우리가 그런 협박 언제 했냐? 하나도 안 했다."

"변명하지 마! 직접 손대는 거야 나일지도 모르지. 하지만 그러도록 만든 건 너희야. 너희의 살의가 이들을 죽일 거다. 그건 이미 나라는 도구를 이용한 너희의 살인이지. 이들을 죽인 책임에서 벗어나려고 하지 마라. 이 아내의 원수들아……!"

레굴루스가 이를 갈고 증오 어린 눈으로 스바루와 라인하르트를 노려보았다. ──이 남자는 진심이다. 진심으로 자신의 엉망진창 논리를 믿으며 정의를 실행하겠다는 사명감에 취하기까지 했다.

스바루도 되도록 여자들을 구하고 싶다. 하지만 언제 폭발할지 모르는 흉인 상대로 인질의 수는 오십 안팎. 라인하르트라도 전원을 동시에 구출하기는 불가능하다.

이대로 상황이 레굴루스에게 컨트롤당하겠다는 긴박감이 차오르고──

"──날, 잊지 말아 줄래?"

다음 순간, 스바루와 라인하르트를 견제하던 레굴루스 옆에서 파르스름한 빛이 깜빡였다.

빛은 한순간에 성당 전체로 침투하고, 그 직후에 공기가 찢어지는 비명을 지르며 얼어붙었다. 소리의 연쇄는 그치지 않고 공명하다가 자연의 음악이 연주되며 성당 안을 맑게 채웠다.

──눈을 깜빡이자 성당 안에 얼음으로 구성된 대결계가 전개되어 있었다.

파랗게 반짝이는 얼음의 결계. 그것은 레굴루스에게 인질로 잡힌 여성들을 지키는 얼음벽이 되면서, 제단째 레굴루스의 하반신을 얼려서 바닥에 잡아두는 쐐기가 되었다.

그리고 멀하니 선 레굴루스의 목에 에밀리아가 얼음의 검을 들이댔다.

"방심했구나. 당신이 졌어."

"……저기 말이야. 분위기 파악하라는 말도 몰라? 지금 말이지. 내가 저 녀석들을 몰아세우던 참이잖아. 비열한 적을 꿋꿋하게 물리치고 역시 서방님이시라고 아내들에게 증명할 장면이잖아. 모두 다 내가 옳다고 믿잖아. 그런데 무슨 짓을 하는 거야."

"지금 당장, 나와 다른 사람들을 해방해 줘. 모두가 그렇다곤 안 하겠지만 무서워서 당신을 따르는 사람도 분명히 있어. 그래도 당신이랑 같이 있겠단 사람을 소중히 해 줘. 그리고……."

"──에밀리아! 안 돼! 그거론 그놈을 못 막아!"

"뭐?"

일반적이라면 완전히 승부가 갈린 상황이다. 그러므로 에밀리아의 판단은 잘못되지 않았다. 잘못된 것은 '일반적이지 않은' 레굴루스 쪽이니까.

"참 내, 너를 아내로 맞지 않은 게 현명했지 뭐야."

한숨과 함께 몸을 뒤튼 레굴루스는 그것만으로도 얼음의 속박을 떼어냈다. 속박이 깨지자 에밀리아가 눈을 크게 떴다. 그 직후, 레굴루스의 손바닥이 그 하얀 목을 정면에서 잡았다.

레굴루스는 즉시 에밀리아의 몸을 가볍게 공중에 들었다.

"커, 흑……."

"난폭한 데다가 남자 체면도 세울 줄 몰라. 정신적으로 바람이 나선 몸과 마음이 처녀라도 의미가 없지. 발칙한 년. 내 순정을 가지고 놀긴. 이런 악녀, 본 적이 없어."

"그만해! 그 애한테 손 때, 바보 자식!"

에밀리아가 다리를 버둥거리며 레굴루스의 가슴과 급소를 차지만 대미지가 없다. 그 저항을 못마땅하게 보던 레굴루스가 스바루의 욕설에 "바보?" 하고 갸우뚱했다.

"바보는 너지. 상황이 안 보여? 아니면 알려는 노력을 포기했어? 내가 거기까지 설명해야 해? 그거, 스스로 생각하는 노력이 아까워서 남의 온정에 기대는 사고 포기지? 너 말이야. 사람으로서 그래도 되겠어? 어떻게 생각해?"

"윽……."

"알았다. 에밀리아 님에게서 손을 떼. 네 요구를 듣지."

숨을 집어삼킨 스바루 옆에서 라인하르트가 말했다. 그 말을 들은 흉인은 뺨을 뒤틀며 "그래그래." 하고 라인하르트 쪽으로 돌아섰다.

"이거지. 이게 겸허한 태도란 거야. 서로 바라는 바를 이루려고 인간은 대화라는 기능을 체득한 거야. 이걸 쓸모 있게 써먹어야지. 그 점을 착각해서 말하면 알 일도 폭력으로 밀어붙이려는 놈이 많더라. 정말 많아."

"길게 말할 것 없어. 그 이상 그분을 괴롭히면 나도, 내 친구도 괴로워."

"그래? 그럼 딱 잘라서 말해 줄게. ──검을 풀고 이리로 와."

과시하듯 레굴루스가 에밀리아의 몸을 더욱 높이 들어 올렸다. 그동안 에밀리아는 얼음 검으로 레굴루스를 연거푸 베었지만 대미지는 들어가지 않았다.

그 모습에 라인하르트는 망설임 없이 『용검』을 풀고 스바루에게 건넸다.

"……여차하면 내가 이거 뽑고 저놈을 벨 거다."

"그것도 한 가지 작전이긴 한데, 안타깝지만 너라도 못 뽑을 거야. ──걱정 마. 반드시 에밀리아 님을 되찾겠어."

작은 소리로 대화한 뒤 비무장 상태의 라인하르트가 앞으로 나섰다. 레굴루스는 자신과 5미터가량 떨어진 거리에서 "거기서 멈춰." 하고 라인하르트의 발을 세웠다.

5미터. 라인하르트라면 없는 거나 마찬가지인 거리다. 하지만 레굴루스는 언제든 에밀리아를 죽일 수 있다. 지상 최강일지라도 섣불리 움직일 수는 없다.

──레굴루스가 지닌 『탐욕』의 권능, 그 정체는 현재 전혀 알 수 없는 상태다.

레굴루스 본체의 무적성과 압도적인 공격력을 양립시키는 힘. 완전무결한 능력 따위는 없다. 반드시 어딘가에 빈틈이 있을 터다. 그것이 공략의 열쇠다.

다만 바늘구멍만 한 타개책을 찾지 못한 현재로선 라인하르트에게 기댈 수밖에 없다.

"자, 네가 바라는 대로 했는데, 이다음은 어쩌면 되지?"

"이대로 죽으라고 하면 역시 심하겠지? 너는 내 아내와 이 악녀를 위해서지만 성의를 다했어. 그럼 나도 그에 부응하고 싶군. 이기적인 놈이란 오해를 사고 싶진 않거든. 그날그날의 작은 행복으로 만족하는, 욕심 없는 인간인 걸 알아줘."

"오해를 사고 싶지 않다라. 과연. 잘 알겠어."

"그렇지? 그러니까, 내가 한 가지만 조건을 걸지. 넌 거기서 딱 한 번만 내 공격을 받아. 막기도 피하기도 없이. 그걸로 나와 너희 사이의 다툼을 해소하자. 둘이서 나와 아내를 죽이려던 비겁한 짓을 용서해 주겠어."

'어때?' 하고 한쪽 눈을 찡긋한 레굴루스의 제안에 라인하르트는 조용히 생각에 잠겼다. 하지만 뒤에 있는 스바루에게는 최악의 제안으로 들렸다.

레굴루스의 파괴, 그 일격에는 라인하르트도 버틸 수 없다.

"알았다. 받아 보지."

그러나 스바루의 초조함과 정반대로 라인하르트는 순순히 제안을 받았다. 그 답변에 스바루는 질겁하고, 레굴루스는 웃음이 더욱 진하게 번졌다.

"좋은 각오군. 비열한 인간에게도 최소한의 긍지는 있나 봐. 네게 경의를 표하겠어."

언뜻 들으면 근사한 대사를 입에 담는 레굴루스에게 구역질이 났다. 레굴루스는 천천히 오른손에 에밀리아를 든 채로 왼손을 라인하르트에게 겨누었다.

"라인하르트, 뭔가 생각이 있는 거지? 믿는다?"

"스바루, 약속이야. 내 부족한 부분을, 네가 메꿔 준다고 했지?"

"그 말을 이 상황에 들으니 불길한데."

승산이 있으니까 제안을 받았다. 그렇게 믿고 싶은 스바루에게는 모호한 답변이었다. 하지만 그 진의를 캐묻기보다 먼저 레굴루스가 내민 팔을 가볍게 흔들었다.

보이지 않는다. 그저 휘두른 팔에서 뭔가가 라인하르트에게로 발사된 것은 확실하다. 투명한, 『보이지 않는 손』 같은 공격이 펼쳐진 건지 그조차도 알 수 없었다.

──알 수 있는 건 스바루 앞에서 라인하르트가 피보라를 날리며 쓰러졌다는 것뿐.

선혈을 뿌리며 라인하르트가 무릎부터 허물어졌다. 앞으로 쓰러진 융단에 붉은 피가 대량으로 물들고 『검성』은 사지를 떨며 침묵했다.

"어……."

떨리는 손발. 죽음에 임박한 육체가 보이는 쇼크 증상이 일으키는 경련이다. 이윽고 그마저 없어진 순간, 육체에서 생명이 완전히 사라졌다.

——그것은 라인하르트 반 아스트레아의 의심할 여지가 없는 죽음이었다.

"어떤 인간이든 찾아오는 죽음이란 싱겁기 마련이지. 아무리 위대한 공적을 남긴 인간이더라도, 아무리 추악한 죄업에 손을 물들인 극악인이라도 죽음은 평등하게 찾아와서 생명을 앗아 가. 불평등이 위세를 부리는 이런 세상에서 그 평등은 자상하며 잔혹한 것이야."

팔 한 번 휘둘러 라인하르트를 살해하고 그 죽음을 지켜본 레굴루스가 눈을 감았다. 흉인은 차분한 표정으로 자기 행동의 결과를 마치 하늘의 안배라는 듯이 논평했다.

"언젠가 반드시 종말은 찾아오는 법. 그래서 살아 있는 사람은 행복을 추구하지. 나는 내가 바라는 행복이 소박한 것이라도 만족해. 이런데 만약 내가 『탐욕』스러운 인간이라면, 모든 것을 원해서 못 견디는 욕심쟁이라면 도저히 행복해질 수 없겠지. 하지만 나는 소박한 행복만으로도 만족할 수 있는 감성에 축복받은 존재야."

레굴루스는 라인하르트를 죽인 팔을 가슴에 대고 떨리는 숨결을 내뱉었다.

그리고——

"충족된 내가 묻겠어. 너는 만족하고 죽을 수 있었어? 아니면 안되셨고."

"으, 아아아——!"

스바루가 그 헛소리를 지우듯 부르짖으며 레굴루스에게 성당

의자를 내던졌다.

레굴루스는 날아오는 의자를 거칠게 털어서 산산이 부수고 스바루를 불쾌하다는 듯 쳐다보았다.

"당당하게 숨을 거둔 이 친구와 비교해서 너는 참 시끄러운 데다가 볼썽사나운걸."

"이쪽은 기사답지 않은 기사란 입장에 긍지와 자신이 있어서 말이다!"

스바루는 라인하르트의 피로 물든 융단을 밟고 허리 뒤에서 아끼는 채찍—— 길티윕을 뽑아 그 끝을 가차 없이 레굴루스를 향해 풀어냈다.

스바루의 행동에 레굴루스는 붙잡은 에밀리아를 과시하듯 쳐들고 엄포를 놓았다.

"그 눈은 뭣 때문에 달렸어? 인질이 있는 게 안 보이나 봐?"

"——그건 이상하군. 네 말에 따르면 인질은 해방해 줘야 할 텐데."

"——흡?!"

그 음성이 울린 순간, 레굴루스의 표정이 경악으로 일그러졌다.

성당을 달리는 스바루의 등 뒤로 새빨갛고 거룩한 빛이 피어오르고 흐르는 피가 불꽃으로 변화해 한 청년을 되살렸다. ——빨강머리에 파란 두 눈의 초인이 일어섰다.

"——『불사조의 가호』."

기겁한 레굴루스의 의문에 미성이 겹치고, 한순간에 성당 안의 공방이 뒤바뀌었다.

"――――――."

스바루의 채찍이 제단 저편, 거기서 굳어 있던 금발 여성을 끌어당겼다.

잡혀 있던 에밀리아가 얼음 검을 놓고 라인하르트를 향해 그것을 걷어찼다.

뛰쳐나간 라인하르트가 얼음 검을 받고 굳어 버린 레굴루스를 겨누며 치켜들었다.

공격 범위에 휘말릴 여자가 없어지자, 얼음 검을 든 『검성』은 망설이지 않았다.

――그 순간, 세계에서 소리가 사라지고 파란 빛이 성당을 충격과 함께 날려 버렸다.

2

――파란 극광이 사그라지고 시야가 원래대로 돌아온 순간, 성당의 상황은 딴판으로 변해 있었다.

"내가 아마 전에도 같은 말을 했던 느낌이 드는데……."

건물 전방 부분, 장엄한 분위기가 있던 제단과 벽화가 흔적도 없이 날아가서 밤의 조짐이 다가오는 수문도시의 길거리와 호쾌하게 연결되고 말았다.

바람이 훤히 통하게 된 성당. 스바루는 날아든 바람에 말려 올라가는 먼지를 들이쉬지 않도록 입을 가리면서 비어 있는 손으로 라인하르트를 가리켰다.

"역시 네가 더 괴물이잖아!"

"전에도 말했지만 너무한데, 스바루. 나도 상처 받을 마음은 있거든."

"상처 받을 마음이 어쩌고 떠들 때냐! 몸이나 제대로 상처 받아! 아까 그거 대체 뭐였냐고!"

상식을 벗어난 라인하르트의 힘에 스바루는 새삼 머리를 감싸쥐었다. 그리고 스바루는 자신의 품속, 레굴루스 옆에서 탈취한 여자에게 눈길을 돌렸다.

"아슬아슬하게 빼 와서 미안해. 당신, 몸은 괜찮아? 아픈 데 없고?"

되도록 진지하게, 겁을 주지 않게 말을 걸었지만 반응은 좋지 못했다. 그 여자는 그 자리에 주저앉아서 스바루의 말도 거의 안 듣는 눈치였다.

그건 충격에서 비롯한 것일까. 혹은 꼭 그렇다고 단언할 수도 없을까──.

"──스바루."

부스러진 제단 옆에서 뒤돌아본 라인하르트가 스바루를 불렀다. 그 손아귀에서 성당의 파괴 활동에 공헌한 얼음 검이 가루로 변하며 산산이 깨졌다.

한 번이기는 하지만 라인하르트의 검에 버틴 검이다. 그 내구도는 칭찬할 만하다. 그리고 그 얼음 검을 만든 에밀리아를 라인하르트의 왼팔이 슬쩍 부축하고 있었다.

라인하르트는 한순간의 공방으로 레굴루스로부터 멋지게 탈

취한 것이다. 에밀리아는 라인하르트 옆에서 목을 잡으며 괴롭게 기침하고 있었다.

"에밀리아땅! 괜찮아?"

"콜록콜록……. 응, 괜찮아. 목이 좀 아프지만……."

"아무 짓도 안 당했어? 이상한 소리 안 들었어? 저 녀석, 혀로 여자애 얼굴을 핥을 타입이던데 엉큼한 짓 안 당했어? 그 신부 의상 무지 귀엽네. 누가 갈아입힌, 설마 레굴루스는 아니지? 제길. 저 자식, 절대로 용서 못해. 하지만 드레스는 잘 골랐네. 뭘 입어도 귀여워, 에밀리아땅. 진짜 내 천사야."

"자, 잠깐 스바루 진정해. 무슨 말 하는지 모르겠어."

스바루가 콧김 씩씩대며 다가붙자 에밀리아는 당황하며 볼을 붉히고 밀어냈다. 여전히 불안이 안 그치는 스바루. 그 모습에 에밀리아는 살짝 미소 지었다.

"응, 정말로 끄떡없어. 고마워. 나, 스바루가 와 줄 거라 믿었어."

"나도 에밀리아땅이 날 믿으며 기다려 줄 거라고 믿었지. 솔직히 결혼식에 늦을 가능성과 그 전에 에밀리아땅이 날뛸 가능성이 제일 무섭더라……."

"후후, 걱정하지 마. 난 저 사람이랑 결혼 같은 거 안 했는걸. 누구랑 결혼할 거면 내가 좋아하는 사람하고 해야 한다고 생각한단 말이야."

"그렇지—! 다행이다. 안심했어. 그런데 그 좋아하는 사람이란……."

"아! 스바루야말로 그 다리! 다친 데는 괜찮니?!"

본론에서 궁금한 화제로 이행한 순간, 에밀리아가 스바루의 오른쪽 다리 상태를 깨달았다. 두껍게 감은 붕대에 피가 은은하게 밴 상처다. 에밀리아의 걱정에 스바루는 괜히 헛물켠 감을 맛보면서 "괜찮지, 그럼." 하고 그 다리로 바닥을 밟았다.

"겉보기는 이런데 의외로 멀쩡해. 좀 호들갑스럽게 붕대 감았을 뿐이지."

"진짜로? 스바루는 금방 오기 부리니까 걱정되어서……."

"에밀리아땅의 걱정은 고마운데, 심각한 상황에서 거짓말은 안 한다고. 그보다……."

스바루는 거기서 말을 끊고 자신의 다리보다 우선해야 할 문제—— 에밀리아를 해방하고자 레굴루스로부터 한 방 먹은 라인하르트 쪽으로 눈을 돌렸다.

"라인하르트, 너는 괜찮은 거냐…… 윽, 고어해! 야, 그거 괜찮은 거냐?!"

스바루는 찬찬히 보다가 비로소 안 라인하르트의 처참한 상황에 눈을 부릅떴다.

하얀 의상의 전면이 요란하게 찢어져서 엿보이는 가슴팍은 피로 새빨갛게 물들어 있었다. 폭발물에 직격이라도 당한 듯한 몰골에 에밀리아도 "꺅." 하고 비명을 질렀다.

"크, 큰일 났네! 바로 옷을 벗어! 응급 처치할 테니까!"

"아아, 걱정 끼쳐서 죄송합니다. 하지만 걱정 마시길. 자, 상처는 없어요."

라인하르트는 당황하는 두 사람에게 웃어 주며 하얀 소매로 가슴에 묻은 피를 닦았다. 닦아 낸 가슴팍에는 확실히 피가 나는 상처가 없다. 피칠갑 속에는 상처 없는 육체만이 있었다.

"상처, 없어……. 없지만, 한 방 맞았었지? 그리고 내 뒤에서도 불이 화륵 했고."

"맞아! 엄—청 불타기에 그것도 깜짝 놀랐는데, 뭐가 어떻게 된 거니?"

"어떻게 된 거냐고 물으시면 답변하기 어렵군요. 그래도 그 상황엔 그게 옳았습니다. 스바루 너도 잠자코 보고 있어 줘서 도움이 됐어. 상대의 주의를 안 끌고 넘어갔지."

"네가 하는 짓이니 뭔 수가 있겠거니 싶었을 뿐이야. 방법이 너무 예상 밖이었지만."

스바루는 미묘하게 주안점이 어긋난 대답을 답답하게 여기면서도 그 순간의 생각을 고백했다. 단, 피투성이로 쓰러진 모습은 시체로밖에 안 보여서 자못 진지하게 초조하긴 했었다.

"그래도 넌 믿어 줬지. 그래서 고마웠어."

"네가 의미심장하게 부족한 부분은 맡긴다고 하니까 그렇지! 화낸다!"

스바루는 악의 없는 라인하르트의 어깨를 쿡 찌르고 입술을 뒤틀며 성을 냈다.

"아무튼 정답은? 분신이거나, 설마 통나무 바꿔치기 술법인 건 아니지? 인정사정없이 불타던데 기사만이 아니라 닌자까지 해 먹는단 소리는 하지 말아 주라."

"아쉽게도 첩자의 단련은 안 받았어. 그건 『불사조의 가호』라고 해서 딱 한 번이라면 죽은 상태에서 되살아날 수 있는 가호 덕분이야. 되살아날 때 광경이 요란하고 죽은 것처럼 보였단 네 말은 정확해. 실제로 마침 죽어 있었으니까."

"마침 죽어 있었으니까는 무슨! 대체 뭐냐, 바보냐?!"

예상 밖이란 수준이 아닌 답변이 돌아와서 스바루는 대경실색할 수밖에 없었다.

한 번 죽을 수 있는 가호의 효과라니 이게 웬 소리인가. '죽음'을 뭐라고 아는 거냐. 스바루가 할 말이 아니지만——아니, 오히려 스바루만이 할 수 있는 말이다.

"너, 내 영역을 어디까지 빼앗을 셈인데……."

"——음? 미안해. 하지만 대죄주교의 주의를 끌려면 그게 최선의 수라고 생각했거든. 실제로 잘 풀렸지. 하긴 가능하면 두 번 다시 죽는 건 사절이지만."

"하지만 날 구하려 그런 거지? 그 때문에 죽다니, 엄—청 죄책감……."

"으극."

"왜 스바루가 괴로운 표정이야?"

생각지 못하게 자폭한 꼴이 되어 가슴 잡고 신음한 스바루. 그러다가 스바루는 배후에 주저앉은 상태인 금발 여성, 그리고 주위 여성들을 슬쩍 둘러보고 말했다.

"그런데 아까까지 나온 말을 종합하자면, 저 사람들은……."

"맞아. 레굴루스의 부인들……인데, 난 그걸 엄—청 인정하고 싶지 않거든."

질문에 에밀리아가 고운 눈썹을 찌푸리며 복잡한 표정으로 대답했다. 에밀리아가 하고 싶은 말은 스바루도 왠지 모르게 이해했다.

"그따위 대접에다 이 모습을 보면, 행복한 신부라고는 도저히 믿을 수 없으니까."

레굴루스의 지리멸렬한 협박을 감안하면 그가 평소부터 아내들을 어떤 식으로 다뤘을지는 상상하기 어렵지 않다. 그렇기에 그녀들은 아름다우며, 또한 왠지 서글픈 것이다.

지금 와서 레굴루스에 대한 분노가 더더욱 심해지자 놀랐다. 도대체 대죄주교란 어디까지 혐오와 미움을 쌓아야 직성이 풀린단 말인가.

한없이 솟구치는 분노의 감정을 앓던 가운데——.

"——스바루, 아무래도."

"알아."

별안간 부르는 라인하르트의 말에 스바루는 고개를 끄덕이고 대답했다. 표정을 다잡으며 돌아보는 두 사람의 모습에 같은 방향을 돌아본 에밀리아가 남보랏빛 눈을 크게 떴다.

——그쪽에, 흉흉한 귀기를 두른 백발의 흉인이 저녁 그늘을 등지고 서 있었다.

"저기 말이야. 나한테 그런 짓을 하고 화기애애하다니 어떻게 된 거래? 인성에 결함이 있는 것도 한도가 있잖아? 아니면 그거야? 땅을 기는 벌레라도 짓밟은 감각인가. 내게 저지른 행패는 버러지를 짓밟은 거나 마찬가지야? 그거 말이야, 문제 있는 거 아니냐고!"

붕괴한 성당의 벽. 수북하게 쌓인 잔해 위에서 세 사람을 싸늘히 노려보는 흉인. 제 말에 제 감정이 자극당한 그자가 정면으로 도약했다.

흉인은 착지와 동시에 하얀 예복의 옷깃을 여미고 빳빳한 웃옷 소매를 폈다. 웃옷과 마찬가지로 순백인 바지 밑단을 털고 우아하게 앞머리를 고친 모습은 태연자약했다.

라인하르트의 참격을 받고서도 순백의 의상에 얼룩 한 점조차 없는 상태.

"──그렇군. 스바루에게 듣던 대로 기묘한 상대 같아."

"기묘한 상대? 정정해 주겠어? 나를 그런 저속하고 머리 나쁜 형용사로 부르지 말라고."

레굴루스가 못마땅하게 뺨을 일그러뜨리며 라인하르트를 노려보았다. 그리고 바로잡은 의상을 과시하듯 두 다리를 벌리고 당당히 가슴을 폈다.

"나는 마녀교 대죄주교 『탐욕』 담당, 레굴루스 코르니아스. ──이 세계에서 가장 충족된, 인생이 완성된 남자야. 기억해 두시지, 불량품들아."

"……너희 말이야. 인사만 꼬박꼬박 잘하는 버릇은 어디서 사원 교육이라도 받아서 그런 거냐?"

대죄주교 특유의 대사. 만날 때마다 듣는 처지인 스바루는 학을 떼며 어깨를 축 늘어뜨렸다. 스바루 옆에서 에밀리아가 "마녀교의, 『탐욕』 담당……." 하고 의미심장하게 중얼거렸다.

에밀리아는 입술에 손가락을 짚으며 뭔가 골똘히 생각하다가 물었다.

"저기, 레굴루스. ……당신, 전에 나랑 어디서 만난 적이 있어?"

"뭐어? 대체 뭐래? 모르겠는데? 아니 그보다 이제 와서 기회 놓쳐서 아깝다는 소리라도 하려고? 그만둬 주라. 기가 막혀. 기껏 얼굴이 예쁘장한데 정신적으로 바람이 나서야 답이 없다고! 난 그런 바람둥이 년에게…… 푸업."

"주절주절 시끄러워, 욕받이 담당아!"

스바루는 에밀리아를 힐끔는 낯짝에다가 가차 없이 채찍을 갈겼다. 그 충격에 레굴루스의 얼굴이 튕겨났지만 천천히 돌아온 그의 얼굴에 채찍에 얻어맞은 흔적은 없었다.

"……이건, 본격적으로 『무적』의 내막을 안 풀면 얘기가 안 되겠는걸."

"조잘조잘 여유 부리지 마시지, 얼간이. 방금 네 죽음이 확정됐다. 지금부터 대가를……."

"——미안하지만 네 상대는 나다. 시간 벌이에 어울려 줘야겠어."

바로 그때, 라인하르트의 앞차기가 레굴루스를 호쾌하게 뒤로 날려 버렸다.

"커걱?!" 하는 비명과 함께 레굴루스는 낙법도 못 한 채 바닥에 튕기다가 건물 잔해 더미에 온몸으로 격돌. 잔해 더미를 무너뜨리고도 여전히 그 너머로 뚫고 지나갔다.

"그럼 미리 상의한 대로 내가 저 남자를 상대하지. 스바루, 너는 『무적』의 공략법을."

라인하르트가 천천히 긴 다리를 내리고 말하자 스바루는 끄덕였다.

"그래. 시간을 버는 건 좋지만…… 딱히 저걸 쓰러뜨려도 상관없는걸?"

"가능하다면 그러고 싶지. 그리고 여성들에게도 피난을. 여기는 전장이 될 테니까."

"잠깐, 라인하르트! 오래 못 써먹을지도 모르겠지만, 이거!"

바로 적에게 훌훌 뛰어가려던 라인하르트를 에밀리아가 불러세웠다. 그녀가 내민 것은 마법으로 다시 형성한 얼음 검이었다.

"――감사히."

얼음 검을 받아든 라인하르트가 그 자리에서 에밀리아에게 공손히 인사했다.

그리고 다시 앞으로 돌아서서 레굴루스를 쫓아 성당 밖으로 뛰쳐나갔다. 그 또한 말 그대로 한달음에 시야에서 사라졌다. 그 각력에 뒤늦게 세찬 바람이 머리를 흩트렸다.

곧장 성당 밖에서 욕설과 굉음이 뒤섞인 전투가 시작되었음을 알 수 있었다.

"좋아, 에밀리아땅. 지금이야! 라인하르트 말대로, 우선은 이 사람들을 피난시키자! 다들, 얘기는…… 어, 들은 거 맞지?"

스바루는 기운차게 돌아봤지만 정작 여성들의 모습에 막막해졌다.

지금까지 꽤 충격적인 상황이 연이어 일어났을 텐데도, 여성들은 가면 같은 무표정으로 일절 동요가 없었다. 눈앞에서 라인하르트가 한 번 죽었음에도 말이다.

"저기, 얘, 괜찮니? 아무 데도 안 다쳤어?"

그 와중에 에밀리아가 융단에 주저앉은 여성의 어깨를 흔들었다. 스바루가 채찍으로 구한 그 여성은 에밀리아의 애타는 목소리에 느릿느릿 고개를 들고 파란 눈에 그녀를 비추었다.

"응, 괜찮아 보이네. 설 수 있어? 당장 여기서 벗어나자. 주위 애들도 같이……."

"저는…… 저희는, 여기에 남겠어요. 도망칠 거면 당신 혼자서 가세요."

"윽——, 어째서? 발 다쳤어? 그럼 내가 업어 줄게! 다른 아이들도 위험해! 얼음벽은 쳤지만 그 정도론 전혀 안심을 못해서……."

"——서방님의, 허락을 받지 못했습니다."

여성이 필사적인 에밀리아의 말을 지독하게 감정이 얼어붙은 목소리로 막았다.

에밀리아가 말문을 잃자 여성은 그 투명한 눈초리로 살며시 바라보며 말했다.

"서방님의 허락 없이 맘대로 행동하면 서방님의 분노를 사요."

"그런 건, 우리가……!"

알아서 해 주겠다. 에밀리아는 그렇게 호소하고 싶었을 것이다. 하지만 자신을 바라보는 여성의 눈빛에 뒷말을 잇지 못했다.

"레굴루스가 싸우고 있는 건 『검성』라인하르트야."

그때 대화를 옆에서 보던 스바루가 참견했다.

"당신들이 레굴루스를 무섭게 여기는 심경은 알아. 하지만 그놈은 라인하르트가 기필코 쓰러뜨릴 거야. 그래도 우리 말은 못 듣겠어?"

"쓰러뜨린다? 웃기지 말아 주세요. ——누가 상대여도 똑같아요. 누가 서방님을…… 레굴루스 코르니아스를 당할까 봐요."

여자는 스바루의 말에 코웃음 치고 구원을 일절 거절했다.

그 조소는 처음으로 내비친 감정다운 감정이었다. 아무것도 모르는 어린애가 떠든 꿈같은 이야기를 어른이 어른답지 못하게 웃어넘기는 조소였다.

이는 얼마나 일그러진 관계란 말일까.

——이 여자들은, 레굴루스의 아내들은 더할 나위 없을 만큼 남편의 힘을 믿고 있다.

그것은 상대가 『검성』이더라도 흔들리지 않는 신뢰, 사라지지 않는 저주의 속박이다. 레굴루스는 견줄 자가 없는 힘으로 확실하게 아내들의 마음을 단단히 잡아 놓고 있었다.

아내는 남편을 진심으로 믿고, 남편은 아내의 마음을 잡고 놔주질 않는다. ——그것은 이상적인 부부다.

"겉보기만 그럴싸해서, 최악이야……!"

말로는 이 여성들을 구할 수 없다. 움직이게 할 수 없다. 그 사실을 통감했다.

그 의견은 같은 처지에 있는 여자 모두의 뜻이다. 그건 전원이 전혀 이견 없이 자기 위치에서 움직이려고도 하지 않는 태도가 증명했다.

여기서 데리고 나가려면, 그야말로 힘에 의존하는 생각밖에 나지 않지만——

"그렇게 엄한 짓을 어떻게 해! 라인하르트! 작전 변경이다!"

스바루는 당장 이 여성들을 설득하는 것을 단념하고 제단의 잔해 위로 뛰어올라 갔다. 그 잔해 더미 너머, 거기서 펼쳐지는 탈인간 결전의 주역에게 각본 지시가 필요하다.

그러나 스바루가 잔해 더미 꼭대기에 도달해 투쟁의 장소를 들여다본 순간이었다.

"——저기 말이야! 너 좀 작작해 주지 않을래!"

어둠이 깔리기 시작한 가도에서 레굴루스가 어린애 발작 같은 쉿소리를 질렀다. 백발의 흉인이 아무렇게나 휘두른 팔의 여파에 가도가 뒤집히고 건물이 무너져 파괴가 확대되었다. 폭발 같은 기세로 파괴력만이 흩뿌려지고 아름다운 거리가 초 단위로 망가졌다.

"저 멍청이, 어디까지 자기 멋대로…… 으악! 무셔?! 뭐야?!"

배려를 모르는 레굴루스의 폭력. 그 여파로 돌멩이나 건물 잔해가 탄환처럼 날아왔다. 스바루는 머리를 감싸 쥐고 피해로부터 달아나면서 라인하르트의 모습을 찾다가 마침내 발견했다.

라인하르트는 때마침 밤하늘을 향해 수직으로 탑의 벽을 달려 올라가는 중이었다. 중력을 무시한 행위에 스바루가 눈을 부릅 뜬 순간.

「——작전 변경? 스바루, 안에 있던 여성들은?」

"헉——?! 뭐야?! 이거, 너 어디서 목소리 내냐?!"

「이건 ‘전심(傳心)의 가호’야. 보이는 거리에 있는 친구 정도라면 목소리를 보낼 수 있지.」

"점점 더 인간에서 벗어나는구나?! 그리고 아까부터 내 주위에 뭐가 핑핑 오가는데?! 무서워! 바람 소리밖에 안 들려!"

「응, 알았어. ──그건 바로 그만두게 하지.」

거기서 라인하르트가 탑을 박차고 문설트를 감행. 레굴루스의 파괴로 산산조각 나는 탑에서 벗어나 낙하하는 몸이 무시무시한 기세로 고속 스핀했다. 그 기세를 타고 지면에 착지한 라인하르트의 긴 다리가 공기를 가르는 진공파를 쏘았다.

"너, 너 대체 뭐야!"

그 진공파에 직격당해 욕설을 터트린 레굴루스의 몸이 또다시 날아갔다. 레굴루스의 몸통이 뒤쪽 건물을 때려 부수는 광경에 스바루는 눈을 끔뻑거렸다.

"살인곡마단 같은 방금 그 기술은 뭐야?"

「내 생각에 저 남자의 공격 수단은 돌멩이나 모래알이야. 그걸 막으려면 내 쪽도 바람 칼날 정도는 써야지 모래알 틈새로 피할 수 있어.」

"비를 계속 피한다는 식의 말을 들어도 난처하다."

아마 방금까지 들리던 스바루 주위의 바람 소리도 레굴루스가 쏜 공격의 여파에서 라인하르트가 지켜 주던 소리일 것이다.

"그건 됐어! 작전 변경이야! 저 사람들은 못 움직여! 레굴루스가 무서워서 그래!"

「……무리도 아니지. 알았어. ──그럼, 다음은.」

"Y 작전부터 실행한다!"

사전 협의에 따라 라인하르트가 파란 두 눈을 가늘게 뜨며 전진했다. 무너진 건물 속에서 나타난 레굴루스가 몸을 털고서 그 모습을 응시했다.

"아까부터 멋대로 까불던데. 너도 퍽이나 어처구니없는 힘을 가졌나 보지만 머리가 딸려서야 돼지 목에 진주지. 때리든 차든 나한텐 아무 의미도 없는 걸 슬슬 이해했을 즈음 아니냐고!"

"맞아. 한바탕 시험은 해 봤지만 알기 쉬운 공격 수단은 안 통하나 보더군. 그러니까 이제부터는 약간 에두른 방법을 시험해 보지!"

라인하르트가 흉악한 표정을 지은 레굴루스에게로 전진하는 속도가 상승했다.

마침내 학습한 레굴루스가 라인하르트를 노리며 좌우의 팔을 세로와 가로로 동시에 휘둘렀다. 터져나간 세로의 파괴와 가로의 파괴가 동시에 라인하르트를 덮쳤다.

그러나 라인하르트는 보이지 않는 공격을 스바루의 눈으로는 좇지도 못할 거동── 굳이 표현하자면 열여섯 명 정도로 분신한 것처럼 보이는 속도로 회피했다.

그리고 레굴루스에게 육박해서는 온존해 두었던 에밀리아의 얼음 검을 휘둘러 레굴루스의 몸을 아래에서 위로 베었다. 레굴루스의 몸이 아름다운 궤적을 그대로 따르며 위로 솟구쳤다.

날아가는 흉인의 절규와 산산이 깨지는 얼음 검의 경쾌한 소리가 겹치고 전장이 이동했다.

"스바루! 잠깐, 어쩔 셈이니?"

"지금부터 저놈을 유도해서 그쪽에서 대책을…… 와, 에밀리아땅, 대담해!"

"그치만 이 드레스, 예쁘지만 움직이기 힘들어서……."

잔해 더미에 올라온 에밀리아의 모습에 스바루는 무심코 눈이 동그래졌다.

에밀리아는 하얀 웨딩드레스의 치맛자락을 대담하게 찢고 확 트이게 함으로써 불편한 운동성을 개선했다. 이로써 싸우기 쉬워지긴 했겠지만 대신에 에밀리아의 길고 뽀얀 다리가 꽤 윗부분까지 드러나는 바람에 눈에 해로웠다.

"평소 치마하곤 다르게 왠지 엄청 나쁜 짓한 기분이야……."

"그런 건 됐고! 그보다 라인하르트에게 뭘 시킬 셈이니?"

"여기 오기 전에 생각했던 작전 중 하나. 레굴루스의 『무적』을 어떻게 깨트릴까 간파해야 하니까. ——떠오르는 가능성을 하나씩 짚어갈 셈이지."

스바루는 에밀리아에게 끄덕이고 성당 가장자리에 놔둔 하얀 검—— 라인하르트로부터 맡은 『용검』을 회수해 성당 밖으로 발길을 돌렸다.

그리고 뛰쳐나가기 전에 딱 한 번, 안에 있는 레굴루스의 아내들 쪽으로 돌아섰다.

"나쁜 건 레굴루스야. 그러니까 나는 당신들을 탓하진 않아. 근데 이 말만은 하게 해 줘."

"————."

"그래서 어쨌는데. 그렇게 말 안 하면 아무것도 시작 못 해. 눈은 반드시 뜨고 있어야 해. 눈꺼풀 뒤에는 보고 싶은 것도 내일도 결코 없으니까."

그 말이 완강한 그녀들의 마음을 풀어 준다고 생각하지는 않는다. 그러니까 이건 앞서 운을 뗀 대로, 그냥 스바루가 하고 싶은 말에 불과하다.

"──스바루, 가자. 우리도 싸워야지."

용감한 신부 차림의 소녀가 스바루의 의향을 이해해 주고 있다.

지금은 그 사실만으로도 충분하다. 스바루는 내민 에밀리아의 손을 잡고 함께 성당 밖으로 달리기 시작했다. ──라인하르트의 전장으로, 함께 가고자.

3

"푸앗! 이게, 깐족깐족 열 받게!"

레굴루스가 땅거미가 지는 수문도시에 쇳소리를 지르며 팔을 치켜들었다.

흉인이 휘두른 손에서 나간 것은 아무 특이할 게 없는 모래알이었다. 발밑의 모래를 주워 던질 뿐. 기껏해야 눈이나 아프게 할 위력밖에 없을 모래알. 그러나 레굴루스의 손이 던졌을 때에 한해 무시무시한 위력의 모래 산탄으로 변화한다.

돌로 지은 아름다운 시가지가 모래알에 파괴되어 굉음과 함께 무자비하게 붕괴된다.

"——쉭!"

그리고 그 모래 산탄에 저격당하는 빨강머리 『검성』은 아무 것도 없는 허공을 박차고 비상해 물리 법칙을 무시한 거동으로 레굴루스에게 짓쳐들려 했다.

"이게……! 공중을 방방 뛰어다니긴, 버러지 주제에!"

상식 밖에서 사는 라인하르트. 그 움직임은 숙련된 전사라도 따라잡을 수 없다. 따라서 전사로서 초짜나 다름없는 레굴루스는 라인하르트를 잡을 수 없다. 그럼에도 기척이 느껴지는 대로 레굴루스는 무턱대고 모래를 던졌다. ——사방팔방 기척이 있는 곳마다.

"너, 대체 뭐냐고오오오!"

"왕선 후보자인 펠트 님의 기사다. 차기 왕으론 부디 펠트 님을 잘 부탁해."

"——큭?!"

생뚱맞은 선전을 고지식하게 들려주는 목소리에 레굴루스가 정신없이 눈을 돌리며 적의 모습을 찾았다. 그 뒤통수에 라인하르트가 손에 든 철재를 호쾌하게 후려갈겼다. 부서지는 소리. 철재는 딱 한 방에 밑동부터 부러져서 무기 역할을 못 하게 됐다.

"너……!"

"불의의 공격이나 사각에서 하는 공격도 안 통하나. 내 가호와도 다른 조건 같군."

라인하르트가 타격을 받았음에도 상처를 입은 기척이 없는 레굴루스를 보고 중얼거렸다.

『무적』의 조건 해명은 급선무다. 다행히 흉인은 라인하르트의 움직임을 따라오지 못하지만 라인하르트 또한 영원히 싸울 수는 없다. 언젠가는 밀린다.

"표정을 보니 승산이 없는 건 아나 봐? 넌 지금까지 뭐든 그 폭력으로 잘해 왔을지도 모르겠는데, 희생 위에만 자신의 행복을 쌓을 수 있는 놈의 한계란 그 정도라고! 얼마나 많은 것을 짓밟아 온 거지? 욕심 많고 끔찍한 괴물놈!"

"——귀가 따갑군. 적잖게 자각은 있어."

지리멸렬한 레굴루스의 언동. 그러나 라인하르트는 부끄러워하듯 눈을 내리깔았다.

"허? 그게 뭐야. 배 째는 거야? 자기 죄는 스스로 깨닫고 있습니다. 알았으니까 흘려보내라 이거야? 적당히 해라. 자기밖에 모르는 놈아. 반성하고 나아진 네 미래에는 아무도 기대 안 하거든. 중요한 건 현재와 과거지. 네가 짓밟았을 때, 그 발바닥을 핥은 누군가가 있었단 말이다! 죄인이! 지금 당장 죽어! 이 위선자 놈!"

"……너와 대화하다 보면 마치 거울을 보는 기분이 들어. 스바루가 곧이곧대로 듣지 말라던 의미를 잘 알겠군."

"뭐가 잘났다고…… 아아, 그러고 보니 아까 놈이 스바루인가! 내게서 신부를 빼앗은 악종! 남자 밝히는 그년도 그렇지만 그놈도 용서 못해. 바로 대가를 치르게…… 커헙?!"

말하다가 턱을 올려치는 바람에 입을 다문 레굴루스의 천지가 거꾸로 뒤집혔다.

한순간에 거리를 좁힌 라인하르트가 레굴루스의 턱을 손바닥으로 강타한 것이다. 라인하르트는 떠오른 레굴루스의 다리를 잡고 힘으로 휘두르다가 호쾌하게 포석에다 내리쳤다. 이어서 레굴루스의 머리를 포석에 밀어붙인 채 하얀 예복 차림의 남자를 활용해 가도를 평평하게 다지기 시작했다.

"뭐냐고! 자기는 상관없지만 친구는 안 된다? 구역질이 나오네!"

"너와 정상적으로 상대하는 건 관두지. 못 들어주겠군. 특히 친구의 악담은."

상반신으로 바닥을 다지는 레굴루스의 흉악한 표정이 라인하르트를 노려보았다. 그 시선에 라인하르트는 미소로 응수한 직후 힘차게 도약했다. 밤하늘에 떠오르는 두 사람.

바람이 웅웅 부는 땅거미 속의 하늘. 부유감에 감싸인 둘의 시야에 하얀 보름달이 비쳤다. 손만 뻗어도 닿을 듯한 달빛을 받으며 레굴루스가 조소와 함께 혀를 찼다.

"이만 정신 차리시지! 위력 문제가 아냐. 높은 곳에서 떨어뜨리면 그걸로 이길 거라니 애들이나 할 발상이군. 네가 바보인가, 아니면 날 바보로 보나?"

"파괴력으로 쓰러진다면 갈라진 땅 속에 처박을 수준은 시험해도 되겠지만…… 그것과는 다른 수단을 시험하지. 따라와 줘야겠어."

말하면서 라인하르트는 기댈 곳 없는 허공에서 재주 좋게 자세를 가다듬었다. 그리고 레굴루스의 머리를 잡은 팔을 쳐든다. 흉인은 "무슨……." 하고 뇌까리다가 눈을 부릅떴다.

레굴루스는 눈 아래, 거기에 펼쳐진 광경을 목격하자 이를 드러내며 소리쳤다.

"너어어! 까불지 마!"

"일단, 유별난 수단 제1탄이다. ——제2탄이 없기를 절실히 빌겠어."

라인하르트치고는 드물게 야유하는 소리. 레굴루스에게는 그 점을 마음에 둘 여유가 없었다.

라인하르트는 쳐든 몸을 팔 힘만으로 수직 아래로 호쾌하게 내던졌다. 낭창거리는 채찍 같은 근육이 결코 가볍지 않은 레굴루스의 몸을 눈 아래로—— 맞바람을 받는 레굴루스가 팔다리를 허우적거리지만 저항도 덧없이 그의 눈앞에 수면이 육박했다.

"고작, 물에 빠트린 정도로……."

레굴루스는 두 손을 내밀어 수면에 떨어질 충격에 대비했다. 공중이라서 무방비한 건 라인하르트도 마찬가지. 바로 역습하면——.

"——에밀리아땅, 부탁해!"

"울 휴마——!"

가증스러운 남녀의 목소리가 들려오고, 시야 끝자락에 가증스러운 남녀의 모습이 잡힌다. ——손가락으로 가리키는 흑발 소년과 힘차게 영창하는 은발 소녀.

——다음 순간, 낙하하는 레굴루스에게 수직에서 초고속으로 거대한 고드름이 꽂혔다.

고드름이 등에 꽂혀 휘어진 몸에 뒤따른 고드름이 잇달아서 직격. 레굴루스는 팔다리가, 몸통이 얼음 속에 갇힌 상태로 차가운 동결에 뒤덮여 수로로 꽝침했다.

"————."

도합 다섯 개의 고드름에 꿰뚫려 중심부터 얼어붙은 레굴루스가 물속에 잠겼다. 수면은 레굴루스의 착수지점을 중심으로 얼어붙어서 사뭇 얼음의 묘비 같았다.

"——좋았어! 연못 퐁당 작전…… 통칭 Y 작전은 무사히 성공이다!"

"이걸로 쓰러진다면 고생은 안 하겠지만."

얼음의 묘비를 바라보는 스바루와 에밀리아 옆에 달까지 닿을까 싶은 도약을 선보였던 라인하르트가 귀환한다. 허공을 박찰 수 있는 그의 협력이 없었다면 이 도전은 말 그대로 물거품이 되었으리라.

애초에 허공을 박찰 수 있는 인재가 전제인 작전을 세우는 쪽이 잘못이지만.

"하지만 결과를 냈지. 네 작전과 내 작은 힘으로. 에밀리아 님의 힘도 커."

"남의 마음을 읽지 마셔. 그래도 완전히 얍삽이로 죽이려 들었으니……."

얼어가는 수면을 바라보며 스바루는 경계를 늦추지 않은 채 상대가 어떻게 나올지 살폈다. 그러나 에밀리아는 스바루 옆에서 긴 속눈썹으로 테를 두른 눈을 내리깔았다.

"아무리 그래도 저 상태로 물에 떨어지면 못 살 거 같은데……."

"켕기는 기색인 에밀리아땅에겐 미안한데, 솔직히 여기서 정리되는 게 제일 달가운 전개야. 지금이라면 우르르 몰려가서 익사체를 만들었단 죄책감만으로 그치니까."

솔직한 심정을 말하자면, 스바루도 솔선해서 남의 죽음에 관계하고 싶진 않다. 설령 자기 목숨을 위협한 상대더라도 복수심으로 움직이다가 호된 꼴을 당하는 건 지긋지긋하다.

"하지만, 그래도……."

역시 대죄주교만은 예외다. 놈들만큼은 결코 놔줄 수 없다.

그것은 놈들이 강적이기 때문이 아니다. 놈들이 흉악(凶惡), 속악(俗惡), 성악(性惡), 추악(醜惡), 해악(害惡), 극악(極惡), 포악(暴惡), 죄악(罪惡), 열악(劣惡), 사악(邪惡)한, 말로 다 형용 못할 악의의 화신이기 때문이다.

"——위험해!"

날카로운 고함. 그 직후 눈앞에서 수면이 갈라지고, 스바루는 가벼운 부유감을 맛보았다.

부유감은 라인하르트가 스바루와 에밀리아를 안고 뒤로 뛴 것이 원인이었다. 둘이 원래 있던 자리를 수로에서 튀어나온 물보라가 덮치고, ——가도를 장렬하게 도려냈다.

그 파괴는 다름 아닌 직전에 맹위를 떨치던 모래알과 같은 결과였다.

"아무래도 얼음에 가둬 물에 빠트린 정도론 결판이 안 나는 모양인걸."

"……그런가 보다. 그건 그렇고 저 공격은 모래 외에도 효과가 있나?"

라인하르트와 스바루의 중얼거림을 부른 원흉은 동일하지만 주목한 점은 달랐다.

스바루는 모래알이 아니라 물보라가 도려낸 지면을 관찰했다. 그리고 라인하르트가 보는 것은 수로 위, 흐르는 물에 서 있는 그림자——.

"……몸, 아무데도 안 얼었어. 아까 성당 때랑 똑같아."

에밀리아도 그 그림자—— 수면 위에 서 있는 흉인, 레굴루스 코르니아스를 보고 중얼거렸다.

손발을 묶고 몸통을 얼려 물속에 빠트렸음에도 레굴루스는 생환했다. 그것도 에밀리아의 말이 가리키는 것처럼 몸에 상처 하나 없이.

라인하르트의 물리 공격, 에밀리아의 마법 공격, 그리고 수공(水攻)의 자연 공격까지 세 패턴을 시험해 봤지만, 전부 효과가 없었다고 해도 무방하다.

레굴루스의 권능은 근본적인 방어력의 강화와는 결이 다르다. 확실히 말하지는 못하겠지만, 절대적인 방어벽으로 몸을 덮고 있는 게 아니다.

혹시 방벽에 구멍이 없을지 확인하려는 목적의 연못 풍당 작전이었는데.

"젖지도 않았다면, 투명한 상자에 들어 있단 설도 부정되었나……."

"——사람이 오냐오냐 하니까 아주 막 이러는군."

오싹. 차분하게 내뱉는 음성에 스바루는 위험한 흉조를 감지하고 몸이 굳었다. ──감정이 식을 대로 식은 레굴루스의 시선이 꽂혔다.

상처도, 젖은 자국조차 없는 흉인은 흐르는 물 위에서 입술을 뒤틀고 스바루 일행에게 말했다.

"뭘 몰라. 몰라, 모른다고, 몰라. 너희는 진짜 아무것도 몰라. 소용없어. 승산 따위 없다고. 안 닿아. 무의미해. 왜 그렇게 말귀가 어둡지? 말로 해 주고, 행동으로 보여 줬는데, 그래도 모르겠어?"

투덜투덜 떠들면서 레굴루스가 흐르는 물을 건너 다가왔다. 그 도중, 얼음의 발판이 끊어진 지점에서 발생한 현상에 스바루는 깜짝 놀랐다.

"뭐야. 이제야 자신이 누구를 상대하는지 깨우쳤나 보지?"

흉악한 표정으로 눈을 빛낸 레굴루스가 물 위를 태연히 걸었다. 다리가 닿는 지점이 얼어 있는 게 아니다. 물결이 이는 물 위를 그냥 걸어오고 있다.

저것도 레굴루스가 지닌 권능의 영향인가. 하지만 『무적』이기도 하며 물 위를 건너는 행위도 가능케 하는 효력이란 도대체 무엇이란 말인가.

"──스바루, 내 검을."

"아? 어, 어어⋯⋯."

레굴루스의 섬뜩한 접근 앞에서 스바루는 안고 있던 『용검』을 라인하르트에게 건넸다. 애검의 감촉을 확인하는 라인하르트. 그 옆얼굴에 에밀리아가 말을 걸었다.

"그 검, 뽑힐 것 같아?"

"아니요. 꿈쩍도 안 하는군요. 하지만 이 검이 아니라면 위험한 상대로 판단합니다."

지금까지 주고받은 공방으로 성당 안에서 내렸던 레굴루스의 위협도 판정을 갱신한 모양이다. 그러나 스바루는 뽑히지 않는 검을 든 라인하르트의 진의를 짚을 수 없었다.

"검이 안 뽑히는데 어쩔 거니? 칼집에 넣은 채로 때린다거나?"

"아니, 아니. 에밀리아땅. 아무래도 그렇게 단순하진……."

"네. 에밀리아 님의 말씀이 맞습니다."

"말씀이 맞아?!"

라인하르트가 에밀리아의 단순무식한 발상을 힘차게 긍정하며 끄덕였다. 그 답변에 에밀리아는 "역시." 하고 수긍했지만 스바루의 심중은 복잡했다.

이 세계의 강자에게서 왕왕 찾아볼 수 있는 게, 압도적인 힘을 무기로 삼은 힘자랑이다. 최강의 정권 찌르기만 있으면 잔기술 따위 필요 없다고 여기는 게 그들이었다.

그래도 정권 찌르기 하나로는 대적할 수 없는 게 대죄주교——.

"스바루, 너는 에밀리아 님과 권능의 간파에 집중해 줘!"

라인하르트가 날카롭게 말을 남기고 바람을 밟으며 곧게 날았다. 이를 기다리던 레굴루스가 흥흉하게 웃으며 그 두 손을 수면으로 뻗고 손끝이 물을 훑었다.

"너도 정말 모를 녀석이란 말이야! 그런 바보는 죽는 편이 세상에 보탬이 되지!"

레굴루스가 쩌렁쩌렁 외치고 두 팔을 쳐들었다. 힘차게 튀어 날리는 물보라는 영웅을 죽이려는 살육의 물장난이었다. 이 세상에서 가장 위험한 물장난에 라인하르트는 『용검』을 세게 움켜쥐고 과감히 쳐들어갔다.

그때 라인하르트를 둘러싼 세계가 물에 유린당해 으스러졌다.

풍경화 자체를 쥐어 뭉갠 것만 같이 모독적인 파괴극. 그것이 눈앞에서 전개되는 광경에 스바루가 말문을 잃었다. 하지만 옆의 에밀리아가 굳어 버린 스바루의 손을 잡고 말했다.

"괜찮아."

그 한마디가 스바루는 보지 못하는 라인하르트의 무사함을 보증해 주었다. 그리고 실제로 라인하르트는 물보라를 헤치며 레굴루스의 눈앞에 파고들었다.

『검성』과 흉인의 시선이 교차하고, 레굴루스가 정녕 밉살스러운 듯이 한숨을 쉬었다.

"보면 볼수록 넌 상상력이 없는 놈이더라."

"발밑의 푼돈을 찾다가 위를 보는 것을 깜빡한다. ──내 주군의 말씀이시지."

매도와 대답. 그리고 라인하르트가 펼친 검격이 그에 겹쳤다.

선언한 대로 라인하르트는 칼집에 꽂힌 『용검』을 휘두르며 레굴루스에게 폭풍 같은 타격을 가했다. 인체를 단단한 물체가 두드리는 소리가 끊임없이 이어진다. 그 광경은 물장난의 연장선상에 있는, 어린애의 인형장난처럼 보이기도 했다.

하지만 레굴루스의 물장난이 접촉한 이를 살육하는 포악의 현현이던 것처럼 라인하르트의 인형장난도 일격일격이 필살의 위력을 간직한 초차원의 검술이었다. 글로 표현할 때와 실제로 발생한 현상 간의 차이가 너무나도 심했다.

또한 한 가지 더, 명백하게 성가신 변화가 있었다. 그것은——.

"저 자식, 공격 맞아도 안 날아가고 있어."

중얼거린 스바루의 눈앞에서 레굴루스의 볼에 『용검』이 처박혔다. 하지만 레굴루스는 안면이 튕겨나가지도 않은 채 벌레를 터는 몸짓으로 손을 휘둘렀을 뿐이다. 라인하르트의 공격이 모조리 명중해도 충격조차 받지 않기 시작했다.

물 위의 공방. 어느샌가 레굴루스만이 아니라 라인하르트도 수면에 서 있었지만, 좌우지간 초인들의 공방은 일진일퇴—— 아니, 정체되고 있었다.

그것이 불길한 예감을 불렀다. 추리를 진행할 조건이 부족한 상태인데 손을 쓸 수 없는 사태만이 진행되자 나쁜 예감이 치밀었다.

그리고 그 예감은 적중했다.

"——뭣이."

물 위에서 오른쪽 다리가 잠기기 전에 왼쪽 다리를 빼며 레굴루스와의 초접근전에 임하던 라인하르트. 그 다리가 멈추었다. 상대가 멈춘 것이다. 자세가 무너지며 균형이 깨졌다.

라인하르트의 오른쪽 다리, 그 무릎 아래가 터지고 대량의 선혈이 수면을 붉게 물들였다.

"맞았어?! 뭘?!"

스바루가 외치고 라인하르트도 다리 상처와 고통에 눈썹을 찌푸렸다.

무슨 일이 일어났는지 멀리서 보던 스바루와 에밀리아도, 당사자 라인하르트도 알지 못했다. 그 해답은 출제자로부터 실격이란 통보와 함께 주어졌다.

"모래와 물보라는 괴물 같은 몸놀림으로 피하시던데 말이야. 생각이 짧더라. 나하고 진심으로 겨룰 맘이면 내가 뱉는 숨도 조심해야지. ——한숨도 말이야."

예상 밖의 답변과 동시에 레굴루스가 대충 발을 들었다. 자세가 무너져 발을 딛지 못하는 라인하르트에게 레굴루스의 발이 처박혔다.

모래가 산탄이 되고 물이 말 그대로 인생 마지막 물 한 잔이 될 레굴루스의 공격이다. 그 직접 공격을 맞으면 인체가 원형을 남기지 못해도 이상할 게 없다.

라인하르트는 순간적으로 그 발을 『용검』의 칼집으로 막았다. 하지만——.

"윽……!"

"뭐로 만들었는지 거추장스러운 검인걸. 칼집에서 못 뽑는다는 것도 웃기고. 그런 걸 분수에 안 맞는다고 하는 거야. 나야 이해가 안 되는 감성이지만!"

충격파가 관통하고 두 사람이 서 있는 수면에 파문이 퍼졌다. 다음 순간, 어마어마한 기세로 수로의 물이 날아갔다. 그리고 라인하르트의 온몸이 수평으로 튕겨나갔다.

한계까지 장력을 준 고무공처럼 라인하르트의 몸이 무시무시한 속도로 날아갔다.

막은 발길질의 위력은 사그라지지 않았다. 날아가는 라인하르트가 가도를 깎으며 수로를 터트리는데도 기세는 멈추지 않았다.

"안 돼! 멈춰——!"

그 라인하르트를 막으려 손을 쳐든 에밀리아로부터 마나가 솟구쳤다.

그것은 날아가는 라인하르트의 진로에 잇달아 솟아난 얼음 벽이 되었다. 에밀리아는 얼음 벽으로 라인하르트를 받아내어 충격을 죽이려고 시도했다. 그러나 솟아난 얼음 벽에 라인하르트가 부딪친 순간, ——얼음 벽에, 인간 모양으로 구멍이 났다.

"——어."

목격한 광경에 에밀리아가 아연실색하며 말을 잃었다.

그 사이에도 라인하르트의 몸은 잇따른 얼음 벽과 충돌하지만 그 전부를 그냥 지나가듯이, ——아니, 손가락으로 창호지를 뚫듯이 관통했다.

잡아둘 방법이 없다. 그대로 라인하르트는 프리스텔라 거리로 날아가 건조물을 파괴하면서 구르고, 구르고, 구르다가 시야에서 사라졌다.

"……자, 이걸로 제일 귀찮은 놈은 치웠단 말이지."

사라진 라인하르트로부터 흥미를 잃은 레굴루스의 주의가 스바루와 에밀리아에게 돌아갔다.

흉악함이 서린 시선에 기가 눌린 스바루의 몸이 굳었다. 옆에 선 에밀리아도 비슷하게 뺨이 굳어서 순식간에 허공에다 무수한 고드름을 형성하고 적을 조준했다.

　"……못 말리겠네. 말귀가 어두운 여자는 싫단 말이지. 버릇 잡는 데 수고가 들어. 뭐, 여자란 으레 말귀든 머리든 나쁘기 마련이니 우선은 버릇을 잡아서 자기 입장부터 가르쳐 줘야 하지만. 그렇기에 순종적이 되고 난 후엔 나쁘지 않고."

　"에잇!"

　"……너, 진짜로 남의 말 안 듣는 여자구나."

　주절주절 실속 없는 말이나 하던 레굴루스. 말하던 중에 고드름이 온몸에 박혔다. 에밀리아의 기합성과 함께 발사된 마법의 일제 소사다. 하지만 효과는 없다. 레굴루스는 몸에 부딪쳐 깨진 얼음 조각을 털어내고 수면 위에서 두 팔을 벌렸다.

　"뭘 하든 무의미하다고! 난 완벽한, 완성된 인간이야! 충족된 내게 이 이상도 이하도 없어! 나는 영겁을 손에 넣은 유일한 인간이야!"

　"충족되었다니, 당신 엄청 거짓말쟁이야! 당신이 하는 말은 원한다 원한다 더 원한다, 엄—청 이기적인 소리뿐인걸!"

　"──앙?"

　"충족됐다면 부인들을 더 소중히 대해! 그런 식으로 옭아매고, 그래서 체념하게 만들고, 그리고, 그리고 또……."

　에밀리아가 남보랏빛 눈에 강한 감정을 띤 채 우두커니 서 있는 레굴루스에게 말을 쏟아냈다. 에밀리아의 감정론은 드물지 않지만 이렇게까지 격정을 드러낸 예는 좀처럼 없다.

그리고 에밀리아는 "아." 하고 자신이 찾지 못하던 뒷말을 찾아낸 것처럼 말했다.

"알았다. ——나, 당신이 정말 싫어!"

"너어어어어어——!"

"화내다니 기가 막혀! 화낼 사람은 나야! 머리에 뿔났거든!"

레굴루스의 격분에 에밀리아가 눈썹을 바짝 세우고 대꾸했다. 그 자세는 실로 올곧고 흐뭇하지만, 흉인이 끓어오르는 건 위험한 징후다.

"에밀리아땅, 말 잘했어! 말 잘했는데, 일단 물러나자!"

"그치만!"

"저놈의 정체를 풀기 전까지는 못 쓰러뜨려! 라인하르트도 염려되고 우리가 당하면 안 된다는 걸 잊지 마."

스바루는 분개하는 에밀리아의 팔을 끌고 라인하르트와 합류해야 한다고 충고했다.

궁극적으로 레굴루스를 쓰러뜨리려면 라인하르트의 존재가 반드시 필요하다. 아무리 라인하르트라도 저만큼 날아가면 안부가 위태롭다.

에밀리아는 한순간 망설이는 눈치였지만 바로 분노를 풍성한 가슴속에 거두고 스바루와 같이 레굴루스로부터 거리를 벌리고자 달리기 시작했다.

스바루의 판단에 레굴루스도 노발대발하며 쫓아올 줄 알았지만——.

"_____."

레굴루스는 섬뜩하게 수면에 우두커니 선 채로 스바루와 에밀리아의 등을 바라보았다. 발을 움직일 시늉도 안 하며 도망치는 그들을 쫓으려는 의지를 보이지 않았다.

스바루는 그 모습을 수상쩍게 여겼지만 상대가 안 움직인다면 감지덕지다. 이 틈에 거리를 벌려 다음 검증 준비를──.

"──아?"

그렇게 생각한 순간, 스바루는 재차 레굴루스에게 힐끔 눈길을 보냈다가 아연실색했다. 그 동요가 전파되어 마찬가지로 뒤돌아본 에밀리아의 커다란 눈이 동그래졌다.

"저, 저기, 스바루…… 나, 엄─청 싫은 예감이 드는데."

"이심전심인걸. 실은 나도 그래."

잠시 위안도 못하는 의견을 교환하고 얼굴을 마주 본 두 사람의 발놀림이 동시에 급해졌다. 등 뒤로 목격한 광경의 의미는 모르겠다. 그러나 변변한 건 결코 아니다.

수로 가장자리에 선 레굴루스가 천천히 팔을 들었다. 레굴루스의 다섯 손가락이 거머쥔 것은 방대한 양의 물 덩어리. ──수로를 흐르는 물이 고체화했다.

제빙기로 만든 얼음처럼 수로에서 물이 사각형으로 쑥 뽑힌 것이다. 그 양은 25미터짜리 수영장을 한꺼번에 뽑아낸 것 같이 심대한 수량이었다. 겉으로 봐서는 얼어 있는 게 아니다. 물의 질감을 유지한 채로 그저 현상을 초월했다.

"도망친다. 도망치나. 그래, 괜찮지 않아? 나하고 너희의 힘차이를 생각하면 그게 당연한 발상이기 마련이지. 존중할게. 다만."

그렇게 말한 레굴루스가 심드렁하게 도약했다. 하지만 그 비거리와 속도가 예사롭지 않다. 화살 같은 속도로 레굴루스가 밟고 선 곳은 도시 3번가에 건조된 시각탑이었다.

대죄주교란 시각탑처럼 높은 건물을 어지간히 좋아한다. 그렇게 비꼬는 말을 입에 담을 여유도 없었다. ——이다음 전개가 대강 상상이 갔다.

양측의 거리는 멀어서 탑 위에 서 있는 레굴루스의 얼굴은 콩알로밖에 안 보였다. 그러나 스바루에게는 레굴루스의 불길한 흉소가 똑똑히 엿보였다.

"그래, 도망칠 수 있으면 도망쳐 보시지. ——신부 실격인 결함녀와 그런 여자를 참 소중히도 안고 도망치는 낯짝 두꺼운 샛서방 놈. 내가 너희에게, 속죄의 비를 선사해 주지!"

부르짖은 레굴루스의 머리 위에서 다섯 손가락에 잡힌 물 덩어리가 천천히 풀어지다가, 다음 순간 무시무시한 기세로 터졌다. 물이 터지는 기세는 멀리서 달리는 스바루와 에밀리아를 따라붙을 만큼 강하고 강해서, 거리가 물방울에 찢어지고 깨지고 부서진다——.

"스바루!"

"도망쳐 도망쳐 도망쳐 도망쳐 도망쳐——!"

쏟아지는 살육의 비가 도시를 대파괴로 유린한다. 말 그대로 융단폭격이 도망치는 두 사람의 등에 인정사정없이 덮쳐들었다.

# 4

——붕괴가 밀어닥친다.

쏟아지는 물방울은 본래라면 메마른 가도에 얼룩 한 점 남기고 사라질 덧없는 존재. 그런데 지금은 한 방울 한 방울이 장렬한 파괴의 마수(魔手)가 되어 도시를 유린했다.

물방울이 닿은 물체는 종이에 칼을 댄 것보다도 저항이 없이 결합을 잃는다. 그 현상이 건물을 무너뜨리며 가도를 갈기갈기 찢어서 붕괴의 여파가 확대, 도시가 사라져 갔다.

"오오오오오——!"

등 뒤에 임박한 파괴에 스바루는 절규와 함께 전력 질주를 거듭했다. 옆에서 은발을 나부끼며 달리는 에밀리아도 입을 앙다물고 마찬가지로 전력 질주하고 있다.

그러나 풍광 좋은 물의 도시에는 수로가 종횡무진 깔려 있다. 그 결과로 도시의 가도는 복잡해서 직선상으로 도망치기도 어렵다. 달리는 두 사람 정면에도 금세 다른 수로가 막아섰다. 우회할 여유는 없지만——.

"일 났다!"

"모 아니면 도지만…… 스바루, 잡아!"

도망칠 길이 없어진다는 위기에 스바루가 소리치자 에밀리아가 손을 뻗었다. 스바루가 그 하얀 손을 망설임 없이 잡은 순간, 급속하게 냉기가 대기에 차올랐다.

에밀리아의 내면에서 막대한 마나가 휘몰아치며 옅은 빛이 둘의 주위를 에워싸고 깜빡였다.

　——에밀리아 본인의 마법과, 미정령(微精靈)의 힘을 빌린 마법과 정령술의 듀엣이다.

　"——애들아, 부탁해!"

　기원을 담은 에밀리아의 지시에 미정령들이 넘실거리는 빛을 냈다.

　그 직후, 스바루와 에밀리아가 달리던 지면이 하얗게 물들고 숨이 하얘지는 은세계가 전개되었다. 에밀리아는 놀라는 스바루를 끌고 수로를 향해 직진하며 가속했다.

　"에잇!" "으와아—?!"

　마음의 준비 없이 수로로 돌입하는 바람에 스바루는 경악성을 터트렸다. 하지만 에밀리아의 노림수는 스바루의 상상을 넘어서, 백척간두에 놓인 상황이 크게 진전되었다.

　그 노림수란——.

　"와아아아아! 에밀리아땅 끝내준다! 똑똑해! 귀여워!"

　"바보 같은 소리 하지 말고! 제어하기 어려우니까 손을 놓지 마!"

　스바루는 그렇게 말한 에밀리아의 손을 세게 마주 잡고 발밑에 집중——. 스바루와 에밀리아는 동결된 수로의 표면을 활주해 속도 및 도주로 확보에 성공했다.

　에밀리아가 마법으로, 미정령이 정령술로 저마다 수로를 얼려서 길을 확보한다. 스바루와 에밀리아는 그 위를 활주해 파괴의 비가 예보된 지역에서 전력 질주를 유지했다.

　속도는 충분. 하지만 균형이 안 좋다. 스바루는 에밀리아의 손을 세게 잡으며 말했다.

"에밀리아땅! 얼음으로 스케이트화 만들자! 신발 밑에 블레이드…… 뭐랄까, 날카로운 부분을 만들어서 얼음 위를 미끄러지는 신발이야."

"스케이트……. 아! 얼음 위를 미끄러지는 신발이라면 본 적 있어! 아마…… 이렇게!"

빙상을 활주하면서 에밀리아가 상상을 부풀려 마법을 행사한다. 스바루와 에밀리아 둘의 발끝을 얼음이 덮고 즉석 스케이트화가 완성되었다.

──스바루가 에밀리아에게 전수한 『아이스브랜드 아츠』는 얼음의 마법으로 온갖 무구를 만들어 내고 그것들을 에밀리아가 자유자재로 다루며 싸우는 얼음의 전투법이다.

이것을 실용 단계로 끌어오고자 두 사람은 이미지 공유에 상당한 시간을 소비했다. 스케이트화의 재빠른 이미지 공유는 그 경험의 산물이라고 할 수 있다.

"좋아. 이걸로 움직일 여지가 생겼어! 이거라면…….."

"──가끔 말이야. 있더라고. 너 같이, 자기가 특별한 줄 착각하는 놈이."

스바루가 즉석 블레이드의 에지(Edge)를 시험하며 가속할 때, 끈적거리는 목소리가 고막을 핥았다.

숨을 집어삼키고 등 뒤를 돌아보니, 스바루와 에밀리아가 활주하고 있는 수로의 동결된 얼음길을 레굴루스가 밟아 깨트리면서 두 사람을 따라 달리고 있었다.

"막바지에 떠올린 타개책이 승리의 한 수라고나 생각해? 그게 떠오른 건 자기가 특별해서 그렇다고 우쭐대는 거 아니야? 근데 그거 말이지. 평소부터 절도를 지키고 분수를 분별하는 자세를 바람직하게 여기는 나에 대한 모독이 아닐까?"

아무 의미도 없는 코멘트야 어쨌든 상황은 꽤 좋지 않다.

유유히 걷는 레굴루스. 그 걸음 속도가 자세와 합치되지 않았다. 한 걸음 내디딜 때마다 심상찮게 가속해서 수로를 전력으로 활주하는 두 사람과의 거리가 쭉쭉 좁혀졌다.

"저 자식, 소름 끼쳐!"

"스바루, 미정령 아이를 한 명 붙일 테니까 힘낼 수 있겠니?!"

에밀리아가 등 뒤를 신경 쓰는 스바루에게 손바닥 위의 미정령을 내밀고 물었다. 스바루는 한순간 그 말에 "엉?" 하고 눈썹을 치켰다가 바로 끄덕였다.

"그래, 맡겨 줘! 이래 봬도 어릴 적에는 빙상의 프린세스라고 불렸거든!"

"미안. 무슨 말 하는지 좀 모르겠어."

머리가 길고 사랑스럽던 어린 시절 이야기에 에밀리아는 미소 짓고 잡은 손을 놓았다. 그리고 속도를 유지한 채 뒤돌아서 미끄러지며 등 뒤의 레굴루스에게 손바닥을 겨누었다.

"에잇—! 맞아라!"

고드름이, 얼음 검이, 얼음 창이, 얼음덩이가 잇달아 레굴루스를 사방에서 꿰뚫었다. 하지만 그 전부가 레굴루스의 몸에 부딪치자 대미지를 주지 못한 채 깨졌다.

그 사이 레굴루스의 속도는 떨어지지 않았으며, 스바루와 에밀리아도 속도를 죽일 수는 없었다.

"부탁한다, 미정령 소년! 소녀? 어느 쪽인지 모르겠지만 네가 희망이다!"

스바루는 에밀리아에게 맡은 미정령에게 간청하고 눈 아래의 수로를 얼음길로 바꾸기를 우선했다. 출렁이는 수면을 평평하게 다지고 레굴루스에게 응전하는 에밀리아를 지원하기 위한, 결사적인 제빙 작업이다.

"에잇! 얍! 야얍!"

한편, 에밀리아는 스바루에게 신뢰와 미정령을 보내고 레굴루스와의 공방에 집중했다.

에밀리아는 스케이트 경험이 없지만 타고난 신체 감각으로 경험 부족을 억지로 극복하고, 가속과 감속을 교묘히 병용하며 레굴루스에게 접근 공격을 시도했다.

얼음의 쌍검으로 목을 치고, 얼음 망치로 몸통을 후려친다. 얼음 창이 몸 한가운데 급소를 잇달아 뚫는 것과 동시에 레굴루스의 상반신을 동결시키는 파란 마력이 터졌다.

그러나 레굴루스는 에밀리아의 저항을 비웃듯이 돌파하고 담담하게 말했다.

"생각하건대 말이야. 쓸모없는 저항은 일종의 명예 훼손이지. 왜냐면 그게, 상대와 압도적인 힘의 차이가 있지만 그걸 인정 못하겠다. 그러니까 쓸데없이 저항한다, 이거잖아. 그거, 상대의 강함을, 노력의 결정을, 타고난 재능을 인정하지 않는단

거야. 즉, 상대에 대한 배려의 결여지. 그건, 내가 나이려는 소
박한 권리의 모독──."

"이거면, 어때!"

조소하는 레굴루스. 그 가랑이를 에밀리아의 얼음 삼절곤이
바로 밑에서 때렸다. 스바루조차도 한순간 몸이 쪼그라들 위력
이었지만 아쉽게도 레굴루스에게는 대미지가 들어가지 않았
다.

단, 육체적으로 피해는 없어도 정신적인 피해는 웬만큼 보였
다. 레굴루스가 뺨을 실룩거리며 하얀 눈썹을 찌푸리고 에밀리
아를 노려보았다.

"조신함이란 게 없는 여자군! 아까부터 전부 급소에, 심지어
그곳까지 노리다니 부끄러운 줄도 몰라? 이딴 결함녀가 어디
있나! 신부에 불합격이다!"

"말했잖아! 당신의 신부는 못 돼! 나, 분명히 웃지 못하게 될
거니까!"

분노를 드러내며 손을 뻗는 레굴루스. 에밀리아는 그 손끝이
닿기 직전에 회피했다.

얼음 위를 피겨 스케이팅 선수처럼 화려하게 춤추며 대담한
트임이 들어간 드레스로 미끄러지는 에밀리아. 얼음의 요정이
라고 부를 만한 아름다움과 테크닉으로 흉인을 농락한다.

"웃어? 안 웃어도 된다고, 아내란 입장은! 내가 사랑하는 건
아내들의 얼굴이야! 사랑하는 상대에게 사랑할 수 있는 상태를
바라는 건 당연하잖아? 날 희롱하지 마라, 이 악녀!"

"웃어도 화내도, 울어도 잠자도, 그 사람은 그 사람이야! 당신이야말로 악당이지!"

하얀 드레스를 입은 소녀와 하얀 예복을 입은 남자가 얼음 위에서 장렬하게 격돌했다.

위에서 내려다보면 원래 신랑신부였던 두 사람의 광경은 숫제 회화와 같았다. 하지만 그 실태는 일방통행과 강요에서 비롯한 덧없는 혼인 관계이며, 얼음 위를 달리는 것은 요정처럼 아름다운 절세의 미소녀와 이 세상의 악랄을 전부 욱여넣은 대죄주교다.

춤추고, 미끄러지고, 스핀하고, 뛰고, 가속하고, 뒤로 젖히고, 회전하고, 감속하고. 스케이트의 연기 종목처럼 에밀리아가 얼음 위를 종횡무진 뛰어다녔다. 잡히지 않는 에밀리아에 인내심이 바닥난 레굴루스가 달려 들려는 순간――.

"――에밀리아땅!" "아, 닛?!"

스바루가 채찍으로 에밀리아의 호리호리한 몸을 단숨에 끌어당겼다. 레굴루스는 수로의 합류 지점을 돌지 못하고 두 사람을 지나쳐 막다른 벽에 머리부터 처박았다.

한편, 미정령이 만든 구부러진 얼음벽을 이용해 수로 코너를 돈 스바루는 채찍으로 에밀리아의 회피를 돕고 고속으로 회전하는 몸을 단단히 지탱했다. 에밀리아를 뒤에서 껴안는 모양새가 되면서, 두 사람은 포개진 채로 수로를 더 멀리 나아간다.

"고마워, 스바루. 덕분에 한숨 돌렸어."

"괜찮아, 덕도 봤지! 그보다 K(급소) 작전이랑 K2(고환) 작전도 실패야. 어디 일부가 약점일 거란 지크프리트 패턴도 틀렸나! 약점 어디야!"

"──약점 따위 없는 걸, 그만 깨달아라. 바람둥이 년과 샛서방!"

스바루가 외친 직후, 노성이 터지며 수로 합류 지점에서 거대 괴수가 날뛴 것 같은 물기둥이 폭발적으로 솟구쳤다. 그리고 폭포처럼 쏟아지는 물을 뚫고 나온 레굴루스가 온갖 물리 법칙을 무시하고 직진하며 스바루와 에밀리아에게로 가속했다.

레굴루스로부터 발생한 가속력이 지나가는 길에 충격파를 만들어 수로의 물이 어마어마한 기세로 터져나갔다. 대수로의 수량은 한 차례 수문이 열렸을 적의 영향이 크기에, 레굴루스가 광범위에 물을 뿌린 것 정도로도 대번에 거리의 붕괴가 확대되었다.

"안 좋아! 이대로 가면 따라잡혀!"

"스바루, 꼭 안고 있어."

"어? 부탁 안 해도 그럴 건데, 어쩌려고?!"

"이렇게, 할 거야!"

에밀리아의 말에 따라 스바루는 그녀의 가는 허리를 세게 끌어안았다. 그대로 몸을 내맡긴 에밀리아가 두 사람의 머리 위에 고드름을 형성, 바로 뒤쪽 방향에다 사출했다.

고드름의 표적은 스바루와 에밀리아가 가는 앞길. 레굴루스를 벗어난 방향이다. 에밀리아의 마법에 스바루는 곤혹스럽게 눈썹을 모았지만──.

"부탁해, 잡아 줘!"

"아──! 그런 뜻인가!"

에밀리아의 참뜻을 이해한 스바루는 채찍을 휘둘러 멀어지는 고드름을 휘감았다. 하지만 고드름의 위력은 스바루의 완력으로는 멈추지 않는다. 그리고 그거면 된다.

"으, 아, 아, 아아아아!"

공중을 달리는 고드름에 견인되어 스바루와 에밀리아의 활주 속도가 단숨에 상승했다.

그 속도에 미정령의 작업이 따라잡지 못해 두 사람의 발밑에 어중간하게 언 물이 안개처럼 튀어 올랐다. 전에 TV로 본 적이 있는 제트 스키 같은 상태다.

단, 안전 항행 제일인 제트 스키와 달리 무작정 하늘을 달리는 고드름에는 두 사람에 대한 배려가 없다. 채찍을 잡은 손의 힘이 빠지면 즉각 뒤집힌다.

"이거, 꽤, 균형이……! 게다가……!"

"마법도 계속 날아가진 않아. 그러니까, 또! 다음 거! 또!"

"또라니! 하기야 하겠지만!"

고드름이 사출의 추진력을 잃고 수로로 떨어지기 전에 에밀리아가 다음 고드름을 생성했다. 스바루는 채찍 끝부분을 늦추자마자 다음 고드름에 채찍을 날려 같은 행위를 반복했다.

고드름을 채찍으로 감고 기세가 죽으면 다음 고드름으로 대상을 바꾼다. ──하는 짓을 말로 풀면 그뿐인 행위지만 극한의 집중력이 필요한 만행이었다.

곡예, 혹은 신기(神技)라고 불러야 할 기량을 채찍 경력 1년인 스바루에게 요구하는 에밀리아. 하물며 에밀리아 본인은 스바

루가 실수할 거란 생각을 전혀 하지 않았다.

좋아하는 소녀가 이만한 신뢰를 보내는데 어떻게 감히 실패할 수 있으랴.

"내 손에 깃들어라, 하느님 부처님 스승님——!"

"그리고, 난 이쪽!"

스바루는 신과 부처와 채찍의 스승인 클린드를 동렬에 세우며 실수 한 번이면 사망이 확정될지도 모르는 무식한 짓에 과감하게 도전했다. 에밀리아는 그런 스바루에게 신뢰와 체중을 맡긴 채로 등 뒤에 다가드는 레굴루스에게 초대형 고드름을 때려 박았다.

——에밀리아가 만들어 낸 것은 하늘에서 떨어졌나 착각할 만큼 초대형 얼음덩이였다.

얼음덩이는 대수로를 빈틈없이 꽉 메우며 피할 곳 없는 레굴루스를 호쾌하게 짓뭉갰다. 하지만 레굴루스는 그 얼음덩이에 몸통째 충돌해 깔끔하게 얼음을 뚫고 돌파했다.

부수지도 깨지도 않고, 닿은 부분만이 쑥 빠진 괴기현상——. 그것은 레굴루스의 발길질을 맞은 라인하르트가 얼음벽과 충돌해 인간 모양 구멍을 뚫은 것과 같은 현상이었다.

즉, 그 순간의 라인하르트와 현재 레굴루스에게 작용하는 힘은 같은 종류. 여기서도 레굴루스가 가진 권능의 구조를 풀어낼 힌트를 얻을 수 있을 듯싶지만——.

"따라잡히겠어!"

"하하! 도망칠 수 있을 줄 알았어? 쓸데없는 저항만이 아니라 자의식 과잉과 과소평가도 내 권리의 침해잖아. 그 무신경의 대가를 여기서 치러라! 뭐해, 따라잡힌다!"

　고함친 레굴루스가 수면을 박차고 해일 같은 물의 폭력이 터졌다. 직전에 맞은 초대형 얼음덩이에 대한 앙갚음이라는 듯, 이번에는 스바루와 에밀리아 쪽이 피할 곳이 없는 공격이었다.

　에밀리아는 그 해일을 올려다보고 숨을 집어삼켰다. 스바루는 그 몸을 끌어안으며 외쳤다.

　"——그래, 맞아! 이제야 따라잡은 참이지!"

　"뭐?!"

　해일을 앞둔 스바루의 큰소리에 레굴루스가 눈을 부릅떴다. 그 순간, 스바루와 에밀리아가 활주하는 대수로로 가도를 부수며 옆에서 돌진하는 그림자가 있었다.

　——가도를 부수고 건조물을 파괴하며 수로에 돌입한 그림자. 그것은 레굴루스의 발차기를 맞고 저 너머로 날아갔던 라인하르트였다.

　라인하르트는 여전히 기세를 유지하며 곧게 수로로 들어와 해일에 돌진했다.

　"——기다리게 해서 미안하다."

　한마디 사과가 『용검』의 칼집으로 펼친 참격과 겹쳤다. 둔기로 펼친 참격이라는 모순된 일격. 그러나 그 모순은 『검성』의 검압 앞에서 아무런 장애가 되지 않는다.

　가로 일자의 검격을 맞은 해일이 그 질량의 중간부에서 절단되었다. 그대로 물은 해일의 형태를 유지한 채 수로에 떨어져 물기둥을 일으키고, 위기를 배제하는 데 성공했다.

"너! 어처구니없는 것도 정도가 있지!"

그 물기둥을 뚫고 뛰쳐나온 레굴루스가 이를 드러내면서 라인하르트에게 육박했다. 레굴루스의 수도를 피한 라인하르트가 물을 박차고 수면 위를 달리며 쓴웃음 지었다.

"자주 듣는 말이군. 하지만 너도 꽤 정상이 아니야."

"똑같이 보지 마라, 괴물아. 애초에 넌 한가한가 보지? 자기 인생이나 더 살라고! 도대체 얼마나 열심히 남의 연애를 방해해야 직성이 풀린대!"

"연애라 하기엔 너와 에밀리아 님의 감정은 지나치게 일방통행이지. 그리고……."

라인하르트는 『용검』을 빙빙 돌려 레굴루스의 공격을 걷어내면서 등 뒤를 보았다. 그의 파란 두 눈은 『검성』의 귀환을 기뻐하는 스바루와 에밀리아의 모습을 보고 있었다.

얼싸안은 두 사람의 모습에 라인하르트는 미소를 지었다.

"나는, 기왕이면 친구의 연애를 응원하겠어. 잘 풀려서 결혼식에 초대받고 싶거든."

"수준 낮은 꿈을 보고해 줘서 고맙다. 그 꿈은 저승에서 이루는 게 어때!"

목숨 건 상황에서 입에 담은 라인하르트의 담대한 유머에 레굴루스의 포효가 죽음을 동반하며 터졌다. 레굴루스에 맞서는 라인하르트는 활주 중인 스바루와 에밀리아 정면에서 수면을 박차고 『용검』의 칼집으로 공격을 걷어내며 전선을 유지했다.

레굴루스는 힘차게 수면을 밟은 라인하르트의 다리를 보고 입술을 뒤틀었다.

그 다리는 레굴루스의 일격을 맞고 한 번 폭발하듯 손상을 입었을 부위다. 최소한 라인하르트가 무릎을 꿇을 만큼은 아파하던 상처였을 텐데.

"나 참, 밉살맞은 놈이네, 너! 검만이 아니라 치유 마법도 자신 있나. 남보다 축복받은 갖가지 자질로 도대체 얼마나 많은 사람의 마음을 짓밟았어? 노력도 없이 타인의 마음을 깨트리고, 자못 신나셨겠지!"

"네 착각을 한 가지만 부정해 두지. ——내게는 치유 마법을 사용할 적성이 없어. 이 다리는 대기 중의 미정령이 나를 염려해서 황급히 고쳐 줬을 뿐이야."

하얀 옷자락은 피로 물든 채였지만, 라인하르트는 건재한 다리로 물 위를 딛고 레굴루스의 명치를 『용검』 끝부분으로 찔렀다. 물론 그걸로 대미지는 들어가지 않았다.

하지만 앞선 에밀리아의 삼절곤과 같이 레굴루스의 자존심은 크게 훼손됐다.

"날아가 버려."

나지막하고 짧게. 그렇기에 진짜 분노와 살의가 담긴 중얼거림이었다.

쫓아 달리다가 한 걸음 처진 레굴루스가 대수로의 수면에 손을 넣고 바닥을 뒤집는 요령으로 그 수량을 뒤집었다. ——막대한 해일이 재발생하여 한꺼번에 스바루 일행을 덮쳤다.

"J 작전!"

"제이면, 뭘…… 꺅!"

해일을 본 순간, 라인하르트에게 지시한 스바루가 에밀리아를 안아 들었다.

그리고 스바루는 깃털처럼 가벼운 에밀리아를 안은 채 미정령의 힘으로 대수로에 얼음 점프대를 형성, 단숨에 그리로 돌입해 힘차게 하늘을 날았다.

대수로 바로 위로 드높이 날아오른 스바루와 에밀리아가 해일 범위 밖으로 벗어났다. 스바루는 팔에 꼭 힘을 준 에밀리아를 옆으로 눕혀 안고 등 뒤를 돌아보았다.

그쪽에는 대수로에 남아 해일과 마주한 라인하르트가 있었다.

"훅——."

날카로운 호흡을 내뱉은 라인하르트의 모습이 뿌예졌다. 그때, 물을 차고 공중을 박차 해일 뒤편으로 돌아간 『검성』의 모습이 레굴루스의 정면에 출현했다.

레굴루스가 "이게……!" 하고 라인하르트의 속도에 격분하고, 그 몸통을 『용검』이 수직 아래로 올려친 공방은 한순간에 이루어졌다. 겨드랑이 아래로 침입한 일격을 맞은 레굴루스의 몸이 대수로 위로 날아가고 즉각 도약한 라인하르트가 뒤따랐다.

그리고 다음 일격으로 레굴루스를 그 자신이 만들어 낸 해일의 공격 속에 처박았다.

"큭——, 멍청한 놈이!"

고속으로 추락하던 레굴루스의 욕설이 등부터 해일에 격돌해 충격과 함께 터졌다. 막대한 수량이 두 동강으로 갈라지고 대수로에 인접한 가도가 어마어마한 물에 휩쓸렸다.

갈라진 해일이 만든 소용돌이 중심에 레굴루스가 팔짱을 낀 자세로 섰다. 그는 발을 한 번 굴러 물기둥을 만들고는 그 위에 올라타 라인하르트에게 달려들었다.

"자기 공격이면 통할 줄 알았어? 너, 자신을 과대평가하는 건 좋지만 상대를 부당하게 업신여기는 나쁜 버릇도 작작해. 그런 멍청한 수법이 통할 리 없잖아?!"

"이것도 효과 없음──."

모든 것을 으스러뜨리는 물의 폭력도, 우선도가 위인 레굴루스의 몸에는 통하지 않는다.

『무적』의 구성이 풀려서 단순한 물이 되어 흩어진 해일을 지켜본 라인하르트가 대수로 옆에서 상황을 지켜보던 스바루에게 끄덕였다.

점프대에서 착지하다가 실패해 옆으로 안고 있던 에밀리아를 지키면서 엉덩이로 땅바닥을 미끄러지던 스바루. 라인하르트의 끄덕임에 엉덩이를 문지르면서 일어섰다.

"자기 공격으로 J(자폭) 작전도 안 통하나! 젠장, 엉덩이 아파!"

『G 작전과 M 작전도 안 먹혔어. 미안하다. 역부족이었어.』

그때, 시선이 마주친 라인하르트로부터 『전심의 가호』로 텔레파시가 날아왔다. 그걸로 G(겨드랑이 아래)와 M(명치) 두 작전의 실패가 확정, 다음으로 이행한다.

스바루는 『무적』을 깨트리기 위한 방책으로 얼핏 떠오르는 패턴을 죄다 열거했다. 전부 만화 · 게임에서 따온 발상이지만 접근 방식은 분명히 잘못된 게 아니다.

페텔기우스의 권능이 그랬듯이 레굴루스에게도 반드시 약점이 있다.

"물에 빠트려서 질식 작전도, 몸 어딘가가 약점인 지크프리트 계획도, 자기 공격이 치명상이 되는 자살골 플랜도 실패! 뭐가 더 남았지?"

"스바루, 놓치겠어! 우리도!"

"알아. 하지만……."

——스바루는 조급해하는 에밀리아에게 손이 끌려가는 와중에도 필사적으로 머리를 굴렸다.

라인하르트가 레굴루스를 잡아놓고 있는 지금이 놈의 권능을 추리할 절호의 기회다.

레굴루스와의 싸움이란 『무적』의 권능을 깨트리는 싸움이다. 그것만 돌파하면 레굴루스 따위 흔해 빠진 양아치보다 좀 못한 실력자에 불과하다.

"사고방식이 안 좋나? 발상이 틀렸어? 고정 관념이, 있다고 치면."

이 싸움에서 이따금 보이던 몇 가지 기묘한 현상. 발에 차여 날아간 라인하르트나 돌진하는 레굴루스가 얼음덩이를 뚫고 지나간 것. 모래알과 물보라가 대량파괴 병기가 된 것. 그리고 때때로 레굴루스가 보이는 가공할 신체 능력. 그 비밀도 권능에 있을 터.

"스바루, 난 어떡하면 돼? 뭔가 할 수 있는 일은 없어?"

스바루가 골똘히 생각에 잠길 때, 답답한 표정의 에밀리아가 물었다.

저 멀리에서 대수로를 무대로 라인하르트와 레굴루스의 격투가 이어지고 있다. 해일과 물기둥. 그 싸움이 얼마나 무시무시한지 떨리는 대기로 전해졌다.

에밀리아는 저 자리에 딱히 개입할 수 없는 본인이 한심해서 못 견디는 것이다. 그리고 그건 스바루도 마찬가지. ──신뢰에 부응하지 못하는 자신이 답답하다.

에밀리아도 라인하르트도, 스바루를 믿으며 힘을 빌려주었다.

믿어 주는 사람은 둘만이 아니다. 다른 제어탑을 탈환하러 간 동료들도, 낭보를 기대하며 기다리는 식구도, 스바루가 방송으로 부른 도시 주민들도 그렇다.

"에밀리아땅, 뭐든 괜찮아. 지금 힌트가 필요해. 저놈한테 잡혀 있을 때, 들은 거나 눈치챈 건 없어? 뭐든 좋아."

"잡혀 있을 때 들은 것……."

생각한다. 생각한다. 생각한다생각한다생각한다생각한다생각한다.

생각하면서 스바루는 사고의 막다른 곳을 뚫고자 에밀리아에게 조력을 청했다. 그녀에게도 싫은 기억이겠지만 레굴루스와 접촉한 시간은 에밀리아 쪽이 더 길다.

혹시 뭔가 권능을 폭로할 힌트를 적이 누설하지 않았다고 단정할 수도 없다.

스바루의 질문에 에밀리아는 "으음, 그게." 하고 고운 눈썹을 찡그리면서 대답했다.

"우선, 처녀? 그게 어떠냐고 들었고……."

"저 자식이, 때려 죽인다."

천사에게 뭘 묻고 있나. 레굴루스에 대한 호감도가 최악을 돌파했다.

스바루의 분노를 개의치 않으며 에밀리아는 여전히 요 몇 시간의 기억을 헤집다가——.

"부인들을 번호로 부르고 있고, 웃기만 해도 죽이려 하고, 그걸 나쁜 임금님 같다고 그랬더니, 그 애는 작은 임금님…… 아니지. 『작은 왕』이라고."

"——작은, 왕."

더듬더듬 기억을 돌아보는 에밀리아. 그 입술에서 나온 단어에 스바루는 뭔가가 걸렸다.

그건 단순히 비꼬는 표현으로도 느껴졌다. 레굴루스의 태도는 폭군 남편 같이 귀엽지도 않고 한없이 독재적이라 말마따나 그릇 작은 임금님에 어울린다.

그것을 『작은 왕』이라고 지칭해도 이해가 가는 성격이다.

그런데 스바루는 그 『작은 왕』이라는 말을 다른 쪽에서 들은 적이 있었다.

그것은——.

"——별 이름이야."

스바루는 퍼뜩 깨달았다.

레굴루스, 시리우스, 카펠라, 알파르드, 그리고 『페텔기우스』.
——대죄주교의 이름들은 전부 스바루가 아는 별의 이름과 부합

하고 있었다.

여태까지도 몇 번쯤 그런 생각이 머리에 스친 적은 있다. 하지만 그때마다 스바루의 이성이 그 생각을 부정했다. 왜냐하면 그것은 본래 불가능한 사태. 스바루가 아는 별 이름은 이 세계의 별 이름이 아니다. 스바루가 원래 있던 세계의 별 이름이니까.

──따라서 그 생각은 불가능한 부합, 실현되지 않을 만남이었다.

그러나 스바루는 절대 불가능하다고 단언할 수 없단 사실을 이미 수문도시에서 배웠다.

"『물의 날개옷 여관』, 일본풍 건축, 황무지의 호신……."

중얼거리는 그 단어들은 스바루가 이세계에서 마주친, 원래 세계의 잔향이 느껴지는 요소. 스바루 말고 다른 존재가 이 세계에 들고 온 다른 세상의 흔적이었다.

이 세계에는 불가능하다고 웃어넘길 수 없을 만큼 스바루가 살던 세계의 영향이 짙게 남아 있다. ──그럼 대죄주교들이 내세운 이름도 그렇지 않은가.

이걸 그냥 우연의 일치라고 여기기란 지나치게 무리가 있다.

왜냐하면 단순히 이름과 별 이름만 부합하는 게 아니니까. 『레굴루스』의 어원은 라틴어로 『작은 왕』을 의미하는 단어──. 우연은 두 번씩 겹치지 않는다.

스바루의 그 추측을 더욱 뒷받침하는 것이 페텔기우스 로마네콩티의 존재다.

만약 페텔기우스의 이름이 별 이름 중 『베텔기우스』에서 유래

했다면, 그 어원은 아랍어로 『자우자의 손』이라고 한다. ──그 말이 변화해 놈의 권능인 『보이지 않는 손』이 되었다고 추측할 수는 없을까.

그리고 사자자리를 의미하는 『레굴루스』의 별 이름에는 또 하나 다른 이름이 있다. 그쪽 별 이름의 어원, 라틴어가 의미하는 건──.

"──에밀리아, 묻고 싶은 게 있어."

단서와 단서가 이어져서 어조를 낮춘 스바루의 말에 에밀리아가 눈을 깜빡였다. 그리고 그녀는 바로 진지한 표정으로 "뭐든지 물어봐." 하고 힘차게 끄덕였다.

에밀리아의 남보랏빛 시선을 받으면서 스바루는 자신의 목을 툭 건드리고 말했다.

"성당에서 그놈에게 목을 잡혔더랬지. 그때 말인데…… 그놈의, 레굴루스의 손은 뜨거웠어? 아니면 차가웠어?"

스바루의 물음에 에밀리아가 고운 눈썹을 찡그렸다.

그 표정은 기억을 뒤지는 중이라는 의미이자 스바루가 던진 질문의 의도를 알아채지 못했다는 증거이기도 하다. 하지만 기억이 성당에 있었던 순간으로 돌아간 순간, 에밀리아는 찡그린 눈썹을 치켰다.

"으응, 아니. 방금 생각해 봤더니…… 아무것도 못 느꼈어. 뜨겁지도, 차갑지도 않았어. 마치 아무것도 아닌 것이 만진 것처럼."

"아무것도 아닌 것?"

"엄─청 이상해. 그림자나 공기를 만진 것 같이……."

언어로 잘 표현할 수 없어 갑갑한 심정인 에밀리아. 그러나 스바루는 에밀리아의 답변에 숨을 집어삼키고 자기가 품던 의문을 간신히 구체화했다.

　──격전에 다치지 않고 숨이 흐트러지지도 않는다. 수로에 떨어져도 젖지 않고, 온몸 어느 곳을 공격해도 대미지가 들어가지 않는다. 종국에는 내던진 모래알과 물보라가 일격필살의 위력을 띠고 도시를 장난감 상자처럼 흔들어 대는 압도적인 힘을 발휘한다.

　이건 이미 『무적』이라는 단순한 능력으로는 도저히 실현할 수 없는 피해다.

　"──라인하르트!"

　스바루가 에밀리아의 손을 잡고 격전이 이어지는 대수로에 크게 소리 질렀다.

　『검성』과 흉인은 한창 끼어들 틈새가 없는 공방 중이다. 하지만 찰나의 방심도 허락지 않은 죽음의 선 위에서 라인하르트는 확실하게 스바루 쪽으로 의식을 돌렸다.

　그 귀에 닿으라고 스바루는 혼신의 목소리로 외쳤다.

　흉인, 레굴루스 코르니아스. 그 『탐욕』의 권능이 스바루의 상상대로라면──

　"──그 녀석의, 심장이 뛰고 있는지 확인해 줘!"

# 제2장 『화염도시 찬가』

1

예이— 여기는 현장의 릴리아나입니다—.

네네. 현재 저희는 수문도시 프리스텔라의 4번가! 마녀교의 대죄주교에게 점거당한 제어탑 중 하나! 그곳 공략 작전에 도전하고 있습니다—!

무시무시한 마녀교의 대작전! 이에 대항하는 건 도시에 남은 반역의 기수! 최강의 인원들이 총집결해 지금 제어탑 네 곳 동시 공략의 포문이 열렸습니다!

막상막하의 강자들 모임 틈에 어째선지 그냥 귀여운 가수인 저, 릴리아나 마스커레이드까지 당당히 참전했는데요. 이건 예상 외! 하지만 시방 물러날 수는 없시유! 그럼 이 무대에 참가한 맛이 간 일당을 소개하마—!

"——그 낯짝도 슬슬 질린 참이군. 이만 소녀의 발밑에 목을 바치거라. 상으로 그 두개골로 촛대라도 만들어 주겠다."

자, 떴다—! 나님너님소녀님! 잔혹 발언이든 엽기적 취미든 까짓것 어뗘랴! 하지만 그래 버리면 우리도 한꺼번에 골로 가니 봐주시라요!

　날카롭고 붉은 눈은 불꽃의 빛, 춤추는 모습도 일렁이는 불길 같으니! 그 기분과 성격도 일렁일렁 기세가 변하는 불꽃 같아서, 아무튼 그냥 접촉 엄금의 위험한 진홍색 미모!

　양검(陽劍)을 꼬나들고 날아다니는, 제 명줄이자 공수의 핵심! 프리실라 바리에르 님이십니다―!

　프리실라 님은 타오르는 수로 측면을 달리다가 대번에 벌겋게 빛나는 양검을 휘두릅니다! 휘둘러요! 자꾸자꾸 휘두릅니다!

　충격, 번쩍, 와장창! 매서운 일격을 받고 상대 선수 크게 날아갔습니다―!

　아! 그런데 버텨 섰어요! 그리고 프리실라 님을 노려봅니다!

　"아아, 아아, 아아, 참 내! 왜 다들 하나로 뭉쳐서 나랑 그이의 밀회를 방해하려고 하시는지! 서러워라. 서럽네, 서러워! 서러워서 가슴이 터질 것만 같아! 마음이 떨리는 격한 감정…… 아아, 설움이 멈추지 않아아아!"

　나왔습니다―! 소리치면서 뚝뚝 눈물을 흘리며 울부짖는, 여러분도 잘 아시는 붕대 괴인입니다―!

　얼굴을, 몸을 하얀 붕대로 둘둘이 둘둘 감아서 감추고! 마녀교 전용 로브를 대담하게 풀어 입고! 여자 노릇을 때려칠 기세로 두 팔의 사슬을 붕붕 휘두르는 위험 영역!

　이젠 뭔 말을 하는지 며느리도 몰라―! 마녀교 대죄주교『분노』담당, 시리우스 로마네콩티, 입니다! 처음에 자기가 이름 댔단 말이죠!

"——쉬, 이이이이익!"

괴인 시리우스가 부르짖으며 눈물과 함께 사슬을 휘두릅니다! 그 눈물이 불붙인 것처럼 제어탑 앞의 광장이 폭발하고 불타오르는군요! 뭐가 어째서 연동되는지 알지도 못하겠다!

하얀 불길에 휩싸인 광장! 그 주위에는 수로를 에워싸듯이 사람, 사람, 사람이 득실득실! 4번가 피난소에 틀어박혀 있던 사람들이 이 싸움을 보러 일부러 달려와 줬다——가 아닙니다—! 지금 다들 드러누워서 울부짖는 중이고요! 그야말로 꺼이꺼이 울고불고 소란스러운 시리우스와 같은 인상으로 말입니다!

즉, 이게 바로 수문도시를 대혼란의 도가니 속에 처넣은 『분노』의 힘입지요—!

울부짖는 이 사람들 눈이 이미 완전 제정신이 아냐! 감정에 물들었다고나 할까, 감정에 취했다고나 할까, 감정에 지배당했다고나 할까, 완전 그런 느낌이에요!

이대로 내버려 두다간 변변치 못한 꼴이 될 건 명백하고 결백하고 표백하기에, 이쯤에서 어디 한 방 먹여 주자구요오!

"큽, 크흡…… 자, 하아하아, 일생일대의 대무대라 이겁니다 흐!"

높은 곳에 올라서! 타오르는 무대와 울부짖는 관객, 아예 쿵쾅쿵쾅 불똥을 튀기는 무희들을 내려다보며 저 또한 무대에 올랐다고 목청 높여 외칩니다.

솔직히 제 마음도 쿵덕쿵덕, 감정에 중독당해 취했기에 지배당하지 않았다곤 못 하죠. 못 하지만, 이런 건 노래에 취하면 일상다반사입니다!

 웬만한 감정의 파도쯤 못 넘어서야 뭐가 음유시인이겠습니까, 다 덤벼!

 끝으로! 이 맛이 간 패거리 중 마지막 한 명, 주연을 소개합니다――!

 "자아자아, 멀리 있는 사람은 귀로 들으셔! 가까운 사람은 춤도 보고! 더 먼 사람에겐 더 큰 소리를 낼 테니 그걸 들으시라! 이 여자 릴리아나 마스커레이드, 노래하고 연주하며 춤추겠소이다! 듣고 자빠져! ――『아침놀을 앞지르는 하늘』!"

 류리레를 치는 손가락에 섬세하고도 대담한 힘을 담고 목청높여 저 먼 곳까지 닿도록, 가까운 곳에 아름답게 울리도록 세상으로부터 소리와 노래를 빌려서 연주 개시――!

 이 릴리아나 마스커레이드의, 여느 때와 다름없는 승부의 순간――!


 그런데 뭐 그 전에! 왜 이리됐는지 잠깐 돌아봅죠―!


2


 "저기요. 저저, 저기요. 프리실라 님! 저기, 정말로 괜찮으셔요?"
 "무슨 얘기냐."
 해쓱한 표정의 릴리아나가 건넨 물음에 프리실라는 안색 하나 바뀌지 않으며 냉담하게 대꾸했다.

장소는 수문도시 프리스텔라의 중추, 도시청사 회의실이다.

좀 전까지 이곳에선 도시를 점거한 대죄주교에 맞설 대책 회의가 열렸으며, 네 곳의 제어탑과 그곳을 지키는 대죄주교들을 공략할 인원 분배가 확정된 참이다.

대죄주교는 누구나 남 못잖은 사악뿐. 어느 쪽이 가장 난적일지는 일률적으로 말할 수 없지만, 최소한 프리실라 팀이 담당한 『분노』의 대죄주교는 피해 규모가 크다.

타인의 감정에 간섭하는 『분노』의 권능은 이미 프리스텔라 전역에 미치고 있는 것이다.

"그런 강적과 결전을 벌인단 흐름인데 대동하시는 게 저뿐이라니 여러 가지로 이상하지 않나요?! 『검성』님이란 말까진 안 해도 최소한 같이 계신 기사 알 님 정도는……."

"소녀의 종복 중에 기사 따위 없다. 알은 그냥 광대에 불과하고 놈은 이 도시에서 지나치게 방자히 굴었어. 조금은 벌을 주어야지. 애초에 소녀 혼자면 뭐가 부족하다고."

"물론 프리실라 님은 거유니까 신과 같은 존재시지만요!"

당당하게 가슴을 편 프리실라의 드센 말에 릴리아나가 자신의 얄팍한 가슴을 두드리고 외쳤다. 그 기백에 프리실라는 슬쩍 웃고 릴리아나는 눈물을 주르륵 흘렸다.

"이 녀석, 왜 우느냐. 이상한 계집애로고."

"그치만요. 세상을 비관하고도 싶어진다구요오. 마녀교가 통솔이 안 되는 무법자 집단처럼 말하던 사람 누구예요. 바짝 통솔 잡혀 있잖아요오."

그렇지 않고서야 무슨 수로 도시의 중요시설을 동시에 점거하고, 이렇듯 10만 명 규모의 사람들 상대로 우위에 서는 기가 막힌 결과를 낳겠는가.

강대한 적의 실태에 릴리아나가 새삼스럽게 두려움에 떨고 있으려니——.

"——얼라라, 뭐꼬? 황당한 상황에 다 맞닥뜨렸네."

해사한 목소리가 난입해서 릴리아나가 무심코 돌아보았다. 그쪽, 회의실 입구에서 안을 들여다보던 여성과 눈이 마주쳤다.

"……암여우더냐."

"시상에—. 남 보자마자 암여우라니 너무하네."

그렇게 말한 왕선 후보자 아나스타시아가 프리실라의 중얼거림에 고운 얼굴을 찌푸렸다.

프리실라와 아나스타시아, 이 두 사람은 후보자 중에서도 유달리 궁합이 안 좋은지 도시청사에서 합류한 뒤 짧은 시간 사이에 벌써 몇 번이나 말로 치고받았다.

그런 판국에 릴리아나가 프리실라 앞에서 흐느끼는 모습을 발견한 것이다.

"또또 공주가 심한 말해쌌다 여기는 기 머 이상하나?"

"소녀가 이 노래꾼에게? 생각 없는 발언도 작작 해라. 이 노래꾼의 가치를 가장 정확히 인정하는 건 소녀야. 그런데 왜 소녀 손으로 가치를 깎아내릴까?"

"어어?! 프리실라 님, 절 자상하게 대하시는 거였어요?!"

무심코 소리친 릴리아나가 프리실라의 응시에 입을 다물고 쭈

그러들었다. 아나스타시아는 두 사람의 관계를 바라보다가 못 말리겠다며 어깨를 으쓱였다.

"길은 잘 들인 모양인디, 진짜 괜찮은 기가? 상대는 대죄주교 아이나?"

"군말이 많군. 벌써 다 끝난 얘기를 다시 하자고? 시간이 없어. 짧게 본론으로 들어가라. ——소녀는 장난칠 마음이 없다."

"……참말로 대하기 어려운 분이다카이."

아나스타시아가 쓴웃음 짓고는 씁쓸한 감정이 짙은 표정으로 눈썹 끝을 내렸다. 그리고 프리실라에게 "맞나." 하고 운을 떼었다.

"다들 나간 담에, 도시청사의 수호 말이지만도."

"교활한 놈들이 하는 수작이야 항상 똑같지. 우리가 제어탑에 인원을 쪼개면 욕심 많은 속물 중 누군가가 반드시 빈 본진을 노리기 마련. ——알은 마음대로 써먹도록."

"——참말로 말귀가 빠르데이. 그긴 그거대로 성가신 분이시네."

아나스타시아는 원래 그 목적으로 말을 꺼냈는지 프리실라의 답변에 끄덕였다.

둘의 대화를 듣는 릴리아나의 머리는 화제를 따라잡느라 한계였다. 애초에 프리실라는 알을 도시청사에 남길 생각이 가득했던 모양이지만——.

"아항, 오호라! 프리실라 님은 알 님을 신뢰하시히에엑!"

수긍하려던 릴리아나가 프리실라의 붉은 눈초리에 불탔다.

겸연쩍은 마음이라고 보기엔 너무 화끈한 눈빛에 기겁한 릴리아나가 아나스타시아 뒤에 숨었다.

"공주, 고래 뚫은 표정 할 꺼까정 읍짢나."

"신뢰, 신용이란 말을 경솔하게 꺼내기 때문이다. 소녀가 그치를 중용하는 건 부정하지 않겠지만 그치를 신용하는지는 또 다른 얘기지. 그치는 말 안 하는 사정이 많아."

거기서 프리실라는 "하긴." 하고 의미심장한 눈초리로 아나스타시아를 돌아보았다.

"숨기는 거라면 너도 남 말 할 계제가 아니렷다? 암여우."

"──글쎄, 먼 말이나?"

"시치미 뗄 거면 맘대로 해라. 소녀가 알 바 아니야. 자신의 기사로 정한 자에게 꼴사나운 죄책감이나 실컷 품거라."

코웃음 친 프리실라의 말에 아나스타시아가 뚫은 내색을 입가에 달았다. 릴리아나는 알아들을 수 없는 대화지만 지엄하신 입장인 두 사람만은 알아듣는 기색이다.

어쨌든──.

"달리 할 말이 없으렷다? 소녀와 노래꾼에겐 맡은 입장이 있다. 너는 벌벌 떨면서 보고를 기다려라."

"듣기 안 좋은 표현 하지 말그라. ……작전은?"

"소녀가 소녀임을 증명하는데 시답잖은 잔재주가 필요할까? 노래꾼을 데리고 당당히 정면으로 가겠다. 아아, 그 전에 들를 곳이 있었군."

"들를 곳?"

대담무쌍을 몸소 체현한 프리실라의 선언에 아나스타시아가 고운 눈썹을 찡그렸다. 그 반응에 프리실라는 깊이 끄덕이고 고혹적인 미소를 띠었다.

　"소녀의 숙소에 들를 것이야. ──적당한 복장으로 갈아입어야 하니까."

3

　"노래꾼을 데리고 춤추는 이상, 소녀도 그에 걸맞은 복장이어야만 하는 법."

　그렇게 말한 프리실라는 사람 없는 숙소로 도착하자 자택에서 숙소로 가져왔던 의상들을 늘어놓고 적당한 전투 복장을 고르고자 갈아입기 시작했다.

　"우와하, 으엥?! 잠깐, 잠깐, 흐헤헤……."

　남의 눈이 없다고는 해도 당당히 벗은 몸을 드러내며 갈아입는 프리실라. 릴리아나는 같은 방에서 그 모습을 스스럼없이 바라보면서 허둥댐과 동시에 동시에 눈요기를 했다.

　"감사합니다─ 감사합니다─. ……뭐예요, 이렇게 느긋해도 된대요?"

　"필요한 걸 채우는데 느긋할 게 뭐 있겠느냐. 소녀 또한 대충하는 법이 없느니. 여기서 고른 한 벌이 이 도시의 명운을 판가름할 한 수가 됨을 알도록."

　"프리실라 님의 드레스가 도시의 명운을?!"

이야기가 참 거창하지만 그런 말도 안 되는 소리가 어디 있냐며 완전히 부정하진 못할 분위기였다.

실제로 프리실라가 기분 및 흥의 여부로 실력이 오락가락하는 성질이라는 사실을, 마찬가지로 기분 및 흥의 여부로 그날 노래 수준이 변하는 릴리아나가 이해했기 때문이다.

세상에 있기는 있는 법이다. 외적, 내적 요인이 세상의 추이를 좌우하는, 그런 인간이.

"이, 이길 수 있을까요—? 우리가."

"물론이니라. 이 세계는 소녀에게 편리하게 만들어졌다. ——하지만 이번엔 적이 선점한 것도 많지. 무너뜨리려면 그만큼 수고가 들 것이야."

약한 발언을 꾸짖을 줄 알았는데, 프리실라는 담담한 음성으로 대답했다. 그리고 프리실라는 자신의 주황색 머리를 잡아 올리고 릴리아나 쪽에 등을 돌렸다.

"소녀를 만지는 것을 허하마. 드레스의 등을 잠가라."

"으히."

왠지 징그러운 웃음이 튀어나왔지만 릴리아나는 총총 프리실라 곁으로. 프리실라의 지시에 따라 짙은 빨간색 드레스의 등쪽 잠금쇠를 만졌다.

그렇게 완성된 프리실라의 모습을 보자 절로 한숨이 새어 나왔다.

"어, 어여쁘세요, 프리실라 님……."

"당연하지. 네 노랫소리에 맞추었다. 소녀가 타인에게 이리다가가는 경우는 그리 많지 않아. 따라서 네겐 소녀의 기대에 부응할 책무가 있노라."

"으히야─. 책임이 막중하잖아요─!"

두 손을 들고 벌벌 떠는 릴리아나. 그 눈앞에서 프리실라는 옷 갈아입기를 마쳤다.

어깨를 대담하게 노출하고 훤칠한 다리 위 골반까지 트인 붉은 드레스였다. 프리실라의 미모를 돋보이는 역할을 완수하면서 편하게 춤출 수 있도록 하는 게 전제인 의장. 목을 큼직한 보석으로 꾸며 보는 사람을 불사르는 불꽃의 미(美)가 현현했다.

"이만큼 미인에다 심지어 거유……. 신이여, 신이 강림하신 기라……!"

"신 같이 웃기는 존재에 기대지 마라. 소녀의 이름을 불러야 마땅하노라."

"프리실라 님……!"

그런 대화를 나누면서 프리실라와 릴리아나 두 사람은 숙소를 떠나 이번에야말로 목적지로 나아갔다. 그 장소가 바로──.

"──제어탑이죠. 『분노』의 대죄주교가 있다는."

중얼거리는 릴리아나의 음성이 희미하게 굳어 있었다. 마침 내 피하기 어려운 싸움을 목전에 두었다는 불안과 긴장감. 그러나 그게 전부는 아니다.

"노래꾼, 네가 심려한 건 『가희광』이로군?"

"어, 으음, 저기, 네. 맞아요, 맞아. 키리타카 씨 얘기는 들었 사와서……."

프리실라의 지적에 릴리아나는 눈을 내리깔고 가슴 앞에 손가락을 콕콕 마주 댔다.

　릴리아나와 키리타카의 관계는 한마디로 말하면 가수와 그 후원자다. 만난 당초에는 여러모로 엇갈림도 있었지만 현재 이 프리스텔라에서 맺은 관계는 양호하다고 할 수 있다.

　릴리아나를 『가희』로 추대했으며 헌신적인 키리타카. 그러나 그가 반한 쪽은 릴리아나의 노래가 아니라 릴리아나 자신이었다.

　"추어올려 주는 건 기뻤고요. 저도 이것저것 신난 시간을 보냈었지만 키리타카 씨와는 어정쩡한 관계라고 할지……."

　키리타카가 표명하는 호의에 릴리아나는 정면으로 보답한 적이 없었다. 릴리아나는 그 사실이 이제 와서 심히 부담스러웠다.

　그와는 더 이상 만날 수 없다. 대화할 수 없다. 그런 상황이 되어서야 비로소——.

　"저는, 키리타카 씨를……."

　"십인회 마지막 한 명 말인가. 놈들의 요구를 감안하면 그 남자는 살려 놨을 게야."

　"엉, 으이잉?! 키리타카 씨가 살아 있어?! 진짜요?!"

　숙연히 고인을 추모하려던 릴리아나가 생각지 못한 말에 달려들었다. 프리실라는 릴리아나의 반응에 "자명한 노릇이지." 하고 끄덕였다.

　"놈들이 요구한 『마녀의 유골』의 위치는 십인회 소속 인물밖에 모른다고 했다. 만약 그 사실을 아는 자가 모조리 없어지면 어찌되겠나?"

"그건, 뼈를 입수할 수 없단 거 아녜요?"

"당연히 그리되지. 하나 그러면 유골을 원하던 머저리의 요구는 이룰 수 없다. 요구를 이룰 수 없다면 그치는 대수문을 방패로 내세울 필요가 없어지고. 이해하겠느냐?"

프리실라의 설명에 릴리아나는 생각에 잠겼다가 "아." 하고 이해에 이르렀다.

대죄주교가 제어탑을 점거한 것은 대수문을 방패로 내세운 교섭 때문이다. 대죄주교들은 각각 자신들이 원하는 것을 요구하며 도시에 인질 교섭을 제시했다.

그 요구가 절대 이루어질 수 없다면, 그들이 대수문을 열지 않을 이유가 없다.

"화풀이든 장난이든, 아무튼 간에 도시는 물 밑에 가라앉겠지. 그걸 막으려면 십인회의 목을 전부 떨어뜨릴 수는 없어."

"근데 근데요. 방해하는 게 목적이라면 전멸시킬 가능성은 있지 않나요?"

"원하는 것에서 손을 거둘 만큼 사리판단을 할 줄 알면 그쪽도 고려해 볼 수 있겠지. 하지만 이런 패거리는 자기 욕망을 포기할 줄 모르는 법이다."

십인회가 괴멸 상태인 현재, 키리타카가 죽으면 『마녀의 유골』이 어디 있는지 알 수 없다. 그 경우, 『마녀의 유골』을 원하는 대죄주교가 자포자기해서 수문을 개방할 가능성은 있고, 그 사태는 다른 대죄주교도 바라지 않는다. ──자신의 요구를 이룰 수 없기 때문이다.

"하지만 그럼 십인회 분들이 잇달아 표적이 된 게 이상하지 않고요?"

"의문점은 없다. 본디 십인회 관계자를 죽인 건 놈들이 아닐 게야."

"네?"

"마녀교라는 머저리들이 『마녀의 유골』을 원하는 걸 안다면, 그 사실을 아는 관계자를 없애면 속셈을 막을 수 있지. 그런 발상을 떠올린 자가 있으면 이 같은 사태가 일어날 게야."

담담한 프리실라의 말투에 릴리아나의 머리는 슬슬 따라잡기가 한계였다.

프리실라는 무슨 말을 하는 것인가. 그러면 이 도시에 마녀교의 대죄주교 말고 악행을 저지르는 누군가가 있고, 그자가 십인회의 인간을 없애고 다녔다는──.

"짐작키로 전원 없어지면 곤란하다고 거품을 문 거겠지. 바로 그것 때문에 『분노』의 대죄주교가 암여우들이 있던 상회를 노린 거고. 『가희광』의 신병을 확보하러 말이다."

"즉, 대죄주교의 선수를 친 누군가가 있단 말씀인가요? 그런 건……."

"──한 번, 수문이 열려 말 그대로 패전을 물에 흘려 버렸지."

몇 시간 전에 발생한, 1번가의 대수문이 짧은 시간 동안 열렸을 때를 말하는 것인가.

불과 몇 초지만 티그라시 대하에서 흘러든 홍수는 도시에 상당한 피해를 남겼다. 그러나 도시가 입은 피해를 도외시하면 그

홍수가 부른 행운도 적지 않다.

가장 큰 행운은 도시청사를 공격한 나츠키 스바루 일행의 패배를 물에 흘려 버린 것.

홍수의 간섭이 없었더라면 공략 팀은 패전했을 가능성이 컸다. ——이렇게 재기해 두 번째 결전에 도전할 전력은 남기지 못했을지도 모른다.

확실히 그 하나하나가 다 대죄주교에게 치명타를 주었을지도 모른다.

"프리실라 님은, 그, 잘 모를 누군가에 짚이는 점이 있으세요?"

문득 의문이 든 릴리아나가 묻자 프리실라가 가볍게 눈썹을 올렸다. 가슴골에서 뽑은 부채로 입가를 가린 프리실라는 "왜 그리 여기지?" 하고 되물었다.

"소녀가 안다고 여긴 근거는 무어냐?"

"아뇨. 저기, 확신 어린 말투여서 뭔가 알고 계시나 싶어서."

"——그렇군. 노래꾼 옆에서 너무 오래 떠들었나. 소녀답지 못했어."

시선을 떼고 중얼거린 프리실라는 질문에 대답하지 않았다. 릴리아나는 대답하지 않는 것이 대답이라고 순순히 받아들이며, 깊이 추궁하진 않았다.

단지 제어탑으로 가는 발걸음이 아주 약간 가벼워졌다.

"키리타카 씨가 살아 계신다면 그건 솔직히 낭보죠."

"끌려갔을 가능성이 높은 큰 이상, 떠들 입 말고는 무사할지 소녀도 모르겠다마는."

"왜 또 그렇게 불안해질 말씀을 하셔요?!"

안심시키고 싶은 건지 불안하게 만들고 싶은 건지 모를 프리실라의 심술에 릴리아나가 절규했다.

그리고 대화가 일단락되었을 때와——— 목적지 제어탑에 도착한 순간은 거의 동시였다.


4


제어탑 앞 광장은 맥이 빠질 만큼 정적이 감돌았다.

덤벼라, 대죄주교. 그런 각오로 쳐들어왔음을 감안하면 숫제 헛물을 켠 심정으로 주변을 둘러보던 릴리아나는 목을 극단적으로 갸우뚱거렸다.

"어, 어라라? 어라라라? 어쩌죠, 프리실라 님……. 혹시 이 싸움, 싸우지 않고, 아니 노래하지 않고 승리한 걸까요?"

그건 그거대로 좋다는 기분으로 릴리아나는 프리실라에게 물었다.

솔직히 릴리아나와 프리실라의 목적은 제어탑 탈환이며 대죄주교 격파는 필수가 아니다. 예상치 못하게 한 다리 건너 목적이 이루어진다면 그게 제일이다.

"크흐흐, 상대가 실책을 저질렀으면 그에 편승하는 게 영리한 선택이죠. 여기선 후딱 제어탑 안에 들어가 대수문만 확보하면…… 꾸에에엑!"

릴리아나가 기세 좋게 앞으로 나섰지만 하얀 손가락이 뒤에서 목을 졸랐다. 프리실라가 닭의 단말마 같은 비명을 지른 릴리아나를 "멍청한 것." 하고 끌어당겼다.

"그리 서두르지 마라. 너도 객의 반응이 안 좋다 해서 중간에 노래를 접지는 않을 테지?"

"그, 그건 당연하지만 으음, 저, 그거랑 제 목하고 무슨 관계가……?"

"──요컨대, 적도 같은 행동을 한다는 뜻이다."

프리실라가 뱉은 말을 이해하지 못한 릴리아나의 눈이 동그래진 순간이었다.

느닷없이 릴리아나 일행의 정면에 있던 제어탑, 그 견고한 석탑이 아래부터 불타오르고 달빛 말고 기댈 게 없던 제어탑 앞 광장이 활활 밝아졌다.

릴리아나는 명암이 한순간에 뒤바뀐 감각에 눈을 깜빡이다가 "으히익." 하는 비명과 함께 프리실라의 가슴에 뛰어들었다. 이를 받아낸 프리실라의 표정은 미동조차 없었다.

그러나 프리실라의 붉은 두 눈은 어느 한 지점, 공중에서 불타는 제어탑 앞에 내려선 존재를 바라보고 있었다.

그것은──.

"──일부러 여기까지 발길을 옮기게 해서 미안해라. 고마워요."

나긋한 말투로 프리실라와 릴리아나를 마중한, 하얀 붕대를 감은 괴인이었다.

흰칠하고 깡마른 몸매를 붕대로 감싸서 입술과 안구 말고 피부 노출은 전무. 붕대 이곳저곳을 자기 것인지 남의 것인지 모를 피로 더럽힌, 끔찍한 풍모로 유유히 서 있었다.

그 모습, 착각할 여지는 전혀 없었다.

"저게, 『분노』의 대죄주교⋯⋯. 의외로 평범한 사람이네요?"

──『분노』의 대죄주교 시리우스 로마네콩티.

그 환대에 프리실라의 가슴골에 파묻힌 릴리아나가 멍하니 중얼거렸다. 그 말이 들린 건 아니겠지만 시리우스는 "어머나." 하고 가슴 앞에서 손을 맞댔다.

"놀라게 해서 미안해요. 그 왜, 오늘 밤은 도시 기능이 마비되어서 거리 이곳저곳이 새까맣잖아요? 그래서 살짝 애써서 불을 켜 봤답니다."

시리우스가 두 팔을 벌리고 자랑하듯 등 뒤에 화르르 타오르는 제어탑을 가리켰다.

살짝 불을 켰다는 수준의 화력이 아니지만 그 마음가짐 자체는 기특하다. 이렇게 대화까지 성립되는 바고, 릴리아나는 시리우스에 대한 인상을 상향 수정했다.

"뭐야, 뭐예요. 대죄주교라기에 가슴에 불안이 한가득이었는데 뜻밖에 말이 통하는 분이잖아요! 제가 오해했을지도 모르겠어요."

"어머, 아가씨. 고마운 말씀을 다 해 주시네요. 그 마음씨에 저도 그만 감격스러워 울겠어요. 사람과 사람은 서로 이해할 수 있죠⋯⋯. 서로 손을 맞잡으면! 안 그래요?"

"그럼요! 바로 그것! 그래, 역시 그건 사랑이죠!"

"네, 그래요! 사랑이죠, 사랑이에요! 사랑에는 사랑을! 거기에 행복이 있어!"

주먹을 쥔 릴리아나의 역설에 시리우스 또한 자신의 행복론을 열변했다. 사랑과 행복의 화제에 불이 붙자 릴리아나는 시리우스에게 더더욱 좋은 인상을 품었다.

그리고 이만큼 성실한 사람이라면 가능성 있겠다는 욕심이 들었다. 릴리아나는 프리실라의 가슴골에 파묻힌 채로 "저요, 저요!" 하고 손을 들었다.

"사랑에 사랑으로 응답하는 사랑의 제1인자인 당신에게 여쭙고 싶은데요! 만약 괜찮다면 키리타카 씨의 안부를 가르쳐 주실 수 있을까요—!"

"키리타카……. 아아, 십인회 계시는! 유골의 소재지를 아는 십인회의 마지막 한 분……. 암요, 물론이죠! 그분이라면 제 쪽에서 보호했어요. 봐요. 이 거리는 위험하잖아요? 설마, 유골의 소재지를 아는 분들을 누군가가 없애고 다닐 줄은 몰랐거든요."

그렇게 말한 시리우스가 슬쩍 품속에 손을 넣고 책 한 권의 표지를 보였다. 칠흑의 표지, 제목이 없는 책. ──그것은 세상에 널리 퍼진『복음서』였다.

"마녀교도가 받는, 미래의 상황을 가리키는『복음서』…….이게 없었으면 당신의 소중한 사람도 위험했어요. 어때요? 멋지지 않아요?"

"그, 그건 확실히! 아예 한 집에 한 권…… 한 명에 한『복음서』!"

소중한 사람이라는 표현에는 살짝 망설임이 있긴 해도 그 내용이 키리타카의 생존으로 이어졌다면 릴리아나도 『복음서』의 효력에 엎드려 절할 도리밖에 없다.

무엇보다 시리우스는 성실하게, 진지하게, 진심으로 설명해 주고 있다.

"거짓말은 안 했어요. 제 남편은 성실한 사람……. 그래서 저도 그이에 어울릴 사람이고 싶어요."

"이, 이건, 이미 성녀의 풍격……!"

그 호소에 릴리아나는 "프리실라 님!" 하고 가슴골에서 프리실라를 올려다보며 말했다.

"대화해 보면 어떨까요! 뭐랄까, 종합적으로 봐서 갑자기 베고 치고받고 너 잘 만났다며 칼부림 사태로 끌어들일 필요는 없거나 하지 않을까 하는데……."

"……설마 이렇게까지 효과 직통일 줄이야. 감수성이 너무 강한 것도 문제가 있군."

"얼라―? 여기서 고집스러운 프리실라 님의 마음이 풀려서 꽃 같은 미소가 화사하게 피어야 하는 게 아닌가? 그리고 우리 셋이서 손을 맞잡고 춤추며……."

평화로운 전개를 바라는 릴리아나의 가는 어깨에 프리실라가 살며시 손을 얹었다. 그리고 왜 그러나 갸우뚱하는 릴리아나를 붉은 눈이 휘감고――.

"프리실라 니므흡."

다음 순간, 프리실라가 깨물 듯이 릴리아나의 입술을 빼앗았다.

"읍―! 으읍―! 흐그읍―!"

갑작스러운 사태에 릴리아나의 얼굴이 새빨개지며 필사적으로 손발을 허우적거렸다. 하지만 어깨를 잡고 누르는 프리실라의 팔은 꿈쩍도 안 하고, 릴리아나는 서서히 저항력을 잃었다.

부드러운 입술. 치열을 훑는 뜨거운 혀. 온몸이 녹아내리는 감각에 릴리아나는 몸을 가누지 못했다.

"……푸하."

"뭐, 이거면 족하겠지."

그 자리에 풀썩 주저앉고 가쁜 숨을 쉬는 릴리아나. 그 정면에서 프리실라는 자신의 입술을 붉은 혀로 훑고 덤덤한 표정으로 끄덕였다.

"프, 프리실라 님! 지금 그건 뭔 짓거리이시옵니까! 채, 책임져 주세용! 고런 짓 당하면 시집 못 가유!"

"입맞춤을 허락한 건 소녀 또한 마찬가지일 텐데. 숫처녀를 핑계로 따지는 건 자유다만 제정신으로 돌아올 단초와 그 이상의 쾌락이 있지 않았더냐."

"흐에? 쾌락과, 단초라면……."

뺨이 확 붉어진 릴리아나가 묘하게 요염한 몸짓으로 입술을 손가락으로 훑었다. 그런 두 사람의 모습을 목격한 시리우스가 "어쩜 세상에!" 하고 두 손으로 뺨을 짚었다.

"여성끼리라니……. 하지만 그런 사랑도 있긴 하죠. 사랑의 형태는 각자 다양하긴 하지만, 바로 그러한 방향성이 끝에는 한 가지 사랑으로 결부되는 멋진 점이……."

"──촌극은 치워라. 못 들어주겠군."

느닷없는 프리실라의 날카로운 한마디에 냉랭한 침묵이 광장에 내려앉았다.

거기서 갑자기 릴리아나가 "앗—!" 하고 비명을 질렀다.

"어라?! 어라라?! 어라라라?! 좀 전까지 느끼던 친근감은 어디로?! 갑자기 돌아온 현실감에 제 무릎이 집중적으로 타격을! 봐요, 떨고 있다구요오!"

릴리아나가 격렬하게 후들후들 떠는 다리를 손가락으로 가리키며 허둥거렸다.

프리실라는 그 모습에 눈짓도 주지 않은 채 풍만한 가슴을 강조하듯 팔짱을 끼고 말했다.

"이 세상에 얄팍한 논리를 주워섬기며 좋아하는 잡배는 많지만 개중에서도 넌 으뜸이로고. 광대치고는 끔찍하며 바보치고는 주위를 유혹해. ──살려 둘 이유를 찾지 못하겠군."

정면에서 철두철미한 프리실라의 적의에 찔리자 시리우스의 표정이 비로소 바뀌었다.

괴인은 제정신인 프리실라와 제정신으로 돌아온 릴리아나를 번갈아 바라보았다. 그리고 방금 입맞춤이 『분노』의 권능에서 릴리아나를 해방했음을 이해하고 눈물을 머금었다.

"어쩜, 어쩜 이렇게 심한 짓을! 저 아가씨는 저와 서로 이해하기 위한 길을 걷기 시작했는데. 그걸 억지로 돌려놓다니, 『사랑』을 앗아가다니 너무해!"

"꺄우울! 새삼스럽지만 저, 다른 사람이랑 키스한 거 처음이었어요!"

"이 불꽃의 환영만은 소녀 취향이더군. 이것만은 칭찬해 주겠다."

"굉장해! 지금, 하나도 대화가 성립되지 않았어!"

세 명의 자아가 너무 강해서 각자 주장이 정체 구간에 막혔다. 다만 그래도 프리실라의 적의와 시리우스의 분개는 쌍방향에 성립되었다.

그렇기에 릴리아나는 머리를 감싸 쥐고 커져 가는 양쪽의 전의에 휩쓸리면서 물었다.

"아! 그러고 보니 키리타카 씨 얘기는 참말? 거짓? 키리타카 씨의 내일은 어느 쪽?!"

"말했잖아요! 거짓말은 안 해요! 남편의 마음을 배신하게 되니까! 하지만 그분을 보호한 건 다른 대죄주교의 폭주를 막으려고……. 그래서 그분만 특별 대접하진 않았어요. ──자, 주위를 봐 주세요!"

"어? 주위? 주위라면, 활활 타는 탑 말고 뭐가…… 엇, 어어어엉?!"

두 팔을 벌린 시리우스의 지적에 주위 수로를 바라본 릴리아나가 깜짝 놀랐다. 불꽃이 밝힌 끝없는 어둠, 그 너머에서 스멀스멀 일렁이는 무수한 사람의 그림자──.

"저, 저 사람들은……."

"──모아 놓은 도시 주민이겠지. 처음부터 수로 옆에 잠복시켜 놨군."

프리실라의 중얼거림에 상황을 이해한 릴리아나의 온몸에 소름이 돌았다.

처음에 릴리아나와 프리실라가 광장에 들어온 순간, 잠잠한 나머지 맥이 빠졌을 정도였다. 하지만 그 정적의 정체를 알자 즉시 정적의 의미가 바뀌었다.

왜냐하면 그건 아무도 없는 정적이 아니라, 천 명이 숨죽이고 있던 정적이었기 때문이다.

"어? 이거, 혹시 이 안에 키리타카 씨가?! 네 이놈, 내 적이 됐어?!"

"이 광경을 보시죠! 아무도 화합을 어지럽히지 않고 호흡을 딱 맞추며…… 이게, 이것이 서로 배려한 결과가 아니고 뭐죠?! 마음을 나누면 사람은 이토록 많은 것을 이룰 수 있다! 그 증명이잖아요!"

"증명? 무엇을 증명하지? 이게 네 얄팍한 주장의 증인이라고?"

시리우스가 주위 사람들을 가리키며 서로 마음을 나누는 행위가 소중하다고 호소하자 프리실라는 조소했다. 프리실라는 바로 옆에 멀거니 선 릴리아나의 어깨를 건드렸다.

"저것들을 제정신으로 되돌려라. 그게 네 역할이며 그걸 위한 입맞춤이었다."

"떠, 떠오르게 하지 마세요! 그리고 이쪽 좀 보지 마세요. 왠지 프리실라 님 보면 가슴이 아릿해서……."

"효력이 너무 셌나. 소녀의 미모도 죄가 많구나."

릴리아나는 당당한 프리실라를 소녀의 눈빛으로 힐끔거리다 가 주위 사람들에게로 주의를 돌렸다.

땅거미 진 무대를 에워싼 관중. 그 전원의 눈이 제정신에서 벗어나 있었다. 릴리아나도 피난소 등에서 여러 번 봤던, 착란에 빠져 폭력적인 충동에 지배된 사람들의 모습과 동일했다.

정말 이 안에 키리타카가 끼어 있단 말인가. 릴리아나는 자신의 밋밋한 가슴을 움켜쥐었다.

"말해두지만 조금 전의 너도 저 범속한 것들과 똑같은 눈이었어."

"웨에이, 진짜로요?! 무섭네! 아! 근데 근데요. 그거라면 프리실라 님이 저분들이랑 싹 다 키스하고 다니면 전부 해결되익까아아아아!"

섣부른 소리를 꺼낸 릴리아나가 프리실라에게 안면을 붙여 잡혀 비명을 질렀다. 릴리아나는 머리 내용물이 귀에서 나올 것만 같은 고통을 맛보고 몸부림치며 발언을 후회했다.

"역할을 착각하지 마라. 네게는 네 역할이 있다. 그리고 소녀의 역할 또한."

"으거거거거…… 아, 프리실라 님?"

비명 지르던 안면이 해방되어 놀란 릴리아나 앞에서 프리실라가 걷기 시작했다.

프리실라의 붉은 두 눈에 꿰뚫린 시리우스의 흉흉한 남보랏빛 눈이 이글이글 빛났다.

"고집이 세네요, 아가씨. 아무래도 당신 쪽에 문제가 있는 모양이야. 둘이 입맞춤을 나눌 만큼 깊은 사이인데 당신의 말은 일방통행……. 서로 이해하려고 노력한 적은 있어요? 하나가 되고자 빈 적은요? 저랑 이 많은 분들처럼!"

부르짖은 시리우스의 발 구름과 광장을 둘러싼 천 명의 발 구름이 일사불란하게 일치했다.

거대한 짐승이 광장을 짓밟은 것처럼 격진이 엄습하고 수위가 높은 수면이 충격으로 넘쳤다. 붉게 타오르는 제어탑의 불길이 거세진다. 사랑은 몰라도 적의 위협은 뚜렷했다.

"마, 만약, 저렇게 많은 사람들이 한꺼번에 덮치면……."

"자, 당신들도 배워요. 사랑에 휩싸여 하나가 되는 기쁨을――!"

"어, 꺅―! 말하자마자 끝장이다―!"

함성을 지르며 군중이 밝은 무대로 앞다투어 뛰어 올라오려고 했다. 그네들이 단숨에 릴리아나와 프리실라 쪽으로 밀어닥치면 처녀의 부드러운 살결은 쉽사리 유린당하고 생명은 임종을 맞이하리라.

"으캭―! 아부지 어무이 키리타카 씨잉―!"

"여러 번 말하게 하지 마라. ――다른 누구 말고 소녀의 이름을 부르도록."

프리실라가 매달리는 릴리아나에게 왼팔을 내맡긴 채 빈 오른팔을 허공에 들었다.

그 순간, '허공'의 칼집에서 뽑은 보검――『양검』이 선명한 진홍의 칼날을 드러내고, 작열이 해 저문 밤을 갈랐다. 그 붉은 일검은 바야흐로 복권한 태양이었다.

"소녀의 눈부신 양검에 머리를 조아려라. 이는 원초의 불이자 황제의 자리를 최초로 밝힌 등불이니. ――그 붉은 빛, 너희가 아는 것과 같다고 여기지 마라."

"으이이이익?!"

프리실라의 선고 직후 광장을 둘러싼 수로에 일제히 불이 붙자 릴리아나가 경악했다.

제어탑을 중심으로 어마어마한 화마가 치솟고 업화는 붉은 것을 넘어서서 신성한 하얀 불꽃으로 변했다. 하얀 불꽃은 일렁인다는 연약한 표현을 거부하듯 웅장하게 우뚝 섰다.

프리실라의 양검은 수로마저 불태운다. ──광범위하게 광장을 둘러싼 수로 전부를.

"이건……."

그 상식 밖의 광경을 목격하자 제 아무리 시리우스라도 동요를 숨기지 못했다.

붉게 타는 제어탑과 하얗게 타오르는 수로. 다른 불꽃이 밤을 밝히지만 수로를 태우는 하얀 불꽃의 영향은 생각 외로 컸다. 폭도화한 군중이 불타는 수로를 넘지 못하는 것이다.

그럴 만했다. 불꽃에 날벌레가 날아드는 건 당연하지만 인간에게는 종말을 거부하는 본능이 있다.

"이 세상에서 가장 존엄한 게 사랑이라 떠드는 건 자유다만, 네 찬동자들은 자기 생명을 위태롭게 해서까지 네 사랑의 증명에 함께해 줄 마음은 없는 모양이로구나."

프리실라가 고쳐 쥔 양검의 칼끝을 시리우스에게 겨누고 가학적인 웃음을 지었다.

릴리아나는 코앞에서 프리실라의 그 미소를 목격하고 말을 잃었다. 모멸과 조롱, 그 궁극인 프리실라의 사악한 미소. 그것이 무섭도록 아름다웠다.

여태까지 릴리아나는 여러 번 프리실라의 미모에 넋 놓고 칭찬하며 마음에 새겼다. 하지만 잘못 짚었다. ——그녀가 정녕 아름다운 건 지금 이 순간이다.

이 세상에서 가장 아름다운 표정을 지은 프리실라가 여전히 침묵하는 괴인을 매도했다.

"애초에 하나가 되는 것이 사랑이라니 어처구니없군. 소녀를 봐라. 유일무이하며 이 세상에서 가장 뛰어난 소녀를. 아무리 발악해도 소녀와 범속한 것들이 어찌 하나가 될까."

"어라? 저, 프리실라 님, 좀 말씀이 과하지 않으신지. 저기, 여기선 일단 적당히……."

"네 모든 것을 부정해 주마. ——이, 속물."

"모조리 부정이라니, 왜 또 그렇게까지 말씀하시나요?!"

이렇게까지 내키는 대로 떠들면 『분노』의 대죄주교가 아니라도 욱하기 마련이다.

릴리아나는 시리우스의 격노가 두려워서 프리실라의 입을 막으려 펄쩍 뛰었지만, 벌레를 쫓는 것 같은 그녀의 일격에 맥없이 실패하고 땅바닥에 홀랑 뒤집어졌다.

"푸엑! 프리실라 님, 너무하셔요. 이렇게 되면 최소한 상대가 움직이기보다 먼저 그 양검으로 써걱 베어 주실 수밖에……!"

"얼간이. 그런 짓 했다간 소녀 말고는 두 동강 나지 않느냐. 도시가 피로 물드는 광경도 한 번쯤은 구경할 만하지만 지금 여기서 급히 할 것도 아니지."

"으그그그그⋯⋯."

"그런 것보다 세 번씩 말하게 하지 마라. ──네 역할을 완수해."

그 지시에 바닥에 쭈그려 앉아 있던 릴리아나가 폴짝 일어섰다. 등에 멘 류리레를 꼭 잡고 하얀 불꽃 너머에 있는 인파를 바라보았다.

『노래』로 저들을 시리우스의 권능에서 해방하는 게 릴리아나의 역할──.

"실제로 보니까 진짜로 할 수 있을지 무진장 가슴이 불안으로 꽉 차는데요."

"못 하면 죽을 뿐. 네 목에 전원의 생명이 걸려 있는 줄 알아라. 명예롭지 않느냐."

"으꺄─!"

얼굴을 가리고 원숭이처럼 우는 릴리아나. 프리실라는 그 말로 할 일은 다 정해졌다는 듯 침묵을 지키는 『분노』의 괴인을 노려보았다.

그리고 그 눈길에 지금까지 아무 말도 없던 괴인은──.

"──당신, 처음 보는 인종이네요."

시리우스는 욱하기는커녕 즐겁게 입꼬리를 올리고 자기 몸을 부둥켜안았다. 붕대에 가린 얼굴 속에서 주장이 강한 남보랏빛 눈이 번쩍 뜨였다.

"그래, 그래, 그래! 당신이야말로 이 떳떳한 사랑의 신앙이 숨 쉬는 세계에 섞여든 한 점의 이분자! 당신과 이해를 나누는 것이야말로 제게 떨어진 이번 『시련』이 아닌가요?!"

처절한 웃음이 프리실라의 유아독존을 축복했다.

시리우스는 입술을 옆으로 찢어 유난히 하얗게 보이는 이를 드러냈다. 친구와 가족의 잘못을 관용적으로 용서하듯 프리실라의 주장을 정면으로 받아 자상하게 감싸고 부정했다.

"다시 인사를……. 나는 마녀교 대죄주교 『분노』 담당, 시리우스 로마네콩티."

괴인이 우아하게 로브 옷자락을 잡고 심애(深愛)하는 친애(親愛)를 담아 미소와 함께 인사했다.

그것이 대죄주교 『분노』의, 시리우스의 일그러진 친애의 표현——.

"——사랑으로 당신을 구하겠어요. 보편(普遍)의, 불편(不偏)의, 불변(不變)의 사랑으로 당신을 감싸 안겠어요."

시리우스가 엄숙히 말하고 천천히 두 팔을 뻗었다.

소리와 함께 금빛 사슬이 소맷부리에서 나타났다. 괴인이 팔을 빙빙 돌리자 쇠사슬의 사정거리가 늘어나 바람을 가르고 마찰하는 쇳소리가 밤하늘에 어긋나게 울려 퍼졌다.

일격에 부드러운 살을 보기 딱하게 찢어 버릴 흉기의 포효. 괴인은 미소 지었다.

"자, 『시련』을 시작하죠! 남편과 재회한 이 도시에서, 또다시 그 사람과 만나 사랑을 나누기 위해 제 몸에 주어진 『시련』! 이 『시련』을 극복한 순간, 진정으로 그 사람에 어울리는 제가 그 사람의 사랑에 태워지겠죠!"

해맑게 사랑하는 처녀처럼 목소리가 들뜬 시리우스. 그 마른
몸이 앞으로 기울어졌다 싶은 순간, 괴인의 몸이 튕겨지듯 앞으
로 날았다.

　"한없이 불쾌한 적이로고. ——소녀의 인내심은 길지 않다.
서둘러라, 노래꾼."

　"으헤?! 프리실라 님?!"

　그 말을 끝으로 프리실라 또한 시리우스에게 전진했다.

　양쪽은 힘껏 거리를 좁혔다. 붉은 불꽃과 하얀 불꽃이 밝힌 광
장을 무대로 붉게 빛나는 보검과 번쩍이는 쇠사슬이 상대의 생
명을 노리며 작렬했다.

　——눈을 부릅뜬 릴리아나 앞에서 시리우스 상대로 프리실라
의 목숨 건 검무(劍舞)가 시작되었다.

　불규칙한 궤도를 그리며 어느 일격도 정석을 따르지 않는 변
칙적인 시리우스의 사슬 공격. 프리실라는 이를 말 그대로 검과
함께 춤추며 모조리 걷어냈다.

　프리실라의 검술이 얼마나 대단한지 릴리아나도 도시 탐색 기
행 중에 여러 번 목격했다. 그것은 이 승부의 순간, 시리우스 상
대로 한 발짝도 물러나지 않는 검세를 봐도 통감할 수 있었다.

　프리실라라면 능히 시리우스를 타도할 수 있으리라. 단, 그러
려면 도시 사람들을 『분노』의 권능에서 해방해 고인의 길동무
로 끌려가는 사태를 막아야 한다.

　그리고 그에 대비한 역할이 바로 『가희』 릴리아나 마스커레
이드의 대무대였다.

"으랏차! 제기랄! 해 주겠다구요오! 여기서 안 하면 여자 값 못 하지! 릴리아나 마스커레이드, 일생일대의 대무대다!"

릴리아나는 사명감이 아닌 더 강렬한 충동에 떠밀려 류리레를 메고 달리기 시작했다. 그리고 하얀 불꽃에 휩싸인 수로의 물가에 서서 불꽃 저편에 보이는 사람들을 향해 음악을 연주했다.

──폭력의 충동에 삼켜진 사람들을 탈환하기 위해서.

"일단 들어주세요. ──황무지의 호신앗뜨거?!"

들리는 범위에 『노래』를 보내려던 순간, 첫 걸음째부터 요란하게 삐끗했다. 하얀 불꽃이 안면을 휩쓸자 릴리아나는 거세게 나뒹굴며 쓰러졌다.

"끄어어어어! 뜨거워뜨거워뜨거워어어어! 내 손이 탄다! 목이, 폐가 타면 이 싸움 우리의 패배…… 응, 어라?"

화마에 쓸고 가는 바람에 두 눈 뜨고 못 보게 얼굴이 짓무른 줄 알았더니, 같은 피해를 입었어야 할 손과 류리레에 탄 자국이 없다. 더듬더듬 얼굴을 만지니 역시 거기에도 화상의 감촉은 없고 단지 작열을 맛본 감각만이 있었다.

"이거, 프리실라 님의 하얀 불꽃은 평범한 불이 아냐……?"

그 의문을 확인하고자 릴리아나는 다시 물가의 하얀 불꽃에 살며시 손을 뻗었다. 손끝으로 아주 살짝 하얀 불꽃을 건드려 사실을 확인할 심산이었다.

하지만 별안간 바람을 받아 거세진 불길에 릴리아나의 온몸이 휩싸였다.

"끄어어어어! 위험해! 이 불 무지 이글이글! 무지 이글이글!

평범한 불보다 일곱 배 뜨거워! 여기에 불붙으면 일곱 배 괴로
워하며 죽어!"

 상상 이상의 고통에 신음하고 있는데, 막상 릴리아나의 육체
에 화상 피해는 없었다. 예상한 대로 프리실라의 하얀 불꽃은
사물을 태우지 않는 불이다. 단, 열기 자체는 남아 있다.

 여기서 할 수 있는 말은――

 "――수로에 섣불리 접근할 수 없어서 『노래』를 들려줄 방법
이 없는데 말이죠!"

 그런, 끝까지 절망감 넘치는 사실이 가로놓였다는 것이다.

5

 프리실라는 물가에서 노래하려다가 실패해 고심하는 릴리아
나의 모습을 시야 끝자락에 포착했다.

 양검의 불이 만들어 낸 하얀 불꽃이다. 선택한 것만을 불사르
는 양검의 불은 아무리 휩싸여도 릴리아나의 몸을 태우지 않는
다. 단, 고통은 똑같다.

 저렇게 미련한 무리에게 『노래』를 들려주려고 해도 만만치
않을 것이다.

 "어머나, 한눈팔 여유가 있어요? 당신도 『시련』이라면 더 진
지하게 하시죠. 안 그러면 남편을 볼 낯이 없답니다."

 그때, 마주한 시리우스가 릴리아나에게 의식의 한 점을 할애
했다고 규탄했다.

나를 봐라. 요구 내용만이라면 귀여운 편이지만 돌아보게 하는 방법이 쇠사슬의 폭력이었다. 한 방에 살점을 찢고 뼈를 부수는 흉기의 세례가 잇달아 쏟아진다. 프리실라는 양검을 구사해서 쳐내고 꿰뚫고 격추했다.

쇠사슬을 옆으로 쳐낸 프리실라가 주인과 마찬가지로 불쾌한 공격이라며 콧방귀를 뀌었다.

"저 애, 어쩔 줄 모르겠단 표정을 짓고 있네요. 저 애의 마음을 차지하는 비애가 손에 잡힐 듯이 느껴져요. 따끔따끔 아픈데 당신도 가엾단 생각이 안 들어요?"

"털끝만큼도 안 든다."

나긋한 어조와 반대로 매서운 공격을 갈겨대는 적에 비해 프리실라는 냉정했다.

바람을 가르고 대기를 휩쓸며 변환자재의 공격을 연출하는 쇠사슬. 물어뜯으면 다시는 놓지 않을 금속제 뱀의 턱이 프리실라의 부드러운 살결을 노리고 고속으로 엄습했다.

늘었다가 줄었다 하는 사슬의 마찰음은 끊임없이 이어진다. 전장을 위에서 내려다보면 프리실라의 모습이 금빛 우리에 갇힌 것처럼 보일 지경의 맹공. 전장을 모조리 메꾸는 전방위 공격을 프리실라는 양검 한 자루로 깔끔하게 베어냈다.

"시끄럽고 품위 없는 소음. 무턱대고 사방에 난리 피우는 무절제. 미의식이라곤 한 점도 느껴지지 않는 조야한 무기. 얄팍하고 못 들어줄 잡소리…… 용케도 참, 이만큼 소녀의 성질을 긁는 대접만 준비했군그래. 그 불경함에 아예 감탄하겠다."

"프, 프리실라 님 쩔어어어어——!"

그때까지 싫증 난 표정이던 프리실라가 릴리아나의 기탄없는 찬사에 별안간 미소를 띠었다. 프리실라의 미소도 모른 채 릴리아나는 주먹을 신나게 내지르고 외쳤다.

"헤이헤이헤이—! 프리실라 님, 그대로 팍팍 해치워 주세요—!"

"저 보도록. 저게 꾸밈을 잊은 솔직한 감상이다. 되지도 않는 핑계를 늘어놓는 잡배보다 훨씬 낫지. ……뭐, 저건 세상에 한 명이면 족하다만."

"어라?! 방금 칭찬? 칭찬하신 거죠?! 칭찬했단 걸로 쳐도 되죠? 기뻐할 거예요?! 아싸 해냈다 만세—!"

호들갑 떠는 릴리아나를 배경으로 기분을 회복한 프리실라의 기세가 가속했다.

덮쳐드는 쇠사슬을 전진하며 잇달아 걷어내자 불이 튀었다. 양검과 쇠사슬의 충돌로 생긴 것은 귀여운 불똥 수준이 아니라 대기를 불사를 환한 불꽃이었다. 칼부림 때마다 불꽃이 작렬하는 광경은 물리적으로나 정신적으로나 타인의 개입을 거절했다.

그러나 인외마경의 검극은 프리실라 단독으로 만들어 낼 수 없다.

"어머, 어머어머, 어쩜, 어쩜 세상에!"

감탄성을 지르면서 온몸을 구사하는 시리우스의 쇠사슬이 미친 듯이 춤추었다. 빙빙 회전하는 쇠사슬 끝부분은 초음속까지 이르렀으며, 탁월한 무(武)의 수완이 이를 자유로이 다루고 있었다.

프리실라의 검무가 화려하다면 시리우스의 연무는 격렬하며 강렬. 어디까지나 검을 주체로 삼은 프리실라와 달리 시리우스의 공격은 온몸을 이용한 마기(魔技)에 가깝다.

사슬을 다루는 기술을 피나게 단련해야만 다다를 수 있는 경지에 있었다.

"이토록 말과 손으로 최선을 다하는데, 이렇게까지 고집부리는 분은 처음이에요. 도대체 무엇이 이렇게나 당신의 마음속 문을 단단히 걸어 잠근 원인이죠?"

"무의미하게 억측하지 마라. 네가 소녀의 의도를 해명하긴 도저히 불가능하다."

그러나 검과 마의 기예를 부딪치면서도 두 사람 사이에는 일절 경의가 없었다.

프리실라의 철학이 시리우스의 일방적인 행복론을 정면으로 부정한다. 그 거리감을 슬퍼하듯 뒤로 훌쩍 뛴 시리우스가 얼굴을 손바닥으로 가렸다.

"불가능하다고 제가 체념하면 세상은 깜깜하죠! 어떤 마음에도 열릴 여지는 있고 살아 있는 한 감정은 눈뜨는 법! 알아주세요. 저는 당신을 구하고 싶답니다!"

"————."

"당신도 슬퍼하며 당황해하는 마음이 있을 테죠. 약점을 안 보이는 게 강하다고 착각하시는 게 아닌가요? 결국 사람이 혼자 할 수 있는 일에는 한계가 있어요. 타인과 서로 연결되고 다가서야 비로소 보이는 점도 있죠. 그러기 위해 필요한 것이 공감, 양심, 그리고 사랑!"

시리우스가 침묵한 프리실라에게 독과 같은 말을 흘려 넣었다.

그 언동은 마음에 달콤하게 다가가 오랜 세월 사귄 친구처럼 친근하며, 몸짓은 타인의 경계를 부드럽게 푸는 애교로 넘쳤다. ——거부하는 행동이 죄라고 착각하게 하는, 쌉쌀한 유혹이다.

"용케도 참, 염치도 없이 망상을 타인에게 나불나불 떠드는군 그래. 헛다리도 어지간히 짚어라. 소녀의 허울조차 짐작토록 허할 맘은 없다."

프리실라는 그 달콤하고 저릿한 유혹을 자신의 강고한 자아만으로 내쳤다.

그러나 자아가 강하기로는 시리우스도 그 못지않다. 프리실라의 반론을 예상한 것처럼 시리우스는 낙담하지도 않으며 갸우뚱했다.

"그럼 이런 취향은 어떠신지? 『아이리스와 가시나무 왕』."

"————."

"아니면 『티레오스의 장미 기사』? 『마그리처의 단두대』?"

별안간 시리우스의 입술에서 나온 말에 프리실라의 표정에 변화가 일었다.

그때까지 시리우스 상대로 보이던 싫증난 감정이 사라진다. 대신 표출된 감정은 차갑고 맑은, 강렬한 살의——.

"——죽어라."

속삭이듯이 말한 순간, 프리실라의 모습이 첫 걸음부터 최고

속도에 치달았다.

순간적으로 프리실라와 시리우스 사이의 거리가 삭제되고 양검의 무시무시한 참격이 괴인의 가는 목을 가차 없이 노렸다. 그대로 참격이 뻗으면 시리우스의 명맥은 목과 함께 끊어진다.

그 사태는 시리우스가 가진 권능의 영향 아래 있는 사람들이 저승길에 동반함을 의미한다. 하지만 이 순간, 프리실라의 살의는 그 제반 사정을 일절 따지지 않았다.

그저 시리우스를 주살한다. ──그 또렷한 살의가 양검에 깃들어 있었다.

"──어?"

절대 회피 불가능한 참격, 살육의 예감에 굳어 버린 릴리아나가 멍하니 중얼거렸다.

그도 그럴 터. 한순간의 공방. 프리실라의 일격에 시리우스의 목이 날아가고 릴리아나를 포함한 관중 전원의 목이 아차 할 새에 날아간다. 그래야 하는데──

"프리실라 님?!"

프리실라가 사슬 일격을 정면으로 맞고 뒤로 훌쩍 날아가고 있었다.

# 제3장 『절연장에 사인을』

1

"──그 녀석의, 심장이 뛰고 있는지 확인해 줘!"

그렇게 외친 스바루는 가슴속의 심장이 터질 듯이 높이 뛰는 소리를 들었다.

근거 없는 추론. 그러나 직감은 확신으로 이어질 정도로 호소했다.

──별을 이름으로 밝힌 대죄주교와 스바루가 아는 원래 세계의 지식.

모든 것에 의미가 있다면 여기서 스바루가 소리치게 한 직감에도 분명히 의미가 있다.

그렇게 생각한 직후였다.

"흡──."

농밀하고 강렬한 압박감이 밀어닥치는 바람에 스바루는 하늘과 땅이 뒤집히는 착각을 맛보았다.

공기가 분명히 알 수 있을 만큼 탁해졌다.

딱지를 무신경하게 뜯고 그 속의 축축한 상처를 집요하게 핥는 듯한 불쾌감. 본능이 느낀 끔찍한 혐오의 원흉은 스바루를 돌아본 흉인——레굴루스의 시선이었다.

"————."

탁해진 공기 저편에서 텅 빈 눈이 저주처럼 스바루의 마음을 좀먹었다. 스바루는 녹슨 바늘이 안구를 끼적이는 감각에 사지가 얼어붙는 체감을 맛보았다.

"한눈을 팔다니 탐탁지 않은걸. 네 상대는 나일 텐데."

하지만 그렇게 스바루를 돌아본다 함은 곧 『검성』에게 등을 보인다는 뜻이다.

고개만 돌린 레굴루스에게로 라인하르트의 『용검』이 포효했다. 하얀 칼집이 머리를 직격하는 소리는 인체에다 휘두르는 폭력의 소리가 아니라 요새에다 포탄을 쏘는 소리와 같았다. 얻어맞은 레굴루스 주위에서 대수로가 터졌다.

물 위에서 싸우던 두 사람의 여파로 대수로의 물 흐름은 뒤틀릴 대로 뒤틀려 있었다. 그 와중에 라인하르트가 혼신을 다한 일격이 번득이자 잠시나마 수로의 바닥까지 드러났다.

대기가 비명을 지르고 휘몰아치는 수류가 터져서 사라진다. 여파만으로도 그 사태가 발생하는 참격. 스바루라면 백 번은 죽어도 이상하지 않다.

그러나 그마저도 여전히 흉인의 육체에 상처 하나 입히지 못했다.

"착각하지 마라, 『검성』. 내가 너랑 놀아 주던 건 내 넓은 마음과 여유가 그리 시켰기 때문이야. 하지만 선량한 내게도 인내심의 한계가 있다고."

"큭──."

검격에 맞은 머리를 어루만진 레굴루스의 홍소에 뭔가를 느꼈는지 라인하르트가 크게 뒤로 거리를── 벌리려다가 발이 멈추었다.

라인하르트의 제6감이 아무것도 없는 배후 공간에서 확고한 위협을 감지한 것이다.

그리고 다음 회피 후보로 발을 움직이기 전에.

"이 주변 일대의 공기는 전부 이미 내가 닿은 뒤의 소유물이야."

레굴루스가 얼굴을 휙 들이대며 아래로부터 라인하르트를 들여다보았다. 서슴없이 좁힌 거리에 라인하르트가 어금니를 깨물고 『용검』의 칼자루를 올려쳤다.

『용검』의 칼자루 끝이 정확하게 레굴루스의 가슴 중앙을 찍었다. 하지만 레굴루스는 그 충격을 태연한 표정으로 받아넘기며 "수고했어." 하고 라인하르트를 조롱했다.

"쓸모없는 노력이란 자기 수준을 모르기에 일어나는 비극이지. 이젠 충고하기도 질렸으니…… 화려하게 죽기라도 해."

"──아무래도 스바루의 추측은 옳은 모양이군."

"……아?"

레굴루스의 조소가 일그러졌다. 그는 자신의 가슴을 내려다보고 눈을 부릅떴다.

거기에는 여전히 칼자루 끝이 닿아 있으며 레굴루스의 급소에 대미지를 주지 못했다. 그러나 대미지 말고 다른 목적은 확실하게 완수했다.

"큭——!"

한 방 먹었다고 깨달은 레굴루스가 분노 어린 표정으로 라인하르트에게 덤볐다. 손끝이 어깨에 파고들고 라인하르트의 견갑골이 바스러지는 소리가 울렸다.

바로 레굴루스는 라인하르트를 잡은 팔에 힘을 주고 말했다.

"——하늘로 떨어지는 기분을 맛본 적은 있어?"

말하면서 레굴루스가 하늘을 쳐다보았다. 하늘 저편. 밤하늘에 떠오른 하얀 달을 포착하자 그 하늘을 향해 라인하르트를 힘껏 내던졌다.

물론 공을 아무리 높이 던져도 하늘 저편에 닿기는 불가능하다. 하지만 지금까지 보여 준 레굴루스의 권능이 따른다면 이야기는 다르다.

"————."

속도를 유지한 채로 라인하르트의 몸이 밤하늘로 쭉쭉 날아갔다. 그 기세는 그치지 않으며 이윽고 라인하르트의 모습은 육안으로 확인할 수 없는 저 너머로 사라졌다.

"라, 라인하르트——!"

「——스바루.」

순간적으로 저 너머로 날아가는 그림자에 손을 뻗는 스바루. 그 뇌리에 목소리가 울렸다.

"이거, 『전심의 가호』……?! 라인하르트, 넌……."

「네 추측은 맞았어. ──저 남자의 심장은 뛰고 있지 않아.」

"────."

「미안해. 돌아오는 데 잠시 시간이 걸리겠어. 더 이상은──.」

거기서 무전이 끊어진 것처럼 라인하르트의 목소리가 사라졌다. 아마도 『전심의 가호』의 효과 범위 밖으로 날아갔을 것이다.

솔직히 라인하르트는 걱정되지만 그는 스바루의 신뢰에 부응해 주었다.

"잘해 줬어, 라인하르트……!"

"스바루! 라인하르트가…….."

"괜찮다고 말하기도 이상하지만 라인하르트는 아마 괜찮을 거야! 걱정은 뒤로 미뤄도 돼!"

"그건 알아! 그래서, 다음 차례는 우리! 어떻게 싸울 거야?"

에밀리아가 주먹을 쥔 스바루를 돌아보고 전의로 가득한 표정으로 물었다. 에밀리아의 신속한 판단에 스바루는 당황하지만 그녀의 태도는 심플했다.

에밀리아는 진지하게 이 자리에서 필요한 자기 역할을 다하려는 중이었다.

라인하르트가 그랬듯이, 스바루가 그러려고 하듯이──.

"스바루를 믿는 걸로 따지면 난 라인하르트에게도 안 져. 자, 어떻게 해?"

"──멋진걸. 신뢰와 기대가 무거워서 의욕이 샘솟아."

잡은 손에 꼬옥 힘이 들어오자 스바루는 그 온기에 입꼬리를 올리며 웃었다.

에밀리아에게, 그리고 라인하르트에게 크게 감사한다. 나중에 라인하르트의 뒷감당을 해 주자.

"인생의 낙오자 둘이서 조잘조잘대며 신나 보이잖아. 너희 말이야."

강적을 물리친 레굴루스가 그런 두 사람을 돌아보고 예복 옷깃을 바로잡았다. 레굴루스는 기세가 잦아드는 물 위에서 천천히 흐름에 거슬러 걸어오기 시작했다.

"조금은 얌전하게 절망이라도 해 보면 어때? 지금부터 너희는 내게 저지른 악독하고 비열한 짓의 벌을 받아야 하는 입장이잖아. 그렇지? 그렇게 되겠지? 사통과 마음의 간음이잖아. 양쪽 다 골백번 죽어 마땅한 대죄지."

구질구질하게 또 말도 되지 않는 논리를 읊어대는 레굴루스. 라인하르트를 떼어놓아서 여유를 되찾은 기색인데, 꽤 얕잡아 본 모양이다.

"그리고 금세기 최대의 청순파 히로인에게 사통 의혹을 씌워대다니, 그거야말로 네가 더러운 놈이란 소리지."

"……뭣이?"

"안 들리는 척하지 마, 새치 자식. 너, 조금은 텅텅 빈 대갈통 굴려서 생각해라."

스바루의 드센 대꾸에 생각지 못한 반격을 당한 표정으로 레굴루스가 침묵했다.

스바루는 그런 레굴루스에게 과시하듯 자기 머리를 손가락으로 두드렸다.

"네가 여태껏 얼마나 자기 하고 싶은 대로 해댔는지 알기 싫고, 듣기도 싫은데…… 알아채긴 했냐? 넌 지금 확실하게 몰렸다고?"

"뭐? 몰려? 뭔 소리인지 몰라도 너무 몰라서 웃음도 안 나오네. 도대체 무슨 말을 하고 싶대? 아니, 딱히 알기도 싫고 듣기도 싫지만. 들어 봤자 시간 낭비인 헛소리일 테니."

"허세 부리는 중에 미안하지만, 네게는 들을 권리가 있어. 옛다, 네가 좋아 죽는 권리다."

"내, 들을 권리……?"

레굴루스는 발을 멈추고 스바루의 말에 귀를 기울였다. 그 자세와 태도에 처음으로 놈에게 호감을 품었다. ──스바루의 언변이 통하는, 다루기 쉬운 적으로서.

그런 속내를 숨김없이 조소에 담아 스바루는 "그래, 여하튼." 하고 말을 이었다.

"자기가 어떻게 지는지, 모른 채로 지면 억울해서 뒤질 거 아니겠어?"

"너……!"

한쪽 눈을 찡긋한 스바루의 말에 레굴루스가 우롱당했다며 분개했다. 곧바로 흉인은 발을 내디디려 무릎을 굽혔지만──.

"그렇게는 안 돼!"

에밀리아가 만들어 낸 무수한 고드름이 레굴루스의 머리 위로 쏟아졌다. 그것은 직접 레굴루스를 노린 것이 아니라 주위에 꽂혀서 얼음의 감옥을 형성해 빙결의 창살로 구속하려 시도했다.

그러나 레굴루스는 얼음 창살을 거추장스러운 듯 팔로 뿌리쳐 흔적도 없이 분쇄했다.

"뭔가 싶었는데 원숭이처럼 같은 짓 반복하긴! 언제가 되어야 알래? 외울래? 배울 거냐고! 이게 뭐야, 생각 포기한 거야? 얼굴이 예쁘장하다고 주저앉아서 머리를 안 쓰는 걸 정당화하고 있다 이거야? 까불지 마라, 불완전!"

레굴루스가 얼음 감옥을 파괴하고 오연하게 섰다. 에밀리아 혼신의 얼음 감옥은 라인하르트의 검격과 마찬가지로 레굴루스에게 아무런 자극도 되지 못했다.

하지만 그러면 된다. 그러면 충분하다.

"지금껏 상대하다가 안 점인데…… 저놈, 성격 진짜로 음험해."

"엑, 으, 응. 그럴지도 모르겠지만……."

"아니, 그냥 험담이 아니라 중요한 점이야. ──저놈은 성격이 최악이고, 남을 짓밟아서 업신여기지 않으면 직성이 안 풀려. 그래서 모든 공격을 받아내지."

스바루는 당황하는 에밀리아에게 고개를 젓고 레굴루스를 '삐뚤어진 정정당당'이라고 분석했다.

완성된 개인을 부르짖으며 자신은 충족된 존재라고 장담하는 레굴루스. 그 삐뚤어진 사상과 작은 그릇, 무엇보다 비대한 허영심이야말로 놈의 약점이며 파고들 빈틈이다.

"원래라면 저놈은 우리 시도에 일일이 상관할 필요가 없어. 그 무의미한 행동으로 1초 벌 수 있는 건 우리가 유리한 점이야."

"그 1초로, 레굴루스에게 이길 수 있니?"

"축적하다 보면 반드시. 내가, 너랑 함께 이겨내겠어. 그러니까 믿어 줄래?"

"——응, 알았어. 스바루를 믿을게. 아니, 믿어."

현재 진행형으로 신부 복장인 님에게 이런 말을 듣고 분발하지 않을 남자가 어디 있으랴.

따라서 남자 나츠키 스바루, 전심전력으로 그 신뢰에 부응할 뿐.

"에밀리아땅, 귀 빌려줘."

"꼭 돌려줘야 해?"

살짝 갸우뚱한 에밀리아에게 귀엣말하자 스바루의 말에 그녀가 놀랐다. 한순간, 에밀리아의 남보랏빛 눈을 걱정이 채웠지만 그것은 직전에 나눈 대화로 봉쇄했다.

그 때문에 방금 한마디를 유도한 거냐고 에밀리아는 살짝 불만을 드러냈지만——.

"이길 거야. 저놈이 울상 짓게 하고. 그다음에 한 번 더 공주님처럼 안게 해 줘."

"바보."

에밀리아는 그 한마디와 함께 불만스러운 표정을 무너뜨리고 대수로를 돌아보았다.

그리고——.

"——알 휴마."

영창에 따라 마나가 세계에 간섭해 심상치 않은 변화가 구체화되어 현현했다.

이로써 몇 번째인지 셀 기분도 들지 않지만, 수문도시의 밤하늘을 뚫는 대기의 비명이 강대한 고드름으로 형성되어 한꺼번에 지상으로 사출되었다.

그 전부가 물 위의 흉인에게 꽂히지만, 역시나 그 전부가 역할을 완수하지 못한 채 부서지고 어마어마한 양의 다이아몬드 더스트가 시야를 가득 메웠다.

"이기겠다며 큰소리 뻥뻥 친 데 비해서는 재주가 없긴. 영원히 공격하다 보면 질려서 항복할 줄 알아? 말해 두지만 남이 먼저 질리길 기대하는 건 상대의 정신성을 마음속 깊이 우습게 보는, 사람으로서 최저최악의 생각이니까…… 허?"

레굴루스가 하얗게 자욱한 시야를 거추장스럽게 팔로 흩으며 대수로 밖의 스바루와 에밀리아를 노려보다가, 예상 밖의 전개에 얼떨떨한 표정을 지었다.

차가운 얼음 알갱이가 나는 경치 저편으로 보인 모습은 도망치는 스바루의 등이었다.

"……이 마당에 이르러서, 도망쳐? 뭐야, 뭐냐고, 자기가 뭐라도 되는 줄 아냐고!"

확 끓어올라 소리친 레굴루스가 수면을 박차고 어마어마한 기세로 등에 따라붙었다. 진짜로 바람을 추월할 속도. 도저히 스바루의 발로 떼어낼 수준이 아니다.

스바루의 등에 레굴루스의 손가락이 곧게 닿으려 하지만——.

"뭣?!"

"이럴 때야말로 빛나는 스킬! 파쿠르!"

성질을 자극할수록 패턴이 뻔해질 남자라는 짐작이 옳았다.

스바루는 필살의 일격을 마치 눈으로 본 것처럼 쭈그려서 피했다. 곧바로 눈앞에 육박한 가도의 벽을 발로 밟고 튀어나온 곳을 잡아서 재빨리 건물 위로 기어올랐다.

그 아크로바틱한 거동에 놓친 레굴루스가 분노와 놀란 기분으로 눈이 확 뜨거워졌다.

"뭐야! 원숭이처럼 필사적이잖아. 근데 말이지. 그런 일반인의 발버둥질이란 게 그야말로 제 분수를 모르는 짓이다, 이 말이야!"

레굴루스가 2층, 3층을 유유히 돌파해 옥상의 테두리를 폴짝 넘어선 스바루를 쳐다보고 격정에 지배되면서 외쳤다. 하지만 그 얼굴이 불현듯 의심 어린 표정으로 바뀌었다.

"──가만. 너, 79번은 어디에 뒀어?"

스바루 옆에서 사라진 에밀리아를 레굴루스가 뒤늦게 깨달았다. 그 둔한 눈치에는 감사하지만 한동안은 더 신경을 거둬 줘야 사정이 편하다.

"이봐, 대답해. 79번 말이야. 방금까지 네가 가져가려던……."

"우와, 진짜로 여자애를 번호로 부르는 데다가 물건 취급해서 식겁하겠는데, 눈에 핏발 서서 남자 궁둥이 쫓아오느라 열중하던 현 상황 쪽이 더 식겁하겠군. 응? 궁금한데 말이지. 대답할 것 같아? 내가 왜? 뭘 먹고 그런 생각을 했어요?"

"큭──."

옥상과 지상에서 시선을 교차된다. 스바루가 자기 머리를 가리키며 레굴루스를 놀렸다.

원래는 좀 다르지만, 사소한 표현 차이야 레굴루스에게 통하지 않을 것이다. 다만 스바루가 말에 힘껏 담은 조롱과 도발만은 똑똑히 전해진 느낌이었다.

"까불지 마라, 원숭이 자식. 장난하는 기분으로 남을 놀려먹은 대가를 받아!"

외친 레굴루스는 도망치는 스바루를 쫓는 게 아니라 스바루가 기어오른 건물의 벽을 손바닥으로 쭉 밀었다. ──그 순간, 맷돌을 가는 것 같이 묵직한 소리와 함께 젠가에서 나무토막을 뺀 것처럼 건물의 공간이 어긋나며 높이 1미터 정도가 통째로 밀려났다.

"으──."

당연히 그처럼 건물 설계를 극단적으로 무시한 리폼을 실행하면 건조물 강도를 보증할 리 없다. 1미터. 위층이 아래층에 떨어지는 충격이 건물 전체에 퍼지고 무시무시한 기세로 붕괴가 시작된다. 시작된다. 무너진다.

"이, 무식한 놈!"

다음 행패를 예상하긴 했지만 상상을 벗어난 수법에 스바루가 비명을 질렀다.

그리고 무너지는 건물 위에서 스바루는 옆 건물로 뛰어 부족한 거리를 채찍으로 벌충했다. 난간에 채찍 끝을 감아 버팀목 삼고 가라앉는 배, 아니 무너지는 건물에서 이탈하는데 성공.

하지만 거기서 스바루가 한숨 돌릴 여유는 없었다.

"자, 뭐해, 뭐하냐! 도망쳐라, 도망쳐. 약해 빠진 쥐새끼. 늦으

면 다 끝난다. 찌부러지고 찌그러져서 두 눈 뜨고 못 볼 터진 토
메토가 되라고!"

머리 위를 쳐다보면서 레굴루스가 신나게 잇달아 가까운 건물
에다 같은 행위를 반복했다.

다시 말해 나무토막처럼 건물의 계층이 빠지며 옆 건물과 격
돌하고, 어린애가 젠가를 무너뜨리듯 가볍게 아름다운 도시와
스바루의 도주로를 파괴한 것이다.

"이런 제기라아아아알——!"

그 폭풍 같은 붕괴의 중심에서 스바루는 기울어가는 건물 위
를 내달렸다.

삐긋한 옥상을 뛰어넘는다. 비명과 함께 구부러진 난간 아래
를 지나 이웃과 함께 무너지는 건물 속에 뛰어들어 도주로를 찾
는다. 창문을 깨며 계단으로 쳐들어간다.

그동안에도 눈앞의 루트는 삽시간에 형태를 바꾸어 한순간의
판단 실수와 배짱 부족이 생명을 위협하는 상황이 이어졌다.

"하하하하! 꼴사나운데! 콧물 질질 짜며 도망치는 재능이 있
지 않아? 더 동정심이 갈 비명을 질러 봐, 신부 도둑놈!"

"큭——."

붕괴되는 소리에 섞여 멀찍이 레굴루스의 조소가 들리지만 그
내용까지는 스바루의 고막에 닿지 않았다. 어차피 닿아 봤자 무
의미한 잡소리다. 스바루는 거기에 쪼갤 의식마저 아까워하며
이 상황 속에서 극한의 집중력을 발휘했다.

「——언제 어느 때라도 활로는 있습니다. 확실. 그것을 찾아

내려는 노력을 소홀히 하지 말기를. 포기한 순간, 생명은 다합니다. 명운.」

뇌리에 스친 건 스바루에게 이세계 파쿠르를 가르친 스승의 말이었다.

어떤 사태라도 활로는 찾아낼 수 있다고 입력해 준 스승의 금언에는 레굴루스의 잡담보다 만 배의 가치가 있다. ——아니, 무가치를 몇 배로 곱해 봤자 무가치다. 레굴루스의 잡담과 스승의 금언은 비교 대상도 되지 않는다.

아무튼——.

"——살자."

스승의 금언이 가진 참뜻은, 위기상황에서 파쿠르의 극의일 뿐더러 온갖 상황에서 가질 마음의 자세다. 그 마음가짐이 바로 이 절망적인 상황에서 스바루의 마음이 주저앉지 않도록 간신히 받쳐 주고 있었다.

팔다리는 무겁고 미쳐 날뛰는 상황은 최악이다. 부정적인 생각이 머리를 지배하려고 든다. 그러나 스바루는 그 생각을 밀어내고 궁지에서 벗어나기 위한 광명을 열심히 찾았다.

몸은 뜨겁고 머리는 냉정하게. 마음을 가라앉히며 영혼에 묻는다.

필요한 것은 죽음과 맞닿은 상황의 타파. 그건 이 환경의 이탈이라도 되고, 아니면 환경의 변화라도 상관없다. 다시 말해——.

"——레굴루스! 나는, 네 권능의 정체를 알고 있다!"

숨을 들이마신 스바루는 가능한 한 큰 소리로 외쳤다.

외친 뒤에도 여전히 붕괴 중인 건물 내에서 파쿠르는 멈추지 않았다. 쿠쿵 붕괴하는 건물. 그 소리에 섞여 방금 외친 말이 레굴루스의 귀에 닿지 않을 가능성도 있다. 닿았어도 그게 영향이 있을지 없을지는 도박이었다.

그러나 스바루가 분석한 레굴루스의 성격이 맞다면 결코 승산은 낮지 않은 도박이다.

그리고 도박의 결과——.

"흐응? 재미있는 소리를 하잖아. 너 따위가 감히 나를 이해했다고?"

한 톨도 재미있어하지 않는 목소리와 함께 파괴적 해체 작업의 손길이 멈추었다.

"————."

그 순간, 질 안 좋은 루빅큐브 같은 건물의 변형이 그쳤다. 그렇다곤 해도 난이도가 극악에서 흉악으로 내려간 수준. 건물은 여전히 붕괴하는 도중이며, 그 안에서 명줄만 붙은 채 탈출해야 하는 상황도 변함없다.

"1초 전과 비교하면 천양지차——!"

기우는 벽을 박차고 난장판인 바닥을 구르다가 창문을 깨트리며 밖으로 뛰쳐나왔다. 채찍을 창틀에 묶어 낙하 속도를 죽이고 3층에서 지면으로 오점 착지. 충격을 흩트리고 포석에 대(大)자로 누웠다.

"씩, 헉, 힉, 헉……."

팔다리에 손끝까지 저리고 들썩이는 호흡에 가슴이 터질 것 같다. 가슴 속에 있는 폐가 불어터진 것처럼 아프고 심장이 뛸 때마다 온몸을 도는 혈류를 느꼈다.

체력과 기력, 양쪽 의미로 아슬아슬한 도박이었다.

떠오른 생각과 과감한 시도, 어느 한쪽만 늦었어도 지금쯤은 짜부였을 터다.

하지만 도박에는 이겼다. 분석은 옳았다. 그런 뜻이리라.

"———."

단순히 말하면 레굴루스는 쓰레기다. 너무 단순하게 말하니 아무 설명도 되지 않았다.

말을 가려 보겠다. ——레굴루스는 승인 욕구와 자기 현시욕의 화신이라고 해도 된다.

자기 자신을 무욕하다고 칭하고 자신의 존재는 단독으로 완결되었다고 큰소리치지만, 레굴루스는 자신의 감성을, 존재 가치를 타인에게 과시하지 않으면 살지 못한다.

감성을 강요하고 가치관을 덧칠하며 공포와 폭력으로 자신이 제일 높다고 강권한다.

그것은 호전적이기 때문이 아니다. 속이 좁기 때문이다.

——강하니까 승리를 뽐내고 싶은 게 아니라, 그릇이 작으니까 타인을 찍어 누르는 것이다.

그래서 라인하르트를 정면으로 맞받아치고, 도발 행위를 반복하는 스바루를 눈에 보이는 형태로 으깨려 든다. 전략적인 판단은 둘째 문제로 넘긴 자위 행위다.

자신이 다칠 일도, 패배할 일도 없다는 전제 조건을 세우고서 상대의 모든 것을 찍어 눌러 마음을 꺾는다. ——그것밖에 승리라고 느끼지 못하는 남자다.

따라서 스바루가 맘대로 떠들도록 놔두는 짓은 절대 못 한다.

"꼴좋잖아. 좀 뛰어다닌 정도로 한심하기도 하지. 그래가지고 이 몸과 겨루겠다니 너 진짜로 발밑이 어둡구나."

"큭——."

"이크, 놔줄 리가 없잖아?"

다가오는 기척에 다리를 들었다가 반동으로 벌떡 일어난 스바루를 바람이 가로막았다.

그 순간, 스바루 눈앞의 공간이 짐승의 이빨에 찍힌 것처럼 갈라졌다. 하마터면 스바루의 머리가 날아갔을지도 모르는 위치에 한 공격이었다.

"으……."

"살살 하는 재주가 서투르거든. 봐봐. 그런 강자의 행동 말이야. 그거 무용한 나와는 궁합이 안 좋거든. 실제로 완벽한 내가 말하면 비꼬는 걸로 들릴지도 모르겠지만."

코끝을 스친 일격에 숨을 죽이며 굳은 스바루. 레굴루스가 흐뭇하게 내려다보았다. 예복의 허리에 손을 짚고 느긋하게 선 흥인은 흡족한 기색이다.

레굴루스는 자신을 도발한 상대의 꼴사나운 모습에 즐겁게 코웃음 쳤다.

"그래서? 내 권능의 정체를 알았다고? 아니, 너처럼 주둥이만 나불거리는 인간의 견본 같은 놈의 말에 믿을 여지 따윈 없

지만 말이야. 헛다리에 불과하더라도 성패 여부를 모른 채 죽는
건 불쌍하잖아? 난 있지, 자비롭거든."

"자비롭다라."

레굴루스는 경망스러운 말을 주절거리며 역시나 스바루의 숨
통을 끊지 않았다. 숨통을 끊기는커녕 압도적 우위에 선 입장에
서 스바루의 추측을 들어주겠다는 말까지 꺼냈다.

순간적으로 스바루는 레굴루스의 말에 대응을 모색했다.

여기서 엉터리 소리나 떠들어 마저 시간을 버는 것도 한 가지
방법이다. 하지만 그건 두 가지 관점에서 상책이 아니라고 답이
나왔다. 첫째로, 진짜로 헛다리 짚은 이야기를 꺼냈을 경우 레
굴루스는 즉각 관심을 끊고 스바루를 죽이려 들 것이다.

그리고 둘째로, 이쪽이 더 중요한데—— 스바루 또한 자신의
추측이 옳은지 그른지 레굴루스의 반응으로 판단할 필요가 있
기 때문이다.

그렇기에——.

"왜 그래? 얘기 안 해? 아니면 얘기 못하나? 아까 하던 소리가
역시 그 자리나 모면하려던 거짓부렁이었다면 처형을 재개할
뿐인데……."

"——아니, 대답해 주마, 레굴루스. 너의, 권능의 정체를."

"————."

스바루는 포석에 한쪽 무릎을 꿇은 채로 강한 의지를 담아 레
굴루스를 노려보았다. 흉인은 그 시선을 태연한 표정으로 받으
며 스바루의 뒷말을 기다렸다.

스바루는 그 여유작작한 표정에 손가락을 들이대고 내뱉었다.

그 말은──.

"──네 권능의 정체, 그것은 게임 플레이 중의 스타트 버튼이란 거다."

"……뭐?"

만반의 각오를 하고 던진 말에 레굴루스가 어안이 벙벙한 표정을 지었다.

그건 결코 자기 권능의 정체를 맞혀서 놀란 게 아니라, 전혀 들은 적이 없는 단어를 이해하지 못한 반응이었다.

그 놀람이 가시면 곧장 레굴루스는 모욕당했다고 얼굴이 시뻘게지며 난리칠 것이다. 그 전에 스바루는 손가락을 들이댄 손을 펴서 손바닥을 상대에게 겨눈 채로 말을 이었다.

"육체의 시간을 멈추는 『사자의 심장』. ──그렇게, 바꿔 말해도 되지."

"────."

"채점은…… 아하, 그 얼굴을 보면 충분하겠어."

대답이 없어도 확증은 얻었다.

경악에 찌그러진 레굴루스의 얼굴을 보면 스바루의 추측이 적중했음은 명백했다.

2

―――대죄주교의 이름과 스바루가 아는 천체의 일치.

이 사실이 레굴루스가 지닌 『탐욕』의 권능, 그 효력을 스바루에게 추측케 하는 단초가 되었음은 확실했다. 하지만 스바루는 이 사실을 환영하지 않았다.

솔직히 스바루에게는 이만저만 민폐가 아니다.

여하튼 별에서 유래한 이름을 가진 스바루에게 밤하늘의 별들이란 형제와도 같다.

그런데 하필이면 이 세상에서 가장 혐오스러운 대죄주교들과 같은 이름이 붙다니, 최저최악의 굴욕이라고 해도 무방하다. 명명자의 악취미에는 속이 뒤집힌다.

다만 대죄주교에 별 이름을 붙인 존재의 공과는 나중에 따지기로 하고, 그 덕분에 얻은 이득에 관해서는 파인 플레이라고 할 수밖에 없었다.

앞서 말한 대로 대죄주교의 이름과 일치하는 별의 이름, 이 어원을 더듬으면 적의 권능을 해명할 열쇠가 될 가능성이 높다.

―――페텔기우스의 권능인 『보이지 않는 손』은 『베텔기우스』의 어원인 『자우자의 손』을 의미하는 말에서 파생된 것이다.

그렇다면 레굴루스가 지닌 『탐욕』의 권능에도 같은 방식을 적용해도 이상하지는 않다.

사자자리를 의미하는 『레굴루스』, 그 어원은 『작은 왕』. 그리고 레굴루스에게는 그 밖에도 『코르 레오니스』라는 별명이 있으며, 그 어원이 바로―――.

"―――사자의 심장."

그 말이 머리에 떠오른 순간, 스바루는 어느 추측이 가장 유력하다고 짚었다.

그 추측을 확신으로 만들기 위해 필요한 요소가 라인하르트에게 주문한 레굴루스의 심장 박동 확인이었다. 그 결과, 라인하르트가 하늘로 날아가고 현재도 귀환하지 못하는 문제가 발생했지만 대신에 추측은 확신으로 굳었다.

——애초에 스바루의 싸움은 레굴루스와 다시 마주하기 전부터 시작되었다.

레굴루스의 권능이 『무적화』에 비기는 힘이라고 안 시점부터 스바루는 떠오르는 모든 무적 패턴을 상정해 공략법을 모색했다.

질식 작전도 지크프리트 계획도 자살골 플랜도 장난이 아니다. 진심이다. 활로는 늘 진심 속에서만 찾을 수 있다.

"초강력한 방어막일 가능성은, 라인하르트의 공격에 깨지지 않았으니까 삭제. 횟수 제한 무적이란 가능성도 그토록 공격 맞고 그 반응이니까 역시 삭제."

단순한 방어력이라면 라인하르트의 공격으로 돌파하지 못할 턱이 없다. 만약 무적에 횟수 제한이 있으면 어느 타이밍에 레굴루스가 더 초조감을 드러냈을 것이다. 놈에게 연기는 불가능하다. 결판을 서두르지 않은 점에서 그 가능성을 부정했다.

그렇게 다양한 가능성을 지우고 『사자의 심장』이란 단어와 레굴루스의 체온을 느끼지 못했다는 에밀리아의 증언, 거기서 라인하르트가 건네준 확신이 결합되어 이해했다.

스바루가 예상한 무적 패턴 중, 해당하는 가능성은 단 하나——

그것은 『무적화』의 권능이 아니라 육체의 『시간 정지』다.

보다 정확하게 말하자면 레굴루스는 온갖 물체의 『시간 정지』가 가능하다.

충족되었다. 결여되지 않았다. 완결했다.

그것이 틈만 나면 레굴루스가 거론하는 삐뚤어진 지론이다. 그 말이 놈의 추악한 본성을 증명하지만, 그 말 자체가 놈이 지닌 권능의 고백이기도 했다.

"육체의 시간이 멈춰 있단 건, 변화하지 않는다는 뜻이지. 변화하지 않으면 다치지도 않고 물에 젖지도 않아. 던진 모래, 날린 물도 시간이 멈춰 있으니까 접촉한 사물로 막을 수 없어서 그냥 지나가지."

만화 등으로 익숙한 이능 중에 『공간의 절단』 같은 힘이 있다.

말 그대로 공간 자체에 단열을 만들어 거기에 맞은 자를 강도를 불문하고 절단한다는 힘일 때가 많으며, 레굴루스의 존재는 그에 가깝다.

시간이 정지한 레굴루스 코르니아스는 공간의 일그러짐 그 자체라고 해도 된다.

시간을 멈춘 모래알은 모든 방어를 돌파하는 파괴력을 띠고, 물의 시간을 멈춰서 수면 위를 자유롭게 걸으며, 자신의 시간을 멈춰서 모든 공격을 무효화한다.

최강의 창과 방패. 그 힘은 권능의 응용, 『무적』은 어디까지나 시간 정지의 부산물이다.

"──라고 생각해 봤는데, 어때?"

손바닥을 내민 채로 스바루는 자신의 고찰을 찬찬히 다 읊었다. 그 말에 웬일로 침묵한 레굴루스가 경악에 일그러졌던 뺨을 다잡고 고개를 가로저었다.

그다음 "하아." 하고 깊이 한숨을 쉬었다.

"저기 말이야. 그 말에 내가 대답할 의무가 있대? 네 생각이 어떤지 하나도 관심이 없어서. 실제로 재미없는 얘기더라. 들어 봤자 시간 낭비였어. 진짜로 말이야."

"……진심으로, 이렇게까지 자폭을 신경 안 쓰는 자세에 기가 막힌다. 너, 자기가 뭐라 그랬는지 말하자마자 까먹었냐? 닭대가리 이하잖아."

머리를 쓸어 올린 레굴루스가 당당히 앞서 한 말을 뒤집자 스바루는 어이가 없었다. 스바루의 반응에 레굴루스는 야단스럽게 이를 갈고 노발대발한 표정으로 앞으로 나섰다.

"주둥이만 가지고 어딜 잘난 척을……! 자신의 비밀을 밝히지 않는 건 권리 이전의 문제지. 자신의 자아를 밀어붙이려 들지 마라, 열 받아! 너도, 산산이 터져서 날아가면……."

"그러면 에밀리아가 어디 있는지 알 수 없어지겠네?"

"큭──."

아픈 곳을 찔린 레굴루스가 숨을 죽이고 발걸음이 멈추었다. 이런 구석은 정말로 솔직해서 참 바람직하다. ──스바루도 말로 구워삶을 보람이 있다.

"악당이라면 이럴 때, 고통을 줘서 말하게 해 주겠다고 으름

장을 놓기 마련이지."

"누가 악당이야……!"

"과연, 이건 구역질이 나는 사악이군."

자각 없는 악이야말로 사악이란 말은 좋은 표현이다. 비꼬듯 조언하잔 의도였는데 도리어 학을 뗄 지경이었다. 다만 설명 덕분에 꽤 숨을 돌렸다.

물러날 때다. 스바루는 발을 멈춘 레굴루스의 머리 위, 옅게 반짝이는 빛을 돌아보고 외쳤다.

"──해!"

그때 에밀리아로부터 빌린 미정령이 레굴루스 머리 위로 얼음의 투석을 떨어뜨렸다. 순간적으로 고개를 쳐든 레굴루스가 눈앞에 육박한 얼음덩이를 보자 "핫." 하고 웃었다.

"틀린 방식을 또 고집! 이제 그만 학습하시지! 안 통한다는 걸!"

떨어지는 얼음을 피하지도 않으며 팔을 들어 온몸에 받는 레굴루스.

당연히 그 투석이 레굴루스의 방어를 뚫을 리 없고 부서진 얼음덩이는 산산이 흩어지며 마나로 돌아갔다. 그 모습을 지켜보던 레굴루스가 으스대는 표정으로 돌아보았다.

"──원패턴인 건 인정한다. 근데 너야말로 슬슬 학습하지 그래?"

사정거리 밖으로 달아난 스바루가 직전에 나온 레굴루스의 말을 야유하면서 혀를 내밀었다. 레굴루스는 달려가는 그 등짝을 보고 눈을 부릅떴다.

원래 얼음을 투척한 목적은 레굴루스의 주의를 끄는 것뿐이다. 『무적』의 비밀이 『시간 정지』라고 안 이상, 아기가 때리든 천하장사가 때리든 레굴루스에게는 별 차이가 없다.

　"아아, 일단 너는 인정하지 않았던가, 『시간 정지』. 뻔히 다 들통났지만."

　"너어어——!"

　노성의 레퍼토리도 적다. 고함친 레굴루스가 스바루를 향해 땅을 박찼다. 그 직후, 폭발적인 기세로 가속한 하얀 흉인이 단숨에 다가들었다.

　그대로 죽음의 손끝이 스바루에게 닿기 직전, 레굴루스의 발판이 사라졌다.

　"어엉?!"

　"엄청 의외지만, 정면 승부만 하는 너는 뒤통수 치는 데 되게 약하더라."

　그렇게 말한 스바루의 등 뒤로 레굴루스가 그냥 구멍에 떨어졌다. 함정이라고도 못할 단순한 구멍이지만 레굴루스를 떨어뜨리려면 이 점이 중요하다. 섣불리 흙을 덮어 가리기라도 하면 물 위에 서는 재주와 같은 원리로 떨어지지 않을 가능성이 높다.

　발판이 있으면 그 시간을 멈춰서 버텨 설 수 있다. 하지만 그냥 구멍에는 그럴 수 없다.

　레굴루스는 그대로 구멍 가장자리에 격돌하고 몸째로 지면을 깎으며 구멍을 굴착했다. 도중에 『시간 정지』가 지면에 작용해 움직임이 멈추었으나 함정의 효력은 증명되었다.

"아직 더 있다. 에밀리아땅의 미정령은 이해력이 좋거든."

"큭――."

"뭐, 내 베아코가 더 귀엽지만."

스바루는 분개하는 레굴루스에게 중지를 세워서 더욱 발밑에 신경 못 쓰도록 유도했다.

도망치는 동안 미정령에게는 마법으로 이곳저곳 구멍을 파게 했다. 스바루용으로 표식은 달아 놨지만 주의력 산만한 레굴루스는 분간하지 못할 것이다. 아니나 다를까 한 번 구멍에 빠진 게 타격을 주었는지 레굴루스는 다음 함정을 우려해 한 걸음을 선뜻 내디디지 못했다.

걸려들었다. 그 덕분에 추적의 손길이 느슨해진다면 구멍쯤이야 얼마든지 파 주겠다.

물론 이런 함정 따위 일류는커녕 이류 정도의 전사라도 걸리지 않는다. 얄궂은 이야기지만 이 정도 함정에 걸리는 건 레굴루스가 정면 승부밖에 모른다는 증거였다.

――정정당당, 정면에서 치트 능력으로 적을 짓밟는다.

그 외에 한 적 없고, 그 외의 전법이 없는 남자라는 증명이었다.

"미안하네. 공교롭게도 난 여기 온 뒤로 정면 승부한 적은 한 번밖에 없고, 그 정면 승부에서 묵사발 난 기억밖에 없거든."

"잔재주 부리고 배 째겠다 이거야? 너, 남자다운 긍지란 건 어디 갔어!"

"내 자존심이 무가치한 거야 알지. 권능은 몰라도 너 개인의 허점이라면 얼마든지 찌를 수 있다. 이런 짓만 하고 있으면 성격 더러워지는 기분이지만."

이게 있으니까 스바루는 꺼리는 에밀리아를 설득하고 전장에 남은 것이다. 이런 성격 더러운 싸움은 본성이 바른 에밀리아에게는 도저히 불가능하다.

성격이 바르고 천사인 에밀리아에게는 다른 역할이 있다. 그 야말로 적재적소다.

물론 공격 방법의 문제와 달리 체력 문제가 있다. 아까처럼 궁지에 몰리면 위험해짐을 알았기에 섣불리 건물 안으로 도망칠 수는 없다.

다만――.

"――다리가, 안 아파."

스바루는 도망치기 위해서 분투하는 오른쪽 다리를 지그시 내려다보다가 한쪽 눈을 감았다.

지금까지 거친 난전과 파쿠르를 하는 중에도 그랬지만 오른쪽 다리의 상태가 무지하게 좋았다. 에밀리아의 걱정에 대한 답변은 허세가 아니었다. 한 번이 아니라 두 번이나 끊어질 뻔한 사실이나, 다리를 침범하는 정체 모를 검은 육종을 잊어버릴 정도다.

만약 이 육종과 『용의 피』에 깊은 관계가 있다고 가정한다면, 그 피가 말하고 있었다.

――마주한 흉인, 『왕』을 사칭하는 발칙한 자에게 친룡왕국의 위신을 보이라고.

"아니, 나라 사정은 모르지만. 은혜만은 받아 두마."

"하나하나, 짜증 난다고!"

노성이 들리고 다음 순간 구멍투성이 지면이 단숨에 폭쇄, 파편과 흙덩이가 주위에 튀었다.

쳐다보니 숨이 거칠어진 레굴루스가 성내며 지연용 구멍째로 지면을 날려 버리고 있었다. 물론 레굴루스가 취할 대책으로서는 그게 최적의 해답이다.

하지만 그때——.

"이제야 깨달았니? 열 받으면 뭐든지 날려 버리면서 왜 처음부터 안 그랬니? 혹시 몸이 아니라 머리의 시간이 멈췄니?"

"크으——."

박수하면서 코멘트만 해 줘도 레굴루스의 승리를 패배로 갈아치웠다. 당연하지만 이 사이에 스바루는 레굴루스의 한 수가 닿지 않을 거리로 철수한 지 오래다.

게임에서 강적과 싸울 때의 기본 전술, 『니가와 전법』의 실천이다. 이렇게 생각하니 레굴루스와의 싸움에선 지금까지 중에서 제일 원래 세계의 지식을 이용하고 있다.

"그렇다면 너는 마요네즈 이후 현대 지식 치트의 첫 제물…… 아니, 가만. 그 전에 다른 녀석이 있었지. 그놈하고도 격전이었어."

"누구, 얘기를……."

"나한테 져서 내 채찍 재료가 된 놈 얘기야."

허리를 틀어 채찍을 보여 주자 레굴루스의 분노가 또다시 끓는점을 넘었다. 표정이 흉악해진 레굴루스가 스바루에 대한 살의를 주위 건물에 발산, 도시 형상이 바뀌었다.

그 반응은 기대한 바지만 화풀이가 피난소를 끌어들이지 않을

지는 아슬아슬한 상황이었다. 가능한 한 피난소로부터 떼어놓고 싶지만 도시 각처에 점점이 있다는 게 도리어 역효과를 보였다.

"후욱──."

스바루는 깊이 숨을 내뱉고 집중력을 높였다.

자신이 무사할 것. 에밀리아에게 주의가 가지 않게 할 것. 레굴루스를 유인해 흉인의 피해가 도시 주민에게 나오지 않게 유의할 것. ──할 일이 많다.

"오? 뭐야, 격려해 주는 거냐?"

불현듯 스바루의 얼굴 주위에 옅고 파르스름한 빛이 날았다. 에밀리아로부터 빌린, 이름도 모르는 미정령 중 한 개체. 그것이 스바루를 격려하듯 흔들렸다.

에밀리아와 파장이 맞는 미정령이다. 똑같이 마음이 착하거나 태도가 열심일 것이다.

"그렇게 생각하니 힘이 솟구쳤어. 왠지 에밀리아한테 밥통이라고 들은 기분인데."

목덜미에 흐르는 땀을 닦는다. 스바루도 결사의 각오를 경박한 언동 뒤로 숨기며 웃었다.

스바루가 계속 시간을 버는 의도를 레굴루스에게 간파당하면 안 된다. 만약 의도가 간파당해도 진의를 간파당할 수는 없다.

그것이 승리 조건을 분담하고 이 역할을 떠맡은 스바루의 책무다.

"────."

딱 한순간, 스바루는 힐끔 시선을 저편으로 보냈다.

그 방향에 전장에서 이탈한 에밀리아가 향한 목적지—— 한 번은 벗어났던 그 성당이 있다. 그곳이 바로 레굴루스가 군림하는 『왕국』이 있는 곳이었다.

정확히는 그곳이 『작은 왕』을 중심에 둔, 신부들의 『작은 왕국』이다.

——애초에 전제부터 이상하다고 스바루는 깨달아야 했다.

수문도시를 덮친 전대미문의 대재해를 연출한 최악의 대죄주교들. 저마다 각각 악질성을 발휘하는, 누구나 남 못지않은 사악의 화신——. 하지만 그런 대죄주교들 중에서 불필요한 일원을 줄줄이 데리고 다니는 건 레굴루스뿐이다.

스바루는 단순히 레굴루스의 자기 현시욕과 아내들에 대한 집착과 소유욕의 발로라고 맹신했다. ——하지만 그렇지 않았다면, 어떤가.

스바루의 『사망귀환』이 죽음을 전제로 하듯이, 페텔기우스의 『보이지 않는 손』이 인지하지 못하는 영역에 미치지 못하듯이, 레굴루스의 권능에도 반드시 제한이 있다.

그 제한이 바로 전장에서도 당당히 옆에 둔 신부들의 존재가 아닌가.

그것이 레굴루스의 제한, 혹은 『작은 왕』이라는 권능의 효과——. 『사자의 심장』이 기능하려면 신부의 인원이나 거리 등, 모종의 조건이 필수다.

그렇게 추측했기에 스바루는 이 자리를 떠맡고 에밀리아를 내보냈다.

스바루의 말로는 닿지 않는 곳으로, 에밀리아의 진지한 호소가 닿기를 믿으며.

그러니까——

"부탁한다, 에밀리아. ——신부들을, 작은 왕국에서 데리고 나와 줘."

3

——멀찍이, 놔두고 온 저편에서 격한 싸움 소리가 끊임없이 들렸다.

"_____."

한순간 목소리가 들린 느낌에 에밀리아는 멈칫한 발을 다시 움직였다.

목소리가 들릴 턱이 없다. 기도하는 기분으로 에밀리아는 달리는 발의 속도를 높였다.

싸움 소리라니, 기만이다. 들리는 것은 일방적인 포학의 소리이며 거셀수록 쫓기는 스바루의 생명이 위험에 처했다는 뜻이다. 그와 동시에 이 굉음이 들리는 한, 그것은 스바루가 레굴루스로부터 도망치고 있다는 증거이기도 했다.

"서둘러야 해……!"

에밀리아는 얼음 안개의 연막을 이용해 스바루와 레굴루스를 전장에 남기고, 원래 온 길을 역주했다. 수로를 활주해서 꽤 거리가 벌어지고 말았다. 돌아가기는 힘겹다.

그러나 스바루가 무리하며 시간을 벌어 주기로 했기에 중요한 역할을 맡은 자신이 감히 주저앉을 수는 없다.

에밀리아는 드레스 옷자락을 대담하게 나부끼며 제어탑 정찰과 같은 요령으로 이곳저곳의 건물에 얼음의 발판과 계단, 길을 만들어서 도시를 호쾌하게 횡단했다.

"아이스브랜드 아츠, 연습하길 잘했어."

스바루의 제안으로 시작한 연습이지만 에밀리아의 전투 방식에 맞을 뿐만이 아니라 모자란 마법의 기량을 끌어 올리는 쪽에도 보탬이 되어서 스바루에게는 감탄할 따름이다.

그렇게 솔직하게 감사하면 스바루는 항상 "에밀리아땅의 얼음 요정 같은 모습이 보고 싶었을 뿐이야. 우연, 우연." 하고 겸손을 보이지만.

어쨌든 그 평소의 연습 덕택에 에밀리아는 얼음으로 무구 외에도 다양한 것을 만들 수 있게 되었다. 이 이동법도 그런 응용의 일환이었다.

"『크리에이트 아이스 로드』……!"

입에 익지 않은 말이지만 요는 자유롭게 자기가 쓸 길을 얼음으로 만드는 마법의 사용법이다. 평소에는 다른 사람이 있으면 위험하기에 쓰지 않지만, 지금은 비상시, 긴급사태──.

"시간만, 시간만 지나면 분명히 사라지니까."

에밀리아는 누구에게랄 것 없는 변명과 함께 얼음의 길을 잇달아 밟고 넘으며 도시의 하늘을 지났다. 그렇게 놀랄 만한 속도로 목적지에 도달, 그녀가 향하던 곳은———.

"———다들, 아직 여기 있어?!"

발로 쳐부순 입구의 문을 넘어 안으로 뛰어든 에밀리아가 말을 걸었다. 그녀의 남보랏빛 눈에 비친 것은 아직 파괴의 여운이 남은 성당의 모습과 줄지은 신부들의 모습이었다.

"다행이다. 아직 있어 주……."

신부들이 남아 있던 것, 그 사실에 에밀리아는 안도하려다가 바로 그게 섣부른 한마디임을 깨달아 입을 다물었다. 확실히 신부들이 변함없이 성당에 머물러 있다. 단, 그들은 진정으로 한 치의 변화도 없이 머물러 있었던 것이다.

에밀리아의 기억과 한 치도 어긋남 없이, 신부들은 같은 장소, 같은 자세, 같은 표정을 지으며 아무 변화도 없는 상태로 다음 지시를 기다리고 있었다.

"그것도, 레굴루스가 움직이지 말라고 명령했으니까……?"

에밀리아는 그것이 능력과 무관한, 폭력과 공포로 시행한 교육의 결과임을 알고 있다. 그 철저함과, 그렇게까지 그녀들을 공포에 찌들게 한 레굴루스에 대한 분노가 다시 타올랐다.

그러나 이 순간, 그 감정을 가져와 봤자 아무 의미도 없다.

"진정해, 나. ———스바루가 힘내고 있는걸."

심호흡한 뒤 에밀리아는 날뛰는 감정을 다스렸다.

신부들의 모습은 애처롭지만 전원이 성당 안에 머물러 있던 건 낭보다. 만약 신부들이 성당을 나가 뿔뿔이 행동했더라면 야단났을 것이다.

왜냐면 이 작전에는 신부들 전원의 협력이 반드시 필요하기 때문이다.

그래서——.

"다들 부탁해! 내 말을 들어줘!"

지금부터는 들려오는 스바루의 분투에 부응하려면 한시라도 빨리 답에 이르러야만 한다.

"————."

붉은 융단을 밟고 앞으로 나선 에밀리아의 한마디에 시선이 느릿느릿 모였다. 하지만 시선에 맺힌 것은 무감정, 무감동이며, 에밀리아에 대한 호의도 악의도 전혀 없다.

그 사실에 에밀리아는 희한하게도 도리어 침묵에 눌려 심장이 무겁게 뛰었다.

"——서방님은 어쩌고 계시죠?"

침묵을 깨며 에밀리아에게 물어본 것은 정면의—— 유일하게 신부들의 열에서 벗어나 부서진 제단 앞에 앉아 있던 금발 여성, 184번이었다.

184번은 에밀리아의 옷을 갈아입히고 충고하고 동시에 미래에 대한 절망을 말했을 때와 같은 싸늘한 눈매로, 돌아온 에밀리아에게 무감정하게 물었다.

그 시선에 낭보를 가져오지 못한 에밀리아는 희미한 둔통과 함께 대답했다.

"레굴루스라면 밖에 있어. ……미안해. 아직 무찌르는 도중이야."

"그런가요. ──그렇겠죠."

그렇게, 아주 살짝 미소를 띠며 숨을 내뱉는 184번의 모습이 서글펐다.

거기에 낙담한 기색은 없다. 낙담이란 기대의 반증으로, 기대가 없으면 실망도 하지 않기 때문이다. 그리고 그녀의 기대라면 이미 에밀리아는 한 번 배신했다.

그렇기에 에밀리아는 입술에 서린 184번의 조소를 탓할 수 없었다.

단──.

"네게 그런 웃음은 안 어울려."

"……실례했습니다. 서방님께서 금지하셨는데 못난 웃음을 보여드려서."

"사과하지 마. 날 보고 웃는다면 괜찮아. 기쁘진 않지만 익숙하니까."

"_____."

가슴에 손을 얹은 에밀리아의 그 말에 184번이 조소를 지웠다.

에밀리아는 타인을 상처 입히려는 언동에 익숙하다. 그렇다고 덜 아프진 않지만, 견뎌내는 법은 익혔다고 생각한다.

하지만 자기 자신을 상처 입히는 184번의 모습에 아픈 마음을 견뎌낼 방법은 모른다.

"그리고 이럴 때, 참아야 한다고 배우진 않았거든."

완전히 체념한 184번의 모습이 에밀리아의 가슴속에 눈에는 보이지 않는 불을 지폈다.

가슴속이 뜨겁다. 스바루가 이따금 하던 말의 의미를 알겠다. 정말로, 뜨겁다.

참을 수 없을 만큼, 견딜 수 없을 만큼, 서글프고 아프며 뜨거운 것이다.

"———."

에밀리아는 눈을 감아 휘몰아치는 열을 삼키고, 성당 안을 쭉 둘러보았다.

중앙에 184번. 그 좌우로 나뉘어 정연히 늘어선 신부들——에밀리아는 누구나 번호로 불리며 '자기 자신'이라는 것조차 빼앗긴 그녀들을 구하고 싶다.

설령 바라지 않더라도, 구하겠다. ——『마녀』라고 욕을 먹더라도 상관없다.

그러기 위해서——.

"레굴루스를 쓰러뜨릴래. 그러기 위해서 너희의 힘을 빌려줬으면 해."

"———."

당당히 에밀리아가 그렇게 장담하자마자 성당의 분위기에 차가운 긴장이 퍼졌다.

그 분위기는 결코 에밀리아의 말을 환영하지 않았다. 오히려 앙칼지게 거부하고 있었다.

그럼에도 에밀리아는 눈을 피하지 않고, 고개도 숙이지 않았다.

"지금까지 너희가 레굴루스에게 어떤 처사를 당해왔는지 난 몰라. 하지만 아주 짧은 시간 접한 나라도 레굴루스가 잘못된 건 알겠어."

의식이 없는 채로 끌려가 깨어나자마자 구혼 받았다. 아내들을 번호로 부르는 모습을 보았으며, 마음에 안 차는 신부를 무자비하게 죽이려고 한다. 숨 돌릴 겨를도 없이 거행된 결혼식에선 행복한 혼인과는 거리가 먼 조건을 제시당하기까지. 에밀리아의 인내심도 한계다.

에밀리아는 자신이 정의라고는 생각지 않고, 정의이고자 고집하지도 않는다. 하지만 잘못된 것에 잘못됐다고 주먹을 갈기고 싶다고 바랄 줄은 안다.

"나는 레굴루스에게 지기 싫어. 싸워서 그 승패로 누가 옳은지 정하는 게 아닌 건 알아. 하지만 오늘, 지금 이 순간, 레굴루스에게 지기가 싫어. 여기서 내가 지면 분명…… 분명히, 중요한 것이 짓밟힐 거야."

"중요한 것, 말인가요."

거기서 침묵을 지키던 184번이 불현듯 끼어들었다. 여전히 어두운 눈빛인 그녀는 진지하게 호소하는 에밀리아 앞에서 본인도 살며시 가슴에 손을 짚었다.

"중요한 것은, 생명이 아닌가요? 살아만 있으면 된다. 그렇게 생각 안 하세요?"

"생명은 중요해. 엄—청 중요해. 하지만 그게 다는 아니잖니?"

"아니요. 그게 다죠. 그게 다예요. 적어도 저희로서는 진작부터 그래요. 이젠, 그 이상은 바라고 싶지 않아요."

184번은 도리도리 고개를 가로저으며 드레스 옷자락을 살며시 집었다. 그렇게 그녀가 그 자리에서 정중하게 인사하자 주위 신부들도 같은 동작을 맞추었다.

한 치의 어긋남도 없이 정확히 일치한 예법에 에밀리아는 눈을 크게 떴다.

"이게, 저희 나름의 싸움이에요. 모든 것을 빼앗기고 유일하게 남은 생명마저 빼앗기면, 저희의 인생은 서방님께 지배당해요. 그러니까⋯⋯."

"내 손은, 도저히 잡을 수 없어?"

"──지금까지도 서방님을 쓰러뜨리고 저희를 데리고 나가겠다 마음먹은 분이 없던 건 아니랍니다."

서글픈 인사를 한 채 184번이 감정이 얼어붙은 목소리로 대답했다.

과거에 이들을 구하려던 누군가. 그 인물이 어떻게 됐는지는 모두가 해방되지 못하고 레굴루스가 건재한 시점에서 물을 필요도 없었다.

처음에 느낀 바와 같았다. 기대가 없으면 낙담도 실망도 없다.

이들은 희망을 기다리다 못해 지치고 말았다. 하지만 그것은 이들 탓이 아니다.

그렇기에 고집을 부려 본인들의 구원을 거절할 필요는 없는데.

"같이 있던 『검성』과 당신의 기사는 어떻게 됐죠? 그만큼 서방님의 역린을 건드리고 아직 목숨이 붙어 있는 건 놀랍지만⋯⋯

당신만이라도 도망쳐야 하지 않을까요?"

"그건 안 한다고 결혼식 전에도 말했잖아. 라인하르트는……
좀 하늘 저편에 있지만 지금은 스바루가 힘내고 있어. 내가 해
낼 거라고 믿어 주고 있어."

"해낸다? 뭘 말이죠? 저희에게 인질로서 가치는 없어요. 아
시잖아요?"

"——정말로, 의미를 모르겠니?"

"——?"

에밀리아의 질문에 184번이 말없이 눈썹을 찌푸렸다.

반응이 자연스러워 뭔가를 숨기며 연기하는 것처럼 보이진 않
았다. 체념의 경지가 달관하게 했는지, 여기까지 184번은 에밀
리아에게 소극적으로 친절하다.

단지 본인들을 구하려 하지 않을 뿐. 그게 아니면 협력적이기
까지 하다.

즉, 적어도 184번 본인은 모르는 것이다.

——자신들이 레굴루스의 『사자의 심장』에 협력하는 처지임
을.

"————."

여기서 새삼 에밀리아는 성당으로 보내기 전에 들은 스바루의
말을 회상했다.

레굴루스를 무적으로 만드는 것은 『사자의 심장』이라는 권능
이라고 스바루가 말했다.

그리고 그 권능은 성당의 신부들을 이용한 또 하나의 권능,

『작은 왕』과 연동해서 레굴루스에게 무적의 힘을 주고 있다고.

그에 더해 『시간 정지』가 어떻다느니 스바루는 설명해 주었지만, 솔직히 에밀리아에게는 정신없어서 이해가 안 됐다. 그러므로 요점만 간추려 달라고 한 결과, 신부들을 레굴루스의 『왕국』에서 해방해야만 한다는 사실을 알아낸 것이다.

"근데, 어쩌지……."

184번의 반응을 보면 그녀에게는 『왕국』의 일원이라는 자각이 없는 것 같았다.

스바루에게는 그녀들이 『왕국』에서 벗어나면 레굴루스가 틀림없이 약체화할 거라고 배웠지만, 어떡해야 『왕국』에서 벗어나게 되는지 미지수다.

단순히 자기 입으로 '벗어난다'고 말하게 하면 그만인가.

"아냐. 그럴 리 없어. ──그렇게, 쉬운 얘기가 아닌걸."

허울뿐인 말로 『왕국』을 부정하면, 그걸로 『왕국』의 일원이 아니게 된다고는 도저히 생각할 수 없다. 물론 그녀들에겐 그 말을 입에 담는 것만 해도 보통 문제가 아니다.

『왕국』을 떠나려면 아마도 말뿐만이 아니라 본심에서 해방을 바라는 마음이 필요하다. 그야말로 자신들이 구원받고 싶다고 소망하는 마음이.

그러지 못하도록 레굴루스는 철저하게 신부들의 마음을 짓밟아왔는가.

"으~."

불합리하게 심신을 짓밟히던 신부들. 이들을 생각하면 가슴

속이 괴롭다. 에밀리아는 이 자리에 없는 레굴루스를 머릿속에서 후려갈기고 세게 발을 굴렀다.

끙끙 앓아도 고민해도 주저앉아도, 상황이 갑자기 나아지진 않는 것이다. 언제나, 그렇다. 언제나 길은 앞으로밖에 이어지지 않으니까.

"얘! 자신이 작은 『왕국』 안의 한 사람이라고 생각해 본 적은 없어?!"

"……갑자기 뭐죠?"

"부탁해. 대답해 줘."

앞으로 훌쩍 몸을 기울이며 에밀리아는 눈앞의 184번에게 물음을 던졌다. 그 서슬에 밀려 184번은 살짝 몸을 뒤로 젖히며 말했다.

"원래, 저는 루그니카 왕국 사람이니까, 생각한 적은 있습니다만……."

"아, 그렇구나. 루그니카도 왕국이니까 이름이 헷갈려……. 아."

바란 결과가 헛발질로 끝나 낙담하려던 에밀리아가 고개를 번쩍 들었다. 동그란 남보랏빛 눈에 주시 받은 184번이 "뭐죠?" 하고 눈을 가늘게 떴다.

에밀리아는 그녀에게 "으음, 저, 있지." 하고 운을 뗐다.

"——네 이름을 가르쳐줄래?"

"_____."

"지금이라면 이곳에 레굴루스는 없어. 번호가 아닌, 네 이름을 들을 수 있을까 해서."

만났을 때부터 그녀는 자신을 184번이라고 부르라고 했다. 하지만 그것이 그녀의 이름일 리 없고, 이름이어도 될 리 없다.

이름이나 번호나 구별하기 위한 기호라는 의미로는 똑같아도 본질이 다르다.

이름을 아는 것은 관계의 시작이다. ——아직 에밀리아와 그녀는 시작도 하지 않았다.

시작도 하지 않았는데 뭔가 부탁을 들어 달라니, 그런 건 이기적이다.

"그러니까 가르쳐줘. 네 이름은……."

"……질문에, 대답할 의리는 없어요."

"——아."

손을 뻗어 소망을 담은 호소는 거절당했다. 184번—— 아니, 그녀는 자신의 팔을 부둥켜안은 채로 에밀리아로부터 시선을 피했다.

"더이상 할 얘기도 없어요. 다른 신부도 같은 의견입니다."

"————."

"당신은 이제 서방님의 신부조차 아녜요. 당신은 그리되지 않아도 돼요. 저희하곤 달라요. 달라도 되는 거예요. 그러니까……."

비장하며 딱딱한 음성이다. 메마른 눈과 온기를 잃은 입술. 그 차갑고 긴장 어린 옆얼굴이 가슴이 아플 만큼 아름답고 서글프다.

거절의 자세가 에밀리아를 꿰뚫고 찢어 상처투성이로 만들려 한다.

그렇지만——.

"──나 있지. 하프엘프야."

"네?"

갑작스러운 에밀리아의 고백에 그녀가 어안이 벙벙한 표정을 지었다.

에밀리아는 그게 처음 보인 민낯 같아서 희미하게 웃었다. 한편으로 여성 또한 에밀리아의 고백이 가진 의미── 눈앞에 서 있는 것이 은발의 반마(半魔)임을 이해했다.

그 효과는 극적이었다. 그녀의 안색이 순식간에 창백해졌다.

"엘프인 건, 알고…… 근데, 은발의…… 하프, 엘프……."

"확실히, 나랑 너희는 다를 거야. 처지도, 출신도 다르고 훨씬 더 뿌리 부분에서 달라. 아마 내 쪽이 살짝 연상이라고도 생각해. ──하지만 그런 건 평범한 거야. 별달리 특별하지 않아. 다들 다른 게 당연한걸."

생각해 보면 에밀리아도 퍽 오랫동안 '다르다'는 사실에 시달려 왔다.

'다르다'는 이유로 서로 이해할 수 없다고. 멀리하고 상처 주는 사람들은 어쩔 수 없다고 자기 자신에게 타이르며, 이해해 주는 누군가가 있으면 위안이 될 거라 믿었다.

'다르다'는 것이, '특별'이 싫고 싫어서 견딜 수 없으면서도 자신의 마음에 뚜껑을 덮었다.

그렇지만 지금은 그렇지 않다. '특별'하다는 것을 자랑스럽게 생각한다.

그리고 그 '특별'은 결코 자신만의 것이 아니라고도 생각한다.

"그래. 다른 게 당연해. 다르지만 그래도 끄덕없어. 왜냐면 다르더라도 서로 이해할 수 있고 말을 나눌 수 있는 데다 다이스키야키는 맛있는걸."

"무, 무슨 말을 하고 싶은 거죠?"

"나하고 넌 다르지만, 그래도 괜찮단 거야!"

묻는 말에 에밀리아는 자신이 감정에 맡겨 떠든다는 걸 깨달아 뺨이 화끈해졌다. 뭔가 말하고 싶고 전하고 싶은데 뒤죽박죽되어서 못 쓰겠다.

더 스바루 흉내를 내서 전하고 싶은 마음을 똑바로 전할 수 있도록——.

그러니까 그러기 위해서 처음에 스바루가 해 주었던 것을——.

"——네 이름을 가르쳐 줘."

"———."

"나는 에밀리아, 그냥 에밀리아. 너와 많은 점이 다르지만 분명히 같은 점도 있는 하프엘프. ——너를, 돕고 싶어."

처음에는 그렇게 이름을 물어본 게 발단이었다.

불안해서 아무에게도 기댈 수 없다고 믿으며, 많은 일이 일어나 눈이 팽팽 돌 것 같았을 때, 그런 에밀리아에게 다정하게 말을 걸어 주었으니까.

이제 와서 생각한다. ——그때, 에밀리아는 기뻤던 것이다.

내력도 알지 못하는 소년이 자신의 존재를 인정해 준 느낌이라 기뻤던 것이다.

——필시 그 순간부터 에밀리아에게 나츠키 스바루는 '특별'

했다.

그러니까 스바루가 해 준 것을 자신도 하고 싶다고 마음먹었다.

"웃, 기지 마요……."

그녀는 똑바로 자신을 바라보는 에밀리아의 시선에 당황하며 목소리를 떨었다.

가는 두 어깨를 안고 마치 추위를 견디듯이 그녀의 숨결이 거세게 떨렸다. 표정은 쓰디쓰고 목소리는 진저리치듯, 눈에 미운 감정을 드리우며 에밀리아를 노려보았다.

그것은 그녀가 에밀리아에게 직접 내비친, 첫 살아 있는 감정이었다.

"왜…… 왜 이제 와서 저희를 인간으로 되돌리겠다고 그러는 거예요!"

견디다 못해 새어 나온 탄식 같은 강렬한 감정이 에밀리아를 정면으로 후려쳤다. 그녀는 눌러 담았던 감정의 탁류에 몸을 맡기듯이 외쳤다.

"인간이 아니라도 돼, 인형이면 돼. 그 남자는 우리가 순종적인 인형이라면 그걸로 만족해. 인형 놀이만 하게 해 주면 생명은 잃지 않고 끝나요. 그게 우리의 싸움이라고, 그렇게 믿어 왔으니까…… 그런데!"

그녀는 에밀리아가 자신들의 노력을 다 망쳤다고 대들었다.

아무것도 모르는 외부인이 자신들이 필사적으로 발버둥 치던 나날을 다 박살 냈다고.

"우리의 뭘 안다고 그래!"

"너희가 다정한 걸 알아."

"우리의 뭘 안다고 그래!"

"너희가 엄―청 열심이던 것도 알아."

"우리의, 뭘, 안다고……!"

"너희가 도와달라고 외치는 걸 알아."

"――아."

에밀리아의 말에 그녀는 아연하게 눈을 부릅뜨고 헐떡이듯 입술을 떨었다.

그녀는 한마디도 '도와줘' 라는 말을 입에 담지 않았다.

당연하다. 여태까지 보낸 나날 중에 한 번이라도 그 말을 입에 담았더라면 필시 그녀들의 마음은 기대와 낙담에 부서져 오늘까지 버텨낼 수 없었을 것이다.

도와주길 바라는 절망은, 구원이라는 희망을 바라는 마음과 표리일체다.

그 희망을 여러 번 배신당하다가 어느덧 그녀들은 기대하기를 그만두었다. 그것이 절망의 묘목에 물을 주어 '죽음' 이라는 꽃을 여럿 피울 뿐이라고 깨달은 것이다.

그렇기에 그녀들은 결코 '도와줘' 라고 말하지 않겠다고 단념했지만――.

"하지만 도와 달라고, 네 전부가 그렇게 말했어. 눈도, 목소리도, 그렇게 말했어. 그래서 내가 도울래. 너희를 레굴루스로부터 해방할 거야. 그러기 위해서."

"_____."

"그러기 위해서, 당신들도 날 도와줬으면 해."

"뭣……."

이어진 말에 또다시 놀라자 에밀리아는 긴 속눈썹이 꾸민 눈을 내리깔았다.

사실은 에밀리아가 혼자서 뭐든 간에 어떻게 할 만한 천하장사였으면 좋았겠지만, 현실은 그리 쉽지 않다.

가필도, 큰 돌은 다 같이 들어야 좋다는 식으로 말했었다.

"내가 뭐든지 다 할 수 있으면 좋겠지만 그렇지 않아. 그래서 내가 너희를 도울 테니까, 대신에 너희는……."

"당신에게, 힘을 보태라고……?"

"부탁해. ──제가, 당신들과 내 기사님하고 모두를, 돕게 해 주세요."

깊이 고개를 숙이며 에밀리아는 진지한 기원을 담아 부탁했다.

심장이 아플 만큼 뛰었다. 희미하게 들리는 그녀들의 숨소리가 마치 폭풍우처럼 온몸에 불어 닥치는 기분을 맛보았다.

에밀리아는 그 바람에 떠밀릴 것만 같아서 주먹을 꾸욱 세게 쥐었다.

무서운 것은 자신만이 아니다.

그녀들은 더욱, 줄곧 깨지 않는 악몽과 어깨를 맞대며 지새왔으니까.

그리고──.

"──잠깐만, 기다려 봐요."

머리를 숙인 에밀리아 앞에서 여성이 감정을 절제한 목소리로
말했다.

　그대로 그녀는 길게 숨을 내뱉고는 눈길을 에밀리아로부터 떼
어 주위로 돌렸다. 그녀는 정연하게 줄을 선, 같은 처지의 신부
들 쪽으로 돌아서서 딱 한 번 망설이다가 말했다.

　"묻고 싶은 게, 있어요. 지금까지 모두에게 못 물어봤던 것."

　여성이 그렇게 말을 꺼내자 신부들은 표정이 얼어붙은 채로
아무 말도 하지 않았다. 고개를 든 에밀리아도 끼어들지 못하고
그저 전말을 지켜보았다.

　숨 막히는 침묵 속에서 줄곧 신부들의 대표로 걸어온 여성이
말했다.


　"――그 남자, 좋아하는 사람 있어?"


　갸웃하며 여성이 던진 물음이 성당 안에 스며들었다.

　그 내용에 에밀리아는 눈썹을 세우고, 침묵하던 신부들도 무
반응으로 있지는 못했다. 그녀들은 서로 눈길을 주고받으며 자
그마한 곤혹과 감정을 찬찬히 흘렸다.

　그것은 이윽고 파문처럼 천천히 전파되다가――.

　"……싫어."

　한마디, 쥐어짜내듯 쉰 목소리가 튀어나왔다.

　말한 사람은 에밀리아도, 184번이라고 불리던 여성도 아니었
다. 그것은 에밀리아를 식장까지 앞에서 인도한, 키 큰 빨강머

리 여성이었다.

그녀는 꿋꿋하게 느껴지던 표정을 무너뜨리며 촉촉한 눈으로 또렷하게 속내를 밝혔다.

그 쥐어짜내는 한마디를 계기로 『왕국』이 무너졌다.

"나도 싫어.""싫었어.""계속 싫었어.""싫어. 진짜 싫어.""정신이 나갔어.""머리가 이상해.""누가 좋아하겠어.""저 자신만 좋아할 뿐.""머릿속에서 몇 번이나 거부했어.""울고 싶었어.""근데 불가능했어.""싫어.""죽으면 좋을 텐데.""정말 싫어.""싫어, 싫어, 싫어. 진짜로 싫어.""눈매가 싫어.""말투가 싫어.""걸음걸이가 싫어.""성격이 싫어.""인간성을 사랑 못하겠어.""어제보다 싫어.""내일이 더 싫어.""역겨워.""변태.""머리가 애야.""애보다 못해.""지렁이 쪽이 낫지.""비교 대상이 없어.""생리적으로 무리.""싫어싫어싫어.""늘 구역질 났었어.""맞아 죽으라고 몇 번이나 생각했어.""최악.""완전 저질.""같이 있으면 토가 나와.""건드리면 썩을 것 같아.""마음이 죽어 가.""가족의 원수.""억지로 끌고 나왔는데 어떻게 좋아해?""자각 없는 악의를 못 믿겠어.""괴로워하며 죽었으면.""말이 길고 장황해. 한 글자 쓸데없이 더 말할 때마다 죽었으면 좋겠어.""내장이 썩으면 좋을 텐데.""내 연인을 돌려줘.""집에 갈래, 집에 갈래…….""안 도와줘도 되니까, 그 자식 죽여 줘.""쓰레기 새끼.""더는 싫어. 영원히 싫어!""그걸 좋아할 여자가 없잖아?""남자라도 없지.""그걸 사랑할 수 있는 인간은 없어."

둑이 터진 듯 그때까지 억누르던 감정이 흘러넘치는 신부들.

나오는 말은 진심에서 우러나온 증오와 원망, 오랜 세월에 걸친 심신의 고통에 대한 원한으로 가득 차 있어서 듣기에 기분 좋은 언령은 결코 아니다.

——그런데도 그 말을 입에 담는 그녀들의 표정은 기분 좋을 만큼 밝아서.

"——실피."

"응?"

눈앞에 선 여성이 별안간 꺼낸 말에 에밀리아는 순간 반응하지 못했다. 그런 에밀리아의 모습에 184번도, 신부도 아닌 여성은 고개를 젓고 다시 말했다.

"당신이 물었잖아요. 제 이름은, 실피예요."

"……엄—청, 좋은 이름이야."

"그렇죠? 외할머니랑 같은 이름으로 지었대요."

그렇게, 여성—— 실피가 가족과의 추억을 돌아보듯이 말했다. 그리고 실피는 성당 안의 여성들을 두 손으로 가리키고 말했다.

"만장일치였는데, 줄곧 아무도 말 못했었어요."

"너도, 하고 싶은 말이 있어?"

"네, 있어요."

여성들의 고백 가운데, 아직 한 명만 고백하지 않았던 실피가 끄덕였다.

그리고 그녀는 자신의 아름다운 금발을 쓱 어루만지며 함박웃음—— 웃지 말라고, 그런 명령을 받은 것 따위 내버리고 처음으로 보이는 눈부신 웃음과 함께.

"그딴 남자, 끔찍하게 싫었어요. ──부디, 저희도 협력하게
해 주세요."

절연장에 미소 어린 사인을 해 준 것이었다.

4

"그 남자의 『왕국』……."

"그래. 너희 모두가 그 『왕국』에 말려들었을 거야. 거기서 너
희가 벗어날 수 있으면……."

"그, 쓰레기 남자의 지배에서 달아날 수 있다."

에밀리아의 서투른 설명을 들은 실피가 매우 이해도가 높은
말을 중얼거렸다.

하나로 뭉쳐 에밀리아에게 협력하기로 나서 준 실피와 전 신
부들. 에밀리아는 그녀들과 이마를 맞대며 곧장 레굴루스의 권
능을 풀 방법에 관해 대화하기 시작했다.

그러나 문제는──.

"그 남자가, 우리에게 그런 중요한 걸 맡긴다는 생각이 들어?"

"글쎄. 그 야비한 소심쟁이에게 그런 지혜가 있을 것 같진 않
은데."

"우리가 『왕국』의 일원인 거잖아? 그건 무슨 의미?"

"혹시, 자신이 준 것을 가졌다면 『왕국』의 한 명이라고 세고
있을지도……."

"소름 끼쳐."

"옷이라거나, 장식품이라거나 전부 벗어서……."

"그 남자의 소지품 따위 1초도 싫어! 나, 다 벗을래!"

"기분은 알겠지만 진정해!"

착란을 일으킨 여성을 어르고 달래며 어떻게든 대화석에 앉혔다. 다만 많든 적든 완전히 냉정해지지 못하는 흥분 상태가 그녀들의 마음을 침식하는 것도 사실.

옛 신부들의 대화에서 알 수 있는 건 레굴루스가 얼마나 행패를 부렸는지, 이들이 얼마나 생리적으로 레굴루스를 싫어하는지 등이다.

에밀리아도 그 전부가 레굴루스의 자업자득이라고 생각하지만, 그게 이들의 눈을 어둡게 하고 진실로 가는 길을 멀어지게 한다면 얕볼 수 없다.

혹시 레굴루스는 이걸 노리고 평소부터 그런 행동을——.

"아니. 그 남자는 그렇게 똑똑한 짓을 안 해."

"아, 역시 그렇구나. ……하지만 그럼 그 밖에 어떤 것을 생각할 수 있어?"

레굴루스의 자세는 변호할 수 없지만, 그의 권능을 돌파해야만 승리를 거머쥘 수 있다.

고개를 모로 꼰 에밀리아의 질문에 실피와 전 신부들도 열심히 골머리를 썩여 주었다.

지금까지 보낸 고통스러운 나날 가운데, 레굴루스의 별것 아닌 언동 구석구석에 권능을 폭로하기 위한 단서가 숨어 있다.

그런 가능성을 믿고 그녀들도 필사적이다.

"_____."

답을 찾아 고민하면서 에밀리아는 강하게 자기 마음을 다잡았다.

기껏 실피와 전 신부들이 자기 의지로 레굴루스의 지배로부터 벗어나고 싶다고 말했다. 그 존엄한 결의를 이런 맨 첫 걸음부터 실패하게 할 수 없다.

"정말로, 저희가 그 남자가 가진 힘의 열쇠인가요? 그게 착오인 건……."

"아냐. 그건 틀림없어. ──중요한 곳에서 난 스바루를 의심하지 않으니까."

실피의 불안에 에밀리아는 굳세게 끄덕였다.

──그 한 점, 에밀리아가 스바루를 믿는다는 한 점, 여기만은 양보하지 않는다.

스바루는 굉장하다. 에밀리아가 모르는 것을 뭐든지 알고 그 지식과 노력가인 점으로 어떤 곤경도 넘겨왔다. 그러니까 레굴루스가 지닌 권능의 열쇠를 전 신부들이 쥐고 있다고 말한 스바루를 믿는다.

그것은 사고 포기나 맹목적인 의존을 의미하지 않는다.

스바루니까 괜찮다며 아무 생각 없이 따르는 것은 아니다. 스바루도 틀릴 수 있겠고 막막해하거나 주춤대기도 한다. 가끔 실패도.

하지만 그걸 바로잡을 수 있다. 손을 잡아당길 수 있다. 돕는다는 것이 에밀리아의 그에 대한 신뢰였다.

"스바루는 『사자의 심장』의 열쇠를 부인들이 쥐고 있다고 그랬어……."

에밀리아는 골똘히 생각에 잠기듯 입술을 만지고 스바루에게 들은 이야기를 다시 한 번 회상했다.

시간을 멈추고, 심장이 움직이지 않으며, 부인들이 중요하고, 레굴루스는 나쁜 사람—— 그런, 갖가지 생각이 머릿속을 빙글빙글 내달렸다.

권능은 가호와는 다른 신기한 힘이며, 가호보다 특별한 능력이 있다고 한다.

"내가 더 가호에 척척박사였으면 좋았는데……."

공교롭게도 에밀리아는 가호를 받지 못했기에 가호 소유자의 감각은 모른다. 이 자리에 오토나 가필이 있으면 좋았겠지만 그건 없는 거나 보채는 꼴이다.

상상력으로 메꾸자면, 오토나 가필을 더 나쁘게 하면 가호보다 특별한 힘인 권능을 가진 레굴루스에게 가까워지는가.

"나쁜 오토……. 상담을 받아주지 않거나, 밤을 새거나, 프레데리카를 곤란하게 한다……? 나쁜 가필은 벽에다 많이 발톱을 간다거나……."

에밀리아의 상상력으론 나쁜 두 사람의 상상도 그 언저리가 한계였다. 애초에 두 사람은 무척 착하기에 나쁜 짓을 하는 모습이 전혀 떠오르질 않았다.

"―――."

고민하는 에밀리아 옆에서 실피와 전 신부들도 저마다 의견을 주고받으며 어떻게든 레굴루스의 약점을 찾으려 노력했다.

아마 인원상으로나 영리함으로나 에밀리아가 전 신부들의 대화를 앞서기는 무리다. 즉, 생각해서 닿을 범위에 관해선 그녀들에게 맡기는 편이 낫다.

에밀리아는 그녀들의 대화로는 찾을 수 없는 점에 손을 뻗어야 한다.

"──맞아."

별안간 에밀리아가 남보랏빛 눈을 크게 뜨고 번뜩인 생각에 손뼉을 쳤다.

바로 에밀리아는 하얗고 가는 손가락을 흔들어 성당 안에 모여 있는 미정령들에게 부탁했다. 그렇게 미정령들을 여성들 한 명 한 명 곁으로 몰래 보냈다.

그리고 에밀리아가 확인하고 싶은 것의 반응을 하나하나의 미정령들로부터 얻고 있으려니, 마지막의 마지막에 그럴싸한 반응이 발견되었다.

"역시!"

저도 모르게 에밀리아가 큰 소리를 지르자 그 모습에 실피가 돌아보았다. 그녀는 에밀리아의 모습을 알아채자 "왜 그러시죠?" 하고 걸어와서 다시 물었다.

"뭔가 알아채셨나요?"

"으음, 그게, 저기, 저기, 그럴지도 몰라! 좀 확인하고 싶은 게 있는데, 실피의 힘을 빌려도 돼?"

"물론이죠. 어떤 일이든 협력하겠어요."

실피가 당황한 기미의 에밀리아의 어깨를 만지고 힘차게 끄덕였다. 주위의 다른 여성들도 에밀리아의 말에 턱을 주억이고 뭐든 말하라며 자세를 바로잡았다.

그녀들의 모습에 에밀리아는 마주 끄덕였다.

"그럼, 잠깐 미안해."

"네, 여기…… 꺅?!"

차분한 표정이던 실피가 에밀리아의 갑작스러운 행동에 그 표정을 무너뜨렸다. 한 박자 띄우고 천천히 눈처럼 하얀 실피의 뺨이 붉게 물들기 시작했다.

그도 그럴 터. 한마디 양해를 구한 에밀리아는 주저 없이 실피의 가슴에 손을 집어넣어 멍한 그녀의 옷 속의 피부에 손바닥을 댔으니까.

"──응, 응, 응."

"어? 저기, 어? 이건, 꺄, 저기……!"

"잠깐, 조용히 해 봐. 지금, 엄—청 중요할 때니까."

"주, 중요할 때라니, 뭘……."

실피는 차츰 삼과처럼 볼을 붉히고 에밀리아에게 얌전히 당하고만 있다.

그러나 에밀리아는 붉어진 그녀를 아랑곳하지 않으며 진지한 표정으로 대답했다.

"──네 심장 소리를 확인 중이야."

"제, 심장……?"

붉을 붉히던 실피가 생각지 못한 한마디에 뺨을 굳혔다. 그런 실피에게 에밀리아는 "그래." 하고 끄덕였다.

 "지금 미정령 아이들에게 부탁해서 너희 안의 마나 흐름을 확인해 달라고 했어. 그랬더니 실피의 심장만 신기방기하다고……."

 "심장이 신기방기하다고 하면, 무서운데요……."

 그러나 표현 방식만큼 귀여운 상황이 아님을 실피도 금세 깨달은 기색이다. 그리고 주위 여성들이 걱정하는 가운데, 에밀리아는 신중하게 그 심장 고동을 확인했다.

 실피의 보드라운 가슴에 손바닥을 대고서 집중하며 심장 고동을 하나, 둘——.

 긴장과 불안이 뒤섞인 심장 소리. 손바닥을 통해 확인하다가 에밀리아는 깨달았다. 실피의 심장 소리에 섞여 전혀 다른 심장 소리가 있음을——.

 "——끔찍해."

 한순간 사색 뒤에 에밀리아는 그 답을 직감적으로 이해했다.

 그와 동시에 실피가 레굴루스를 『작은 왕』이라고 부르고, 스바루가 그가 지배하는 세계를 『왕국』이라고 부른 의미를 통감했다.

 레굴루스의 『사자의 심장』은, 실피의 심장과 일체화해 있었다.

 그것은 다시 말해——.

 "레굴루스는, 자신이 신부라고 정한 사람의 심장에다 자기 심장을 붙여 둔 거야!"

——스바루의 결사적인 시간 벌기는 이미 십여 분을 넘고 있었다.

"집중! 집중! 집중——!"

그렇게, 자기 자신에게 타이르며 숨을 헐떡이고 사고를 굴려 모든 신경을 회피에 투입한다.

제법 기적적인 생존권을 정신없이 짓밟으며 스바루는 레굴루스가 휘두르는 맹위를 가까스로 벗어나 마냥 '퇴각 행위'를 계속하고 있었다.

레굴루스와의 싸움으로 수문도시 프리스텔라의 3번가는 끔찍한 몰골이었다.

어린애가 날뛰는 바람에 엉망이 된 미니어처 도시처럼, 아름다운 풍광으로 유명한 거리는 파괴되고 부서진 수로에서 넘친 물이 거리를 흥건히 적셨다.

그럼에도 이 흉인의 폭위가 겁먹은 도시 사람들에게 닿지 않게 머릿속으로 그린 지도에 따라 주위의 피난소가 말려들지 않게 한 것이 스바루의 긍지였다.

그렇긴 해도——

"적당히 좀 말이야! 자기 그릇이란 것을 분별해서 뒈지면 어떨까?!"

"뜨와아아!"

인정사정없는 발길질이 소름 끼치도록 깔끔하게 건물을 도려내고, 균형을 잃은 집들이 속수무책으로 무너진다. 스바루는 자욱하게 낀 연기 속에 자진해서 뛰어들어 레굴루스의 시야로부터 도피하며 즉석 함정도 다 떨어진 전장을 내뺐다.

이 또한 레굴루스의 무의미한 고집을 이용한 도주법이다. ——레굴루스는 자신이 보이지 않는 곳에서 적이 죽는 상황을 극단적으로 싫어한다. 그것은 상대를 정면으로 찍어 눌러 자신의 힘을 증명하고 싶은, 놈의 삐뚤어진 승인 욕구의 표출이다.

그렇기에 스스로 불리한 쪽으로 뛰어드는 것이 레굴루스를 말 그대로 연기 속을 헤매게 한다.

"그래, 날 쫓아와! 얼간이 자식아! 너 따위 안 무섭다!"

스바루는 연기 너머, 모습이 보이지 않는 레굴루스에게 욕설을 던지고 마냥 도망쳤다.

이것이 레굴루스와의 싸움에서 정답이다. 여태까지 『탐욕』에 파멸당한 사람들은 용감했으니까 파멸당한 것이다. 약하고 여리며 겁 많은 태도를 관철했어야 했다.

그러면 분명히 이런 최악의 남자에게 질 일은 없었는데.

"이놈이고 저놈이고, 이제 좀 알아먹어! 다르다는 것을! 그 누구도 타고난 것이 다르다고! 너희는 한 인간으로서 완결한 내겐 못 당하고 가닿지도 못해! 자신의 부족함을 수긍하고 만족한 다음, 죽어!"

"큭——."

그 순간, 스바루가 분해서 이를 간 직후 바로 옆을 거센 충격파가 관통했다. 다 피하지 못한 스바루가 그것이 낳은 파괴에 휘말려 날아갔다.

그리고——

"하! 실컷 멋대로 도망치시던데, 막상 쓰러질 때는 싱겁긴 하
군."

연기를 뚫고 모습을 보인 레굴루스가 으스대듯 입꼬리를 올렸
다. 그의 눈앞, 지면에 쓰러진 스바루는 붕괴한 건물 옆에서 얼
굴 절반을 피로 물들이고 신음하는 중이었다.

"아, 윽……."

"뭐, 그렇겠지. 이래야 맞지. 나랑 너 사이에 있는 차이를 감
안하면 다다를 결말에 다다랐을 뿐인 얘기 아니겠어. 이로써 겨
우 부조리에 쓸데없는 신경을 빼앗기지 않아도 되겠군. 아아,
만만세야."

쓰러진 스바루에게 걸어간 레굴루스가 발꿈치로 여봐란 듯이
방해되는 파편을 짓밟아 뭉갰다. 그 권능으로 다음엔 스바루의
머리를 같은 꼴에 처하겠다고 말하듯이.

"애당초 말이야. 스스로 주제 넘는단 생각은 안 들어? 여태까
지도 너처럼 나를 쓰러뜨리겠다며 씩씩대던 놈들은 많이 있었
어. 그런데 그 전원이 내게 생채기 하나 못 냈지. 자기 그릇보다
많은 것을 바라면 그렇게 되는 거야. 당연한 섭리잖아."

무욕을 사칭하는 『탐욕』의 대죄주교는 과분한 욕망이야말로
파멸을 부른다고 단언했다.

욕망하는 것은 무익한 다툼을 낳고, 욕망하는 것은 무한한 갈
증을 낳으며, 욕망하는 것은 더 없는 비극을 낳는다. 그렇기 때

문에 무욕이야말로 존귀하고 청빈이야말로 사람의 자세라고 큰소리친다.

본인은 그 주장을 전혀 실천하지 않으며 그저 타인에게만 무욕을 강요한다.

"현재에 만족하면 될 것을, 분수에 맞지 않은 것을 탐하다가 제 몸을 망치지. 이놈이고 저놈이고 하나같이 무엇 하나 배우질 못해. 너희는 정말로 구제 불능의 어리석은 것들이야."

한탄스럽다고 레굴루스는 비극에 취하면서 백발을 손으로 만졌다.

그의, 그 목소리에 담긴 비탄에 거짓은 없었다. 적어도 레굴루스는 진심으로 스바루와 다른 이들의 어리석음을 한탄하며 불쌍히 여기고 있다.

그리고 거들먹거리는 연민을 품은 채로 레굴루스는 헐떡대는 스바루를 노려보았다.

"자, 이제 그만 바람둥이 년이 어디 있는지 얘기해 봐. 그러면 편히 죽게 해 줄게. 내게는 적에게 고통 주며 죽이는 악취미는 없어. 말했지? 나는 자비롭거든."

"자비, 롭다, 면…… 자신의, 신부를, 권능에 이용하지는……."

"뭐? 아아, 그래. 그런 곳까지 눈치챘나. 약삭빠른 남자로군. 내 『사자의 심장』도 그렇고, 어디서 알았는지…… 다만 쓸데없는 발악이야."

스바루의 중얼거림을 들은 레굴루스가 격분하기는커녕 입꼬리를 올렸다. 흉인은 스바루의 분투를 흥겹게 냉소했다.

"확실히 내 권능은 아내들과 관계가 있어. 하지만 안 되셨네. 너는 아내들 곁으론 못 가고 가 봤자 아무것도 못 해."

"……신부들이, 너를 배신하지 않으니까?"

"더 간단하지. ——내 소중한 심장은 아내들에게 맡겼다. 많은 아내들 중 누가 심장의 소유자인지 나도 아내 본인도 자각이 없지만."

아무렇지도 않은 말투에 스바루가 말문을 잃었다.

레굴루스의 『사자의 심장』, 그 권능을 유지하기 위해서 필요한 것이 『작은 왕』이라는 권능이며, 그것과 레굴루스의 신부들이 관계되어 있다는 추측은 옳았다.

단, 그 『관계』란 스바루의 상상을 초월하게 사악한 형태였다.

"아내들의 권리는 평등, 사랑은 동일, 짊어지는 책무도 공평해. 그것이, 복수의 아내에게 장가든 남편이 지킬 최소한의 조건이잖아? 나는 말 그대로 심장을 맡길 만큼 아내들을 사랑한단 말이지."

"그 자각이, 신부에게 없단 건……."

"자기 심장 뛰는 소리를 평소부터 의식하는 사람이 어디 있어?"

그 흥소에 스바루는 이해했다. ——레굴루스의 심장, 그 악랄한 은폐 방식을.

단순하고 효과적, 그리고 무엇보다 손댈 방도가 없다.

"남편의 재산 관리는 아내의 책무야. 근데 봐, 나는 무욕한 인간이라서. 본래 너희 같은 놈들이 혈안으로 긁어모으는 쓸데없는 재산은 소유하지 않았어. 그러니까 내 아내들에게 건넬 수 있는 건 내 존재 자체. ——이것이 바로 궁극의 부부애잖아."

——추악하다.

레굴루스는 일절 악의 없이, 가책 없이 자연스러운 행위라고 그 악랄함을 긍정한다.

그 사악함은 스바루의 상상을 초월했다. ——스바루는 성당의 신부들에게로 보낸 에밀리아에게 『사자의 심장』을 돌파하기 위한 가설을 여럿 말해 주었다.

하지만 역시 이 패턴까진 상정하지 않았다.

"……깨는 법은, 있어. 있지만, 그건 에밀리아가 할 수 있을 리 없어."

지금 레굴루스가 의기양양한 낯짝으로 강의해 준 내용이 『사자의 심장』의 진실이라면, 그것을 깰 방법은 있다. 생각이 난다. 에밀리아에게 전할 수만 있으면 이론상으로는 가능하다.

문제는 작전의 성공률이 아니라 실행 가능 여부다.

——왜냐하면 그것은 곧 자신의 의지로 생명을 취사 선택하는 행위이므로.

"하? 이봐, 너……."

스바루가 길게 숨을 내뱉고 천천히 일어서자 레굴루스가 이해 못 하겠다는 표정을 지었다.

쓰러져서 다 죽어 가던 스바루가 옷의 먼지를 털고 얼굴의 피를 느긋이 닦고 있었던 것이다. 그 모습에 레굴루스가 놀라고 있을 때, 스바루는 "아아." 하고 어깨를 으쓱였다.

"죽은 척…… 아, 죽을 것 같은 척인가. 이마 찢어져서 피가 나기에 시험해 봤지."

"큭——."

"믿었다. 너는 죽어가는 적을 발견하면 반드시 입 나불대며 우쭐대는 바보일 거라고."

피를 얼굴에 바르고 빈사를 연출했더니 감쪽같이 이 꼴이다.

덕분에 레굴루스가 지닌 권능에 관한 확증은 얻었다. 그것이 몹시 악질적인 확증이더라도 없었을 적보다 훨씬 낫다.

"날…… 얼마나 우롱할 셈이냐!"

직전의 우위를 잃어 분노한 채로 레굴루스가 스바루에게 곧게 돌진했다.

초짜나 다름없는 몸놀림에도 불구하고 그 속도는 상식을 초월했다. 드물게 보이는 이 한순간, 레굴루스에게는 라인하르트조차 경악하게 한 가속이 있었다.

단, 그 내막을 몰랐던 것도 권능에 짐작이 가기 전 이야기다.

"흐읍!"

그때, 스바루는 모아두던 오른쪽 다리의 힘을 폭발시켜 주저 없이 사전에 정한 회피 행동을 취했다. 스바루가 옆으로 뛰자 '직선으로밖에 못 나는' 레굴루스의 공격은 빗나갔다.

레굴루스의 초인화 또한 육체의 시간 정지를 응용한 것이다.

자기 육체에 시간 정지를 적용해 모든 물리현상의 간섭을 받지 않는 게 레굴루스가 지닌 권능의 핵심이다. 궁극적으로 그것은, 정말로 모든 개념에서 해방됨을 의미한다.

중력 및 공기 저항, 관성의 법칙부터도 해방되어 레굴루스는
궁극의 힘을 손에 넣는다. 그것을 항상 유지하지 않는 건 아마
도 놈 자신에게도 제어할 수 없는 힘이기 때문──.

　"까불지 마! 이, 몸이, 누군 줄 알아?!"

　"개자식 외의 모범 해답이 없다! 어떻게든 해서, 에밀리아에
게……."

　레굴루스의 공격을 피한 스바루가 소리치는 흉인에게 중지를
세우고 뒤돌아보았다.

　레굴루스의 『사자의 심장』과 『작은 왕』, 그 답은 얻었다. 남
은 건 그 답을 에밀리아에게 전해야만 한다. 전해서, 그리고 선
택을 다그친다.

　도시를 구하기 위해서, 에밀리아에게──.

　"────."

　뒤돌아본 스바루, 그 시선이 성당 방향으로 향했다.

　레굴루스로부터 도주극을 펼치는 도중, 한 번은 멀어졌을 성
당과의 거리가 어느덧 가까워졌다. 길을 여럿 사이에 두고 그
앞에 예의 성당이 있다.

　거기서 벌어질 에밀리아의 분투를 머리에 그린 순간, 그 사태
가 일어났다.

　"──아."

　──성당이 있던 장소에 새파란 얼음 탑이 우뚝 선 것이다.

# 6

──실피의 심장과 합일한 레굴루스의 심장.

실피의 심장에서 부자연스러운 고동을 확인한 에밀리아는 레굴루스가 가진 『사자의 심장』의 권능에 대해 그렇게 결론을 내렸다.

당연하지만 그 설명을 들은 여성들의 동요는 컸다──.

"제, 심장이랑……?"

개중에서도 당사자 실피, 바로 이 순간 자기 심장과 레굴루스의 고동이 겹쳐 있다는 결론을 안 그녀의 혼란은 헤아릴 길 없었다.

가슴을 만지던 에밀리아가 바로 어깨를 부축하지 않으면 비틀비틀 해쓱해진 그녀는 그 자리에 무너졌을지도 모른다.

그렇게 하얀 얼굴이 더욱 창백해진 실피는 몇 번쯤 입술을 달싹이다가.

"착오, 아닌가요?"

작은 새가 지저귀듯 자그마한 소리로 되물었다.

그녀에게 추가타를 가하는 꼴이 된다고 알면서도 에밀리아는 끄덕였다.

"……신기방기한 심장 소리라고, 미정령이 하는 말이랑 나도 같은 의견이야. 손바닥으로 느꼈어. 네 심장 고동과, 뭔가가 겹쳐서 들린다고."

"──그 남자는, 어디까지, 남의 마음을 짓밟아야……!"

실피가 자기 가슴을 꼭 쥐고 분노와 미움으로 목소리를 떨었다. 그 뒤에 그녀는 "그렇구나." 하고 짧게 중얼거렸다.

"결국, 처음부터 이랬으면 됐던 거군요."

"윽──! 잠깐! 무슨 짓 할 셈이니?!"

한순간, 애처롭게 뺨을 일그러뜨린 실피가 살며시 발밑에 손을 뻗었다.

그녀의 하얀 손끝이 주워든 것은 깨진 성당의 유리 조각이었다. 처음 라인하르트의 일격으로 반파된 거물 안에는 그런 파편이 무수히 흩어져 있다.

실피는 그 중 하나를 주워 날카로운 모서리를 자신의 목덜미에 들이대고 미소 지었다.

"어쩜 이렇게 얄궂을까요. 그 남자에게 죽기 싫어서 줄곧 그 남자 눈치를 살폈어요. ⋯⋯그러니까, 그 남자가 무슨 짓을 시키고 싶은지 손에 잡힐 듯이 알겠어요."

"레굴루스가, 그런 짓을 하라고⋯⋯."

"아니요. 아니요, 그게 아녜요. 그 남자의 속셈은 또 달라요. ──우리, 아내라고 부른 상대에게 자신의 약점을 떠넘겨서 그걸로 결단을 다그칠 셈이에요."

자조하듯 미소 지은 실피. 에밀리아는 그 말뜻을 잘 이해하지 못했다. 그저 실피가 지은 미소가 용납할 수 없는 것임은 이해할 수 있었다.

그런 미소를 지어서는 안 된다. 그런 식으로 웃게 해서도.

"그 남자의 심장을 멈추려면 겹쳐진 제 심장을 멈출 수밖에 없죠. 그걸 들으면 선량한 사람이 멈춰 서지 않을 수 있겠어요?"

"──아."

"그 남자식으로 말하자면 '죽음조차 두 사람을 가르지 못한다'는 걸까요?"

거기까지 낱낱이 풀어 주자 비로소 에밀리아도 레굴루스의 악의를 이해했다. 유리 조각을 만지작거리는 실피는 오랜 세월 함께 지낸 남자의 악의를 잘 알고 있었다.

그 때문에 피할 길이 없다는 사실도 아는 모습으로──.

"안 돼! 부탁이야, 기다려! 분명, 분명히 뭔가 방법이……."

"편리한, 마법 같은 방법은 없어요. 그 남자가 피할 길을 준비해 줄 턱이 없죠. 하나가 된 심장을 한쪽만 멈출 방법은 존재하지 않아요."

"왜 맘대로 포기하고 그래! 그런 건 진짜 싫어! 그걸 두고 넘겼다간, 그랬다간, 난 무엇 때문에 숲에서 나왔는데……!"

실피의 각오에 에밀리아의 호소가 헛되이 메아리쳤다.

또 희생이 나오는가. 에밀리아가 무지하고 무력한 게 원인으로, 또 구할 수 없는 희생이 나온다.

숲의 그들처럼. 포르투나와 쥬스처럼.

에밀리아의 손이 닿지 않는 몫을 메우려고, 에밀리아 외의 모두가 생명을 대가로 치러서.

"그 남자의 신부로 선택받아 끌려나와서…… 정말로, 괴로운 나날이었어요."

필사적으로 다른 방법을 찾는 에밀리아. 그동안에 실피의 목소리는 침착함을 되찾았다. 담담히, 응당 있어야 할 종말을 향해 심정을 정리하듯이.

한 발씩 착실하게 오래도록 이어진 자신의 불운한 나날을 끝내겠다고.

"그저 그 남자의 역성을 사지 않게, 필사적으로. 그 남자의 어떤 악행도 못 본 척하고, 새로 맞은 신부…… 같은 입장의 아이만은 어떻게 지키겠다고. 제 전에 있던 신부들이 저에게 해 준 것과 같은 일을 저도 하자고."

실피가 솔선해서 레굴루스의 신부로서 역할을 다하려던 참뜻.

그녀 전에도 있었던 것이다. 레굴루스의 급한 성질을 건드려 그 생명이 스러질 신부들을 위해서 제일 앞에 선 누군가. 그 의지가 실피에게 이어져 현재의 신부들이 있다.

에밀리아가 이러고 있을 수 있는 것도 실피의 의지 덕이었다.

"마음은 그 남자에게 짓밟혀도 몸에는 손대질 않으니까……. 그 양쪽 모두 더럽혀졌더라면 전 분명히 못 버텼어요. 그러니까 오늘까지 그 남자의 말에도, 목소리에도 처사에도 견디며, 견디며 견디고 견뎠는데…… 그런데!"

거기까지 말하고 입술을 깨문 실피가 고개를 들었다. 그 눈에는 굵은 눈물과 그 눈물마저 태울 만큼 강렬한 열기를 띤 분노가 있었다.

"그 남자는, 천연덕스레 내 안에까지 손 뻗치고 있었어! 최소한 몸만은, 그렇게 생각하던 것도 지키지 못했었어요! 우리는 줄곧 그 남자의 노예였다고요!"

눈물을 흘리며 절규하는 실피의 손에서 피가 흘렀다. 유리 조각을 움켜쥐어 떨리는 그녀의 손바닥이 푹 찢어졌다.

그녀는 그 고통에 얼굴을 찡그리지만 흐르는 피에 만족스럽게 미소 지었다.

"상처가 있는 여자는 논외라면서, 그 남자는 우리가 생채기 하나라도 입으면 가치가 없다면서 죽여요. ……그러니까, 이 상처는 제 자유의 증거."

"_____."

"당신은 나쁘지 않아요. 저는 당신에게 감사합니다. 하지만 그 남자에 대해, 지금까지 겪은 나날의 처사에, 이보다 나은 방법은 어디에도 없어요."

압도당한 에밀리아 앞에서 실피는 피로 물든 손바닥을 가슴에 짚었다. 그리고 옷의 가슴팍을 피로 더럽히며 자신 외의 신부였던 여자들을 바라보았다.

그리고──

"아마 제가 죽으면 그 남자의 심장은 다음 누군가에게 옮겨갈 거예요. 당연히 그럴 테죠. 그 남자가 개인을 편애하거나 구애될 리 없어요. 왜냐면 그 남자가 사랑하는 건 자기 혼자뿐이니까."

"──그래, 그렇지."

누군가가, 전 신부 중 누군가가 나직이 대답했다.

그 말은 실피의 말에 대한 찬동이었다. 그 증거로 대답한 여성이 열 안에서 나왔다. 물결 이는 갈색 머리의 여성 또한 실피와 같이 유리 조각을 주웠다.

그녀 또한 감정이 돌아온 눈으로 자신이 지금까지 봐 온 나날을 회상하며 말했다.

"죽자고, 그렇게 마음먹은 적은 몇 번씩 있어. 이런 식으로 살아 봤자 살아 있단 말은 못한다고. 그렇다면 차라리 죽어서 가족들과 다시 만나고 싶다고……."

"그래도 못했던 건 죽기 싫으니까. ……죽어서, 이 괴로움에서 해방되어도 아무것도 생각할 수 없을까 봐 무서웠어."

"하지만 죽어서…… 이 생명이 그 남자를 조금이라도 괴롭힐 수 있다면…… 내 죽음이, 헛것이 아니라면……."

하나씩, 하나씩 걸어 나온 여성들이 유리 조각을 주워 들었다.

그녀들은 그 날카로운 유리 모서리에 자신들의 희망이 있는 것처럼 나아갔다. 에밀리아의 말을 계기로 자신들의 희망을, 생명을 써먹는 방법을 발견했다고 말하듯이.

"……그 남자에게 우리 말고 아내가 없는 건 확실해요. 그렇게 요령 좋지도, 주의 깊지도 않아요. 그것만은 『아내』로서 보증할 수 있어요. 그러니까, 우리로, 끝내줘요."

실피는 얄궂게도 아내였던 경험이 남편에 대한 증명이 된다고 단언했다.

그런 뒤 그녀는 떨리는 호흡을 반복하다가 에밀리아에게 고개를 숙였다.

"제발, 부탁합니다. 그 남자에게 우리의 분노를, 반드시 전해 줘요. ──그 남자에게 요구받았는데, 그럼에도 그 남자를 거부한, 그런 당신에게밖에 부탁할 수 없어요."

실피의 애원이 에밀리아를 깊고 다정하게 상처 입혔다.

실피의 말을 계기로 모두가 그 손에 유리 조각을 쥐고 날카로운 모서리를 자신의 목에 겨누었다. 그대로 단숨에 자기 자신들을———.

"———잠깐."

그 결사의 행동이 에밀리아의 행동에 제지되었다.

침묵을 지키던 에밀리아. 그 말에는 힘이 있었다. 그것은 정신적인 의미이기도, 물리적인 의미이기도 하다. ——바닥에서 뻗은 얼음의 손이 여성들의 팔을 구속했다.

유리 조각을 잡은 팔을 방해하며 그녀들의 자해를 힘으로 막았다.

"제발, 이해해 줘요! 당신의 마음은 고마워요. 하지만 이것 말고는!"

눈을 부릅뜬 실피가 에밀리아의 그 행동을 필사적으로 거절했다.

'죽음' 말고는 갚아 줄 수 없다. 자신들의 생명으로밖에 레굴루스에게 한 방 먹일 수 없다.

그것이 실피를 비롯한 모든 여자들의 결론이었다.

그걸 위해서, 자신들의 심장을 멈추기 위해서 생명을 끊는다. 그 비통한 해답을 에밀리아도 이해했다.

그리고 그것을 부정하기 위한 방법을, 생각하고, 생각하고 생각하고, 줄곧 생각해서.

그렇기에———

"미안해. 그게 아냐."

"네……?"

"스바루라면 방법을 떠올렸을까. ……하지만 난 머리가 나쁘니까 엄—청 열심히 생각해도 다른 방법이 떠올릴 수가 없더라. 그러니까……."

중얼거리는 에밀리아 주위에 파란 광채가 무수히 춤추었다.

하늘하늘 일렁이는 광채는 마나를 얻어서 실체화한 미정령들이었다. 그 수는 붕괴한 성당 안을 가득 메우듯이 방대해져 거룩한 광경을 만들어 냈다.

그 환상 공간에 전 신부들이 숨을 집어삼키고, 에밀리아는 말을 이었다.

"내가 너희의 심장 고동을 멈출게."

"———."

"그런 걸로 목을 찌르다니, 그런 괴로운 경험은 안 시켜."

그렇게 말한 에밀리아가 천천히 팔을 들고, 그 팔에 미정령이 휘감겼다.

성당 안에 파란 눈이 내리고, 전 신부들의 어깨와 발밑에 쌓였다.

그것이 에밀리아밖에 할 수 없는, 가장 상냥하고 잔혹한 마법———.

"——미안해. 이런 방법밖에 없어서."

"사과하지 마세요."

에밀리아의 의도를 깨달은 실피가 숨을 내뱉었다.

등 뒤에 있는 여자들의 마음은 하나다.

실피를 비롯한 전 신부들은 굳은 목소리의 에밀리아를 바라보며 이구동성으로 말했다.

"——고마워요."

"——."

그 말이 끝이었다.

다음 순간, 파르스름한 광채가 성당을 휩싸고 대기가 얼어붙는 비명을 질렀다——.

# 제4장 『릴리아나 마스커레이드』

1

"——프리실라 님!"

붉고 하얀 불꽃에 휩싸인 제어탑 앞 광장, 천을 넘는 수의 폭도가 둘러싼 그 장소에 릴리아나의 비통한 절규가 울려 퍼졌다.

——프리실라와 시리우스의 싸움은 그 비명 직전까지 프리실라가 우세했다.

실제로 믿을 수 없는 속도로 돌진한 프리실라는 그 검세로 시리우스의 목을 치기 직전이었다. 릴리아나는 그 무시무시한 검격에 숨을 집어삼켰다고 자각했다.

하지만 있어선 안 될 기묘한 현상이 거기서 발생했다.

"————."

초고속으로 파고든 프리실라. 그 기세가 느릿해지며 시간 전부가 그녀에게 거역했다.

죽기 직전에 주위 광경이 천천히 보인다는 건 주지의 사실이다. 릴리아나도 공복으로 죽어 가던 때 등 빈번하게 맛보던 감각이지만, 그것이 프리실라의 몸에만 발생하고 있었다.

그 결과 프리실라는 느긋하게 사슬을 끌어당긴 시리우스의 타격을 무방비하게 맞은 것이다.

"프리실라 님! 프리실라 님 프리실라 님 프리실라 님!"

쇠사슬의 위력은 말할 필요도 없다. 싸움의 여파로 광장의 포석은 조각조각 났다. 그런 한 방을 정통으로 맞으면 프리실라의 미모가, 더 나아가 생명이 위기에 처한다.

그러나 릴리아나의 비명에 프리실라는 공중에서 휘릭 몸을 돌리며 양검을 포석에 꽂아 후퇴의 기세를 죽였다. 고개를 드는 프리실라.

"소란 떨지 마라. 정통으로 맞진 않았느니라."

"어, 어어어어?! 그건 그거대로 어째서?!"

그렇게 말하고 들어 올린 얼굴에는 확실히 쇠사슬의 상처가 없었다. 그럼 다친 데가 없나 싶었더니, 그 직후 느닷없이 프리실라의 목걸이 보석이 터졌다. 녹색 보석 세 개가 박혀 있던 목걸이였지만 그 보석 중 하나가 별안간 깨진 것이다.

마치 프리실라가 입은 상처를 대신 떠맡은 것처럼——.

"……소녀의 목걸이는 비싸게 갚아야 할 것이야."

"오호라. 자신에게 가치 있는 것에, 자기 상처를 대신 떠맡게 하나요. 그건 참 무척 『오만』한 자세…… 아니, 설마 그건 아니죠?"

"잡것의 억측, 엇나간 의심도 어지간하구나. 무례도 이렇게까지 거듭되면 백 번 죽어도 갚지 못하리. 네 죽음은 태워도 태워도 끝나지 않는 작열로 하겠다."

어디까지나 느긋한 자세를 견지하는 시리우스의 말에 프리실라의 열량이 분노와 함께 치솟았다. 그에 따라 그녀가 쥔 양검이 내는 빛이 조금씩 더한다. 붉고 찬란히 빛나던 양검의 칼날은 이제 빛으로 착각할 만큼 하얗고 눈부셨다.

프리실라의 분노와 직전에 펼친 일격의 관계는 의심할 필요도 없다. ——다만 그 분노의 진짜 원인은 한 단계 전의 대화에 있던 것처럼 느껴졌다.

"『아이리스와 가시나무 왕』……."

그리고 『티레오스의 정령기사』와 『마그리처의 단두대』.

시리우스가 프리실라에게 던진 말이지만, 이것들은 다 유명한 이야기의 제목이다. 모두 시가(詩歌)가 되었기에 릴리아나도 노래하며 춤추어 하루 벌이를 한 적이 있다.

프리실라는 어이하여 그 제목을 듣고 격노했는가——.

"그렇게 버럭버럭 화내지 마요. 화내면 지치고 마음이 메마르잖아요? 『분노』 같은 건 이 세상에서 가장 꺼려야 할 감정. 인간의 마음은 감정이 전제인 법……. 그렇다면 그 마음은 항상 기쁨으로, 희락으로 채워야 마땅해요. 제 말 틀린가요?"

"그, 그런 것에 비해선 바깥의 여러분은 별로 즐거워 보이지 않잖아요!"

"흐응?"

"어, 어라?! 지금, 혹시 저, 목소리 냈나요?!"

무심코 끼어든 릴리아나를 시리우스의 호기심 어린 눈초리가 꿰뚫었다. 붕대 틈새로 보이는 남보랏빛 눈빛에 휘감긴 릴리아나의 무릎이 요란하게 떨었다.

릴리아나의 호들갑스러운 반응에 시리우스는 미소 지었다.

"그러네요. 지금, 저분들의 마음은 불안과 비탄에 지배되고 있어요. 이건 슬픈 일이지만…… 동시에 인간의 마음이 슬픔과 타인에 대한 애정으로 가득하다는 증명이기도 하죠."

"뭐, 뭐라굽쇼?!"

"제 권능의 영향을 받으면, 인간은 그 흉금을 터놓고 마음으로 통하게 돼요. 그러면 홀로 떠안고 말로 못 꺼내던 감정도 서로 보여주죠. 인간은 공감하고 감정 이입할 수 있는 존엄한 존재. 타인의 마음을 아끼며, 슬퍼하는 사람 옆에선 마찬가지로 비탄에 젖고 그게 겹쳐나가 보편적인 가정을 공유한다. ──상호 이해, 사랑의 첫걸음이에요."

──시리우스의 논리는 달콤한 독이다.

그것이 독이라고 알아도 그 달콤함 앞에서 인간은 약해져 구원을 바란 나머지 무릎을 굽힌다. 내치려면 그야말로 프리실라 같은 자아가 필요하다.

혹은, 프리실라 같은 자아가 아니어도──.

"──엥, 바보인가요?"

그렇다. 고개를 든 릴리아나가 황홀한 표정의 시리우스에게로 내뱉었다.

"……네?"

"당신, 혹시 바보분 아니세요? 저기요. 저기 말이죠. 이거 보여요? 주위 분들이 보이세요? 보이고 들리세요?"

릴리아나가 눈이 동그래진 시리우스에게 품속의 류리레로 주위를 가리켰다. 그것은 하얀 불꽃의 장막 너머로 수로를 넘지 못하고 우왕좌왕하는 사람들의 모습이었다.

그들은 바라지 않은 감정에 자의식을 잃고 쏟아지는 충동에 맘대로 조종되고 있었다.

"이게 서로 이해한 결과라는 말씀? 공감이 불러들인 마땅히 있어야 할 모습이라고?"

──릴리아나의, 음유시인으로서 지닌 귀는 특별하다.

릴리아나에게는 과장 없이 천 명의 목소리를 동시에 분간할 수 있는 능력이 있었다. 사람의 목소리란 천차만별. 비슷할 순 있어도 똑같지 않으며, 그것은 감정에서도 동일하다.

왜냐면 사람은 슬플 때에도 웃으니까. 웃음 하나조차 같은 것이 아니다.

그런데──.

"──기분 나쁘다구요오."

만들어진 평등. 강제된 협조. 같다는 것이 행복이라고 심어진 개념.

그 전부가 릴리아나의 귀에는 원념처럼 들렸다.

이것을 서로 이해한 결과라느니 지껄이지 마라. 강요한 감정을 이용한 지배가 공감이라니 어이가 없다. 진심으로 다른 이와 감동을 공유하고 싶다면──.

"──잠자코, 내 노래나 들어라 이 말이죠!"

감정이 가는 대로 외친 릴리아나가 어깨를 들썩이면서 가쁘게 숨을 쉬었다.

그 서슬에 시리우스는 독을 머금은 자신의 유혹이 내쳐졌다고 놀랐다. 강인한 자아를 가진 프리실라가 아니라, 릴리아나가 유혹을 쳐낸 것이다.

그것도 강고한 자아가 아니라 릴리아나가 신앙하는 음유시인의 긍지로.

"_____."

가쁘게 숨을 몰아쉬는 릴리아나를 바라보던 시리우스가 느닷없이 팔을 휘둘렀다.

팔의 기세에 따라 날아간 쇠사슬이 으르렁대며 릴리아나의 머리를 노렸다. 두개골이 깨질지도 모르는 강렬한 일격. 그것을 도중에 끼어든 양검이 격추했다.

"다짜고짜 치다니, 드디어 마각을 드러냈군."

"──아?"

양검을 휘돌려 쇠사슬을 쳐낸 프리실라의 조소에 시리우스가 눈을 부릅떴다. 프리실라는 흥겹게 시리우스에게로 더욱 깊은 조소를 보냈다.

"불편한 의견을 막으려 했군. 소녀가 아니라 저 노래꾼에게 통하지 않던 게 어지간히 아팠던 모양이지? 그 즉시 강경 수단이라니, 천박한 본성이 여기서 끝장을 봤도다."

"──아니, 아니아니, 아니아니아니, 무슨무슨, 바보 같은 말을. 제가 그런, 충동에 맡기는 짓은, 안 해요. 방금 그건, 맞아. 뭔가 깊은 이유가……."

프리실라의 일침에 시리우스의 여유로운 태도가 처음으로 무너졌다. 괴인은 얼굴에 손을 짚고 중얼중얼 뭔가를 읊조리기 시작했다.

자신의 충동적인 행동에 설명을 달고자 하는 움직임이다. 하지만 프리실라의 말대로 릴리아나의 불편한 언동이 성질에 거슬렸다는 것 말고 무슨 까닭이 있겠는가.

"가르쳐 주마. 아무 까닭도 없다. 넌 지금 듣기 불편한 말을 들었다. 따라서 격분했다. 그냥 그뿐인, 싸구려 『분노』야."

"나와 그 사람 간의 『분노』를! 그렇게 함부로 주워섬기지 마!"

또다시 시리우스의 분노에 호응해서 쇠사슬이 으르렁거렸다. 프리실라는 조소를 띤 채로 양검을 회전시키며 영격, 전진하면서 연격을 쳐냈다. 거센 불똥이 튀고 검극의 여파를 받은 광장의 포석이 뒤집히며 터지고 깨졌다.

밤하늘에 번쩍이는 금빛 사슬. 태우지 않으며 타오르는 하얀 불꽃. 목소리가 닿지 않은 채 한탄하는 사람들.

그 중심에서 붉은 여자와 붕대의 괴인이 베고, 노려보며, 죽인다──.

"『분노』는, 내가 남편에게서, 그이에게서 받은 유일무이한 선물! 그이가 날 위해서, 나만을 위해서 골라 준 보물을……!"

"남편에게 헌상 받은 게 분노뿐이라니 가소롭군. 소녀는 여덟 명의 남편을 거느렸지만 너나 할 것 없이 소녀의 마음을 끌겠다고 잇달아 물건을 넘기더구나."

"여덟 명……! 내가, 단 한 명인 그이와 진심으로 맺어지느라 이토록 열심히 시간을 소비하고 있는데!"

"제 매력이 없는 걸 소녀 탓으로 몰지 마라. 그 꼴을 보니 네가 연모하는 가엾은 남자라는 치도 너한테 눈이나 주는지 수상쩍은 노릇이로고."

"나와 그이는 깊이 맺어져서 서로 사랑하는 사이야——!"

여태까지 중에서 가장 강하고 격한 분노를 드러낸 시리우스의 온몸에서 불꽃이 뿜어져 나왔다. 붉게 타오르는 불꽃이 괴인의 두 팔에 감긴 쇠사슬에 인화해 작열의 열파가 프리실라를 휩쌌다.

불꽃을 두른 쇠사슬은 그야말로 불꽃의 뱀 같이 집요하게 사냥감을 물어뜯었다.

작렬하는 초화력에 삼켜져 천하의 프리실라도 피할 곳이 없었다. 거센 폭발에 시달리며 날아가는 프리실라. 그녀는 창졸간에 양검을 땅에 꽂아 쓰러지는 것을 거절했다.

그리고 다시 소리를 내며 프리실라 목덜미의 보석이 깨졌다. 연이어 두 개, 목걸이의 고정구가 터져서 프리실라의 하얀 목이 무방비하게 드러났다.

"나와 그이는 깊이 사랑하는 사이야! 다만 의리 있고 진솔하고 성실한 사람이라서 자신이 시작한 일을 도중에 내던지지 못할 뿐! 그 성실함을 이유 없는 사랑으로 착각해 그 마음씨에 빠지는 암캐가 너무 많아! 아아, 아아아! 거슬려 한탄스러워 밉살스러워!"

목걸이를 희생해 피해가 최소한으로 그친 프리실라. 그 눈앞에서 시리우스의 분노가 한없이 부풀고 그 격정에 호응해 홍련의 불꽃이 소용돌이쳤다.

그 화력, 어설픈 내구력으로는 한순간에 재로 변할 수준이다.

"어째서 너희는 그렇게 내 마음을 함부로 흔드는 거야! 마음 떨리는 격한 감정, 다시 말해 『분노』! 떨림은 열이 되어 죄인을 허물째로 불태워! 너도 그리되고 싶은 거냐, 이 독선자 년이이이이이!"

"무슨 입, 무슨 눈으로 그 소리를 지껄이느냐, 천치가."

시리우스가 혐오하는 『분노』로 자기 자신을 태우며 팔을 치켜들자, 머리 위에서 불뱀이 부르짖었다. 홍련을 두른 거센 쇠사슬이 꿈틀대고 도중의 모든 것을 태우면서 프리실라에게 육박했다.

"────."

프리실라의 양검이 그 거대한 불뱀의 머리를 올려쳤다. 울려 퍼지는 것은 검과 사슬의 충격음 같지 않은 파괴음으로, 불뱀의 조준이 비껴나 격돌한 지면이 요란하게 폭발했다.

그 열파와 파편을 헤쳐 나가며 프리실라가 시리우스로부터 거리를 벌렸다. 이를 쫓아 불뱀이 잇달아 파멸을 퍼뜨리자 프리실라는 방어 일변도로.

형세가 불리해진 프리실라. 공격 수단이 부족한지 그녀는 공세의 손길을 멈추고────.

"────아냐, 나 때문이구나!"

거기서 기합 어린 일침 이후 프리실라와 시리우스의 싸움을 방관하던 릴리아나가 깨달았다.

프리실라는 공격 수단이 모자란 게 아니다. 시리우스의 권능을 배려해서 괴인의 목을 쳤을 때의 전멸을 피하고자 시간 벌기에 전념해 주는 것이다.

오만불손하고 자기 위주, 유아독존의 프리실라가 그래 줄 줄이야——.

"정말로, 알기 어려운 거유님이시네!"

프리실라가 적성에 안 맞는 시간 벌기에 전념하는 건, 릴리아나의 『노래』에 대한 신뢰가 만든 결과다. 그 알기 어려운 구석에 릴리아나는 힘껏 발을 굴렀다.

"귀찮아! 좋아한다면 좋아한다고 하면 되잖아! 아니 마음에 들었다고는 들었죠, 젠장할! 아아 진짜, 에잇! ——프리실라 님!"

"——호오."

실컷 잡소리를 내뱉은 뒤에 프리실라의 이름을 외친 릴리아나의 손가락이 한 점을 가리켰다. 그 소리에 알아챈 프리실라가 붉은 눈을 가늘게 떴다.

그리고 대죄주교에 밀리지 않는 사악한 미소를 짓고 끄덕였다.

"한눈팔지 마! 지금, 내 『분노』가 너를 태우는 중이잖아!"

"네 상대 따위 쉬엄쉬엄해도 되느니. 소녀의 행동에 어딜 참견하지?"

프리실라가 강렬한 불꽃의 사슬 공격을 칼등으로 막고, 믿기 어려운 각력으로 포석을 깼다. 그 몸은 순식간에 훌쩍 공중을 날아 불타오르는 제어탑 바로 옆에 착지했다.

프리실라는 즉각 불타는 석탑 밑동에 손에 든 양검을 찌르고 말했다.

"볼품없는 화공이군. 소녀가 불꽃의 '파이오니어'로서 본을 보여 주리라."

그렇게, 다른 사람은 모를 화공(火攻)의 미학을 내세우며 프리실라의 손에서 불꽃이 변했다.

제어탑을 휩싸던 붉은 불꽃이, 수로를 태우던 하얀 불꽃으로 변화했다. 그것은 시리우스가 만들어 낸 흉흉한 불꽃과 달리 보는 이에게 어딘지 모르게 신성한 인상마저 품게 했다.

만지기도 망설여지는, 아름답고 하얗게 타오르는 불꽃——.

"무대는 마련되었다. ——힘껏 소녀를 흥겹게 하여라."

"에잇! 알아 모십지요!"

그 만지기도 망설여지는 불꽃의 탑으로 릴리아나가 전력으로 달렸다. 그 모습에 이미 누가 입만 열어도 격노할 시리우스가 릴리아나의 등에다 손을 뻗었다.

"나와 그이의 사랑의 등불에 어딜 함부로 손대!"

"구애를 위해서 건물 한 채 통구이라니, 이야기 속 악역 같은 바보 같은 짓은 그만두는 편이 좋을까 싶어요! 야호—! 말해 줬다, 말해 줬어!"

웃으면서 달리는 릴리아나의 등짝에 시리우스가 쳐든 사슬의 일격이 따라붙었다. 하지만 릴리아나는 뒤돌아보지 않았다. 배후를 신경 쓰지도 않았다.

왜냐하면——

"——저치가 무엇을 저지르든 소녀가 인정했다. 물러나라, 천치가."

프리실라가 달리는 릴리아나와 엇갈려 쇠사슬의 정면에 섰
다. 옆으로 친 양검의 궤적이 하얗게 대기를 베고, 릴리아나의
머리 위에서 불뱀의 목이 썩둑 베였다.

튀어나가는 불꽃. 그것들을 헤치며 프리실라와 시리우스의
격돌이 재개되었다. 릴리아나는 배후에서 들리는 칼부림 소리
를 무시하고 마침내 불타는 탑에 당도했다.

"아아, 잠깐 달리기만 했는데 이렇게 지쳤어. 나, 이 도시에서
너무 즐겼어요……!"

여행하는 음유시인이었을 적에는 산과 들에서 노숙하는 건 일
상다반사. 그랬는데, 프리스텔라의 생활에 찌든 바람에 이젠
부드러운 잠자리가 없으면 못 잔다.

"이것도 전부 죄다 몽땅 키리타카 씨랑 여러분 탓이라구요오."

릴리아나를 이 도시에 잡아두고 『가희』라며 후대해 줘서. 많
은 사람들이 추어올리고 키리타카도 열렬하게 릴리아나가 식
겁할 만큼 꼬드겨 줘서.

그 때문에 릴리아나의 하반신은 후들거린다. 이젠 여행하는
음유시인이라곤 자처할 수 없을 만큼.

——그렇기에 이쯤에서 한 번, 하반신의 혹사란 기억을 떠올
려 주겠다.

"끼, 이이이익!"

각오를 세운 릴리아나는 류리레를 메고 불타는 탑 안으로 뛰
어들었다.

그 순간, 믿기 어려운 열량이 작은 몸을 휩싸고 온몸이 불타 짓

무르는 고통에 절규──하지 않는다. 목을 망가뜨릴 짓만은, 안 한다.

"──끄, 익."

제어탑을 집어삼킨 하얀 불꽃이 띤 열이 무자비하게 릴리아나의 영혼을 태웠다. 하지만 태우는 건 영혼뿐이고 피부도 머리카락도 류리레도, 아무것도 타지 않는, 무자비하게 다정한 불꽃이다.

수로를 태우던 하얀 불꽃은 건드려도 릴리아나의 피부를 태우지 않았다. 그와 같은 상황이 지금 이 불타는 제어탑 전체 안에서 일어나고 있다.

프리실라의 불꽃은 선택한 것을 태우는 순백의 불꽃── 그것은 정녕코 프리실라 바리에르라는 인간의 정신성을 상징하는 것만 같았다.

그렇기에 붉은 불꽃을 하얗게 덧칠하며 불타는 석탑 안을, 불타지 않는 릴리아나가 뛰어 올라갔다.

단, 죽도록 뜨겁다. 죽는가 싶을 만큼 괴롭고 아프다. 바닥에 나뒹굴고 싶다. 불타지 않는다. 타지 않는다. 죽을 정도는 아니다.

눈이 녹는다. 혀가 쪼그라든다. 머리카락이 탄다. 피부가 짓무른다. 뼈가 터진다. 살이 탄다. 의식이 날아간다. 그것 전부 착각, 자신은 건재. 난 그저 노래할 뿐인 존재──.

"_____."

──어금니가 삐걱대도록 깨물고 제어탑을 뛰어 올라가 1층, 2층, 이 탑은 몇 층짜리?! 옥상 어디?! 지금 난 어디에 있어?!

오른쪽을 봐도 왼쪽을 봐도 하얀 불꽃, 뜨거워 뜨거워, 왜 이렇게 괴로워해서까지, 뜨거워, 필사적으로, 뜨거워, 내가!

"——아, 으."

뜨거움 전부를 외치고 싶다. 지금 당장 목이 터지도록 절규하고 싶다.

절대 안 돼. 지금 이 괴로움을 외치면 한 방에 목이 훅 간다. 이 목은 못 바친다. 손가락도 못 날려. 손가락이 녹으면 연주를 못해.

눈도, 피부도, 머리카락도 괜찮아. ——목은, 손가락은, 귀는 안 돼. 전부 『노래』에 필요하니까.

계단을 뛰어넘어 유난히 두꺼운 문을 발로 걷어차 열고, 바로 눈앞에 있는 밤하늘—— 바람이 부는 가운데 발밑에서 쭉쭉 올라오는 열을 무시하고 비틀거리면서 옥상 가장자리로 달려갔다.

바람이 세게 분다. 눈 아래, 뭔가 붉은 사람과 하얀 사람이 위험한 것을 휘둘러대고 있고, 하얀 불꽃의 주위에는 많은 사람들이 울부짖고 있다.

릴리아나는 이제 뜨겁고 뜨거워서, 당장에라도 죽어 버릴 것만 같지만.

지금도 작열 속에 있다. 발바닥은 뜨겁고 바람을 탄 하얀 불꽃은 더더욱 강해지고 강제적인 슬픔에 가슴이 찔려서, 그 감정을 억누르며 앞을 바라보았다——.

"큼, 크흡…… 자, 하아하아, 일생일대의 대무대라 이겁니다흐!"

뜨겁고 괴로워서 죽는 줄 알았다.

그런 경험까지 해서 여기에 왔다. 여기라면 전원을 내다볼 수

있고 전원에게 목소리가 닿는다.

　죽을 것 같다. 죽을 것 같지만, 죽기 전에 해 둬야 할 일이 있으니까——.

　"자아자아, 멀리 있는 사람은 귀로 들으셔! 가까운 사람은 춤도 보고! 더 먼 사람에겐 더 큰소리를 낼 테니 그걸 들으시라! 이 여자 릴리아나 마스커레이드, 노래하고 연주하며 춤추겠소이다! 듣고 자빠져! ——『아침놀을 앞지르는 하늘』!"

　——이렇게 뜨거운 속마음을, 전부 쏟아내 주겠다구요!

<br>

2

<br>

　사실 따지고 보면 릴리아나는 자신이 노래하기 시작한 계기를 기억하지 못했다.

　릴리아나의 일족은, 릴리아나의 어머니의 어머니에 다시 그 어머니의, 더욱 그 위의 어머니 시대부터 줄곧 어딘가에 정주하지 않고 노래하며 세상을 떠도는 일족이다.

　음유시인이란 장사는 질리는 게 빨라서, 한곳에 머무르면 장사를 못 해 먹는다. 바람 부는 대로 마음 가는 대로, 두 다리로 정처 없는 부평초 생활이 제격이다.

　개중에는 여럿이 모여 무리를 지어 공연을 벌이는 악단도 있다지만, 릴리아나는 그다지 무리 짓는 걸 좋아하는 기질이 아니었다. 남이랑 있는 건 싫지 않았지만 감성이 맞지 않는다. 단적으로 말해 음악성의 차이로 해산한다.

그러므로 어머니와 선조가 그랬듯이 릴리아나는 홀로 여행을 떠났다.

그녀가 부모 곁을 떠난 것은 아직 열세 살 때였다. 방임주의자가 많은 음유시인 일족에서도 열세 살의 독립은 꽤 이르다. 오히려 무모했다.

"에잇, 시끄럽슈! 이런 데서 썩고 있을 수 있겠남! 아부지 어무이는 맘대로 혀! 난 도회 가유!"

그런 사소한 말다툼 끝에 꿈꾸는 릴리아나는 부모 곁에서 뛰쳐나갔다. 나이 열셋에 부모와의 음악성 차이로 가족 해산이었다.

이렇게 된 이유도 어린 시절 릴리아나의 정신적 성숙이 원인이었다.

열 살이 지났을 즈음부터일까. 릴리아나는 좌우지간 독립을 하고 싶었다. 부모에 대한 반항심이 이유가 아니다. 오히려 그 반대였다.

어린 릴리아나의 정서는 열 살에 완성되어 있었다. 아버지가 연주하고 어머니가 노래하는 시가들에 익숙했고 구전되는 모험담에 가슴이 설레었기 때문이다.

이때의 릴리아나에게 어머니가 부르는 음악에 나타나는 사람들은 동경의 대상이었다.

그들의 모험과 도전, 싸움과 연애, 갈등과 극기의 여행길을 알아 가며 릴리아나는 자신이 늘 제자리걸음하고 있다는 사실에 견딜 수가 없었다.

——자신이 노래로 잘 알고 지내는 사람들은 이렇게나 자유롭게 살고 있는데.

　열 살의 릴리아나에게 노래 속에 나오는 영웅과 전설상의 존재들은 모두 친구였다.

　그들이 걸은 것과 같은 길을, 그들이 본 것과 같은 경치를, 모두가 올려다본 것과 같은 하늘 아래에서 똑같이 맛보고 싶다는 충동이 릴리아나를 지배했다.

　오히려 그런 충동을 용케 3년이나 자제했다고 자신을 칭찬하고 싶다.

　릴리아나는 들끓는 정열과 이야기 속 등장인물에 대한 일방적인 동료 의식을 원동력으로 아버지로부터 류리레의 연주 기술을, 어머니로부터 그 노랫소리와 수많은 명곡을 훔치고, 그리고 실제로 일족에 전해지는 전설의 류리레를 훔쳐서 열세 살 밤에 세상으로 뛰쳐나간 것이다.

　"으하하하핫—! 언젠가 두고 보슈, 아부지 어무이! 난 음유왕이 될 거야!"

　릴리아나는 사흘 밤낮, 대규모 포위 수색을 감행한 부모의 추격을 뿌리치고 자유를 쟁취했다.

　릴리아나 마스커레이드의 대모험, 그 시작의 밤이었다.

　——지금 와서 생각하면, 그렇게 만류하던 것은 부모의 애정이었으리라.

　열 살 적부터 독립을 바라는 딸의 야심을 부모는 전력으로 때려잡아 왔다. 미숙한 기술을 지적하며 공부가 덜 된 노래를 크게 비웃고, 더불어서 가끔 밥을 주지 않았다.

"오─홋홋홋! 너 같은 계집애가 독립이라니 10년은 빠르단다! 그런 건방진 소리를 하는 애한테 덫에 잡힌 토끼 고기는 못 주겠구나!"

"아이고, 불쌍하게! 오늘은 토끼 고기가 이렇게나 자글자글 끓었는데 못 먹는다니! 아빠랑 엄마가 하는 말을 안 듣는 애는 불쌍하구나!"

좋든 나쁘든 두 사람은 실로 릴리아나의 부모였다.

아마 릴리아나가 독립했을 때도 틀림없이 다양한 갈등이 있었을 것이다.

"이걸로 밥값을 덜겠어! 그 애, 먹성이 좀 심했으니까!"

"릴리아나가 없어지면 그렇지, 애 하나쯤 더 만들까, 하하하!"

아마 틀림없이 갈등이 있었을 거다. 아쉬워했을 것이다. 틀림없다.

그리고 그 부모자식 싸움은 부모님이 릴리아나에게 건넨 마지막 선물이었다.

만약 릴리아나가 꿈이 깨져 부모 곁에 돌아가고 싶어 해도 그렇게 퇴로를 끊음으로써 쉽게 꺾일 수 없는 각오를 단련했다. 분명히 그게 맞다.

도망칠 길이 있으면 사람은 약해진다. 돌아갈 장소는 도전심의 화톳불을 촛불로 바꿀 수 있다.

특히 음유시인은 고향을 두지 않는 존재다. 고향과 가족, 보통이라면 가져야 할 버팀목이 하나밖에 없는 만큼, 음유시인은 가족에 강하게 의존한다.

그 의존을 끊는 것이 독립에서 가장 큰 시련이라고 할 수 있다.

흙탕물을 마시고 풀뿌리를 뜯고 공복과 무력감에 고꾸라진 릴리아나. 점거한 짐승의 소굴에서 웅크린 채 "돌아가고 싶어……." 하고 약한 소리를 뱉고서야 부모님의 배려를 깨달았다.

거기서 마음이 꺾였더라면 지금의 릴리아나는 어디에도 없을 것이다. 지금쯤은 류리레를 놔두고 적당한 남편감을 잡다 마누라가 되어 열 명 정도 애를 낳았을지도 모른다.

──그건, 그건 무슨 지옥이란 말인가.

"아."

하긴 몇 년 뒤 어느 마을에서 부모님과 스쳤을 때의 겸연쩍은 기분은 장난이 아니었다.

심지어 부모님 팔에는 릴리아나가 모르는 여자 아기가 안겨 있었으니 더더욱 그랬다. 그게 자신의 여동생일 거라고는 짐작하지만 릴리아나는 발걸음을 멈추지 않았다.

그저 등을 쭉 펴고 당당히 부모님 옆을 눈물콧물 다 짜며 스쳐지나갔다.

부모님과 말을 나누지 않고 어린 여동생에게 자신이 언니라고도 밝힐 수 없다. 그렇지만, 이러면 된다. 그게 릴리아나가 선택한, 노래에 기대는 음유시인의 자세다.

그리고 언젠가 릴리아나의 이름이 세계에 쩌렁쩌렁하게 울리는 가수가 되었을 때에는, 그 경망스러운 부모님은 틀림없이 사방에 소문낸다. 그 자랑질의 첫 희생자는 틀림없이 이름도 모르는 동생이리라. ──그것은 실로 야심 찬 꿈이 아닌가.

"흐흥, 제법 가슴이 들썩이는 미래인데요. 들썩일 만큼 있지도 않지만!"

마음을 새로이 다지며 걷기 시작한 처녀 릴리아나, 열일곱 살 때 있던 일이었다.

3

자, 릴리아나는 스물두 살이 되었지만, 독립한 뒤로 9년 동안 ── 당연하지만 그 여행길은 고난의 연속이어서 결코 순풍에 돛 단 배 같다고는 말하기 어려운 것이었다.

특히 열세 살의 초행길 직후엔, "음유왕이 될 거야!" 하고 맹세한 날 모레에 이미 산 속에서 죽어가고 있었다. 지나가던 상단이 거두어 한동안 심부름꾼으로 고용해 주지 않았더라면 틀림없이 일찍부터 야산에서 고독사했을 것이다.

상단에는 한동안 신세를 졌다. 이곳저곳을 여행하며 교역품을 다루는 상단이었다.

다행히 신용이 높은 상단은 어느 마을에 가도 환영받아 릴리아나도 거기에 편승해 류리레 들고 음유시인으로서 활동을 개시했다. 노상에서 노래하고 하루 벌어 먹고 사는 나날. 독립하고 처음으로 받은 적선을 릴리아나는 지금도 부적에 넣어 가지고 다닌다.

1년 정도 만에 상단은 해산했다. 릴리아나는 결혼하자는 권유를 거절하고 본격적인 나 홀로 여행을 시작했다.

편히 보내던 나날은 끝나고 릴리아나 마스커레이드의 전설이 다시 시작된다. ——첫 번째가 언제 시작되었는지야 아무튼, 릴리아나 본인은 그런 기개였다.

그 뒤에 이어진 몇 년간의 고난과 수난, 권력자의 총애와 비보 탐색 이야기는 생략하겠다.

아무튼 이런저런 일이 많았다. 상단의 일원, 혹은 실력이 있는 음유시인의 일족이라는 간판을 떼면 고독한 가수에게 세간의 바람은 차가웠다.

쉬운 꿈은 아니라고 헤어질 적에 말하던 부모님의 말이 뼈에 사무쳤다. 하지만 이때의 릴리아나에게 큰 전환점은 세계의 진실을 깨달은 것이었다.

——그것은 어린 날에 우정을 맺었던, 시가 속의 영웅호걸과 릴리아나와는 아무 관계도 없는 새빨간 남이라는 사실이었다.

특별한 계기는 없었다. 그냥 어느 날 밤에 깨달았다.

평소처럼 노잣돈이 궁해서 풀뿌리를 뜯다가 산속에서 배탈 난 릴리아나는 복통과 발열에 괴로워하며 생사지경을 헤매다가 불현듯 깨달았다.

자신이 아는 멋진 이야기 속 등장인물들이라면, 이렇게는 되지 않는다.

왜냐하면 그들의 이야기는 이미 완결했으니까.

그들이 피를 토하고 꿈을 말하며 소원을 외치고 검을 휘두른 나날이란 아득한 과거. 릴리아나는 그들의 발자국만 베끼며 그것을 남에게 들려주는 도둑이다.

릴리아나는 그들을 사랑하지만 그들이 릴리아나를 사랑할 일은 결코 없다.

자신의 마음은 완전한 일방통행이며, 심지어 과거라는 막다른 곳에 다다라서 빠질 곳도 없다. 그런 불확실하고 무가치한 것에 불과했다.

──그렇다면 자신이란, 음유시인이란 대체 무엇일까.

부모 슬하에서 "음유왕이 될 거야!" 하고 뛰쳐나와 명색이나마 음유시인 행세하던 몇 년을 보내고, 릴리아나는 비로소 자신이 가짜임을 깨달았다.

그것은 릴리아나의 인생 첫 좌절. 콧대와 앞니가 전부 부러지는 충격.

"_____."

그 뒤 사흘 밤낮 동안 릴리아나의 복통과 발열, 구토와 설사가 이어졌다.

끙끙 앓으면서 릴리아나는 꿈에서나 애매한 현실에서나 마냥 그 생각만 했다.

나흘 뒤, 깨어난 릴리아나는 회복되어 개울에서 세수하고 물을 마셨다.

수면에 비친 자신의 얼굴은 이전의 자신과 전혀 다르게 보였다. 바람이 초목을 흔들고 개울이 졸졸 흐르는 소리는 시원하며 벌레 우는 소리와 새가 지저귀는 소리가 들렸다.

──그것을 노래라고 자연스레 생각한 자신에게 눈물이 나왔다.

넘치는 눈물을 막지 않고 흐느끼던 릴리아나는 참다 못해 개울에 뛰어들었다.

벌레도 새도 물고기도 놀랐으며, 그 전부에 음악이 넘쳐나서 수면에서 고개를 내민 릴리아나는 엉망진창인 얼굴로 웃다 울고, 웃고, 울부짖었다.

그리고 릴리아나는 산에서 내려가 진흙과 물로 지저분한 몰골로 길거리에 섰다.

추레한 행색에 악기를 든 소녀를 누구나 멀찍이서 혐오했다. 가게 앞에서 그 꼴을 당한 주인장은 못마땅한 표정이었고, 길을 가는 사람들의 얼굴에도 불쾌감이 있었다.

앞으로 몇 초만 더 서 있었더라면 인정머리 없는 누군가가 떠밀었을지도 모른다.

하지만 길거리에 선 릴리아나는 재빨랐다. 빨리 시작하지 않으면 끌려 나갈 거라는 보신이 아니다. ──그냥 빨리 노래하고 싶었다.

"＿＿＿＿＿."

류리레의 현을 친 순간, 몇 사람이나 그 사실을 깨달았을까.

추레하고 지저분한 소녀이건만, 해묵은 류리레와 그 류리레를 만지는 소녀의 두 손만은 아름답게 갈고 닦여 있음을.

몇몇이나 그 사실을 깨달았는지는 확실치 않다.

단지 확실한 것은 그 사실을 깨달은 누군가의 의식도 다음 순간에 모든 것을 잊었다는 사실이다.

"＿＿＿＿＿."

릴리아나의 연주가 시작되고 그 섬세하고 우아한 손놀림에서 음악이 넘쳐 나오자마자, 길을 가던 모든 사람의 발이 멈추고 숨을 집어삼켰다.

한순간에 누구나 극적인 변화의 예감에 휩쓸리고, 마음을 덮친 높은 파도에 당황했다.

그 발신지, 길거리에 선 지저분한 소녀에게로 시선이 모였다. 릴리아나는 그 시선을 받아 흥분하는 자신을 위에서 내려다보며 무대 위, 그저 음악에 대한 집중만을 높여 갔다.

높이고, 높이고, 높이고, 최고조에 도달한 순간, 릴리아나의 노래가 시작되었다.

그것이 바로 『노래』였다. 여태까지 부르던 것은 결코 노래가 아니었다.

자신이 아는 수많은 명곡에 맺힌 감정이 오가고 관통해 퍼져 나간다.

항상 곁에 있으며 떨어지기 어려운 벗이라고만 여기던 사람들이 자신을 지나쳐 저 먼 하늘로 올라간다. 그것을 떳떳한 마음으로 노래하며 전송했다.

──노래는 선물, 노래로 전해지는 과거의 친구들에게 자신은 그 누구도 아니다.

그거면 된다. 릴리아나는 자신의 존재를, 음유시인을 그렇게 이해했다.

그렇게 이해한 다음에, 앞으로도 자신은 노래하리라.

자랑하고 다니겠다. 이 세상에는 이만큼 멋진 사람들이 있다고.

이렇게 멋진 사람들과 친구라고 여기던 시절이 있었다고 생뚱
맞은 자랑을 하고 다니는 것이다. 그리고 언젠가, 정말로 대단
한 사람들과 친구가 된 다음, 이렇게 대단한 사람들이 친구였다
고 노래하며 자랑할 만한, 그런 짓을 해 주겠다.

"———."

노래를 마친 순간, 릴리아나는 눈물을 흘렸다.

멍하니 듣던 사람들도 눈물을 흘리고 코를 훌쩍거렸다.

우레 같은 박수가 길거리를 집어삼키고, 이날 릴리아나 마스
커레이드는 음유시인이 되었다.

그 뒤로 줄곧 릴리아나와 음악의 관계는 이어진 것이다.


4


릴리아나는 독립하고 처음으로 노래 불렀을 적, '음유시인'
이 되어 처음으로 노래 부른 날을 떠올리며 불타는 제어탑 꼭대
기에서 노래하고 있었다.

그때의, 앞뒤 안 가리는 기분에 가까운 감정이 가슴에 휘몰아
쳤다.

노래하고 싶어서 미치겠다. 말로 표현하고 싶은 것이, 소리로
표현하고 싶은 것이 너무 많다. 노래하는 도중에도 노래하고 싶
어서 미치겠는 것이다. 이건 이미 병이라고 해도 된다.

사냥감을 가리며 불태우는 하얀 불꽃은 지금도 기세를 늦추지
않으며 타올랐다.

릴리아나에게 그 초열은 닿지 않지만, 작열만은 줄기차게 이 몸을 들볶고 있었다. 지금도 발바닥에는 불타는 고통이 퍼지고 그런 염열이 에워싼 석탑 안을 뛰어오른 몸은 끝없이 비명을 지르고 있다. 지금 당장 무릎을 굽히고 울부짖고 싶을 정도의 격통이.

하지만 울부짖다니 당치도 않다. 이리저리 뒹굴다니 아깝다.

눈 아래에는 노래를 들어줄 사람들이 있고, 이 목은 울음소리가 아니라 노랫소리를 위해 존재하므로.

"_____."

노래할 곡은 릴리아나가 어머니와 일족으로부터 물려받은 것이 아니다.

이야기를 노래로 전하는 게 본분인 음유시인으로서는 실격이지만, 이건 릴리아나가 온 세상을 채운 음악을 안 순간, 첫 선물로서 받은 노래였다.

새 아침이 오게 되면 하늘은 홍황색으로 물들었다.

릴리아나는 밤을 내쫓고 새로운 하루가 시작될 때에 나타나는 그 하늘을 좋아했다.

그리고 그 홍황색 아침놀마저 앞질러 창궁이 진짜 아침을 데려온다.

——아침놀을 앞지르는 하늘.

어떤 밤을 맞이할지언정 그래도 아침은 찾아오니까.

누구 곁이든 찾아오는, 아침놀을 앞지르는 파란 하늘은 새 하루의 시작이다.

"_____."

지금, 도시에는 혼란이 만연하고 많은 사람들은 불안과 비탄에 움직이지 못하고 있다. 앞도 뒤도 안 보이는 야밤 속에서 누구나 필사적으로 발버둥 치고 있다.

하지만 그래도 아침은 온다고 릴리아나는 노래한다.

손가락으로 류리레의 현을 춤추듯이 타며 노래하고 연주하면서 릴리아나는 춤추었다. 제어탑 꼭대기를 최대한 활용해 사방을 둘러싼 많은 사람들에게 들리도록, 보이도록.

하지만 서글프게도 릴리아나의 목소리는 그 모든 사람들의 고막에 닿지 않았다.

목소리의 크고 작음이 아니다. 거리가 있다. 청중의 마음이 정리되지 않은 것도 있다. 릴리아나가 아무리 마음을 담아도 물리적으로든 정신적으로든 극복할 수 없는 벽이 있다.

릴리아나는 노래의 힘을 믿는다.

그러나 노래는 어디까지나 귀에 들려야, 그것이 이루어져야 비로소 노래가 된다.

사방을 에워싼 채 불안과 슬픔에 찌부러진 사람들이 얼마나 있는가. 몇백, 몇천에 이를까. 릴리아나에게 그만한 수를 제 몸 하나로 사로잡은 경험은 없었다.

목소리를 확산할 방법도, 많은 이에게 동시에 들려줄 수단도 보통 사람에게는 없다.

릴리아나의 도전은 무모하고 그 소원은 너무나도 멀다.

과거, 열 살짜리 릴리아나의 소원을 부모님이 무모하다고 그랬듯이 지금 또한 현실이라는 벽 앞에 막히는 것인가. 같은 일을 반복한단 말인가.

노래의 힘은 진짜인데, 노래를 보내는 자신은 여전히 가짜인가.

이런 곳에서 끝나는가. 자신에 대한 그런 분노에 목이 타던 순간이었다.

「릴리아나── 아리따운 가희여. 부디 그 노랫소리로 영원히 나를 사로잡아 주오.」

"──────."

바보 같은 남자의, 바보 같은 유혹이 릴리아나의 마음에 되살아났다.

이상한 남자였다. 분명히 말해 괴짜였다. 변태 쪽이 옳을지도 모른다.

릴리아나의 노랫소리를 듣고 삿된 생각으로 접근한 사람은 지금까지도 있었다.

릴리아나는 그 전부를 내쳤다. 노래에 대해 진지하지 않고 흑심으로 이용하려는 이에게 목을 빌려줄 수 없다. 그것은 음유시인으로서의 긍지이자 의무다.

「당신의 아름다움을 보고 반했습니다. 제발, 제 곁에 있어 주십시오!」

그렇기에 릴리아나의 외모에 흑심을 가지고 접근해 온 건 그 남자가 처음이었다.

릴리아나가 음유시인인 줄 그 남자가 안 것은 그 유혹을 말한 뒤였다. 기회가 있어 그 남자의 앞에서 노래 불렀을 때도, 노래보다 얼굴과 가슴과 다리에 집중력이 가서 솔직히 불쾌했을뿐더러 신변의 위험까지 느낀 차였다.

그러나 그 남자는 릴리아나의 노래에 감명을 받지 않은 것은 아니고, 릴리아나 본인에게 품은 호의를 속이려고 하지도 않았다.

릴리아나의 외견에 호의를 품고, 노랫소리에 이해를 드러내며, 됨됨이를 알고도 떠나지 않는다.

그러니까――.

「당신의 모습은 제가 독점하고 싶습니다. 하지만 당신의 노랫소리는 결코 독점할 게 아니죠. 가희의 노랫소리는 모두에게, 릴리아나는 제게. 그렇게 소망하면 안 되겠습니까?」

『미티어』를 사용해 프리스텔라 전역에 노래를 보내자고 제안한 그는 티 없이 웃으며 릴리아나를 바라보았다.

어쩜 참 이렇게 악의도 없이 웃고 있을까, 이 괴짜가 이걸로 유혹할 심산이라면, 아쉽게도 코웃음 치다가 배꼽 빠질 감이었다.

릴리아나는 이 세상에 노래로 전해지는 수많은 사랑 이야기를 아는, 연애 강자다.

그 연애 이야기 중에서 유난히 돋보이며 연애에, 사랑에 푹 빠진 그네들을 안다. 어떤 말에 매혹되고 어떤 태도에 가슴이 설레어 사랑이 성취되는지를 잘 알고 있다.

그렇기에 그런 말로 꼬드겨질 만큼 릴리아나는 만만치 않다.

만만치 않은데, 만만치는 않지만, 『가희』라는 말의 어감은 마음에 들었으니까.

너무나도 과장스러운 어감이라 자신에게 어울린다고 가슴은 펼 수 없지만.

그 남자가—— 키리타카 뮤즈가 릴리아나에게 『가희』가 되리라 기대했으니까.

그 사람이 자신을, 이 도시의 『가희』로 만들었으니까.


「릴리아나여. 나의 '가희' 여. ——그대의 노랫소리는 모든 사람을 행복하게 할 수 있소!」


"―――――."

닿아라, 울려라, 떨려라, 이 마음——.

아무리 밤이 어두워도, 앞이 보이지 않는 새까만 암흑뿐이어도.

그래도 아침은 온다. 언제나와 같이.

누구보다 강하게. 누구보다 목청 높여 그 사실을 믿고 불러라.

수문도시 프리스텔라의 『가희』, 릴리아나 마스커레이드의 노래를.

"―――――."

노래하고, 노래하고, 노래 부르는 릴리아나는 깨닫지 못했다.

지금은 이미 그 귀에 마음을 지배당한 사람들의 한탄성이 들리지 않음을.

불타는 수로를 에워싸며 고통과 슬픔에 허덕이던 사람들은 하늘을 우러르고 있었다. ──아니, 하늘이 아니다. 그들이 우러러 보는 곳은 노래가 들리는 불꽃의 제어탑이다.

그 가수로부터 눈을 떼지 못한다. 귀에 모든 신경을 몰아 누구나 그 노랫소리에 귀 기울이고 있다.

본래라면 닿을 리 없는 노랫소리가, 온 도시 사람의 마음을 떨리게 했다.

그것은 기적이 아니거니와 전원이 동시에 맛본 착각도 아니다. 하물며 대죄주교의 권능이 일으킨 무분별한 감정의 공유조차 아니었다.

──릴리아나가 하늘로부터 받은 재능, 『전심의 가호』의 각성이다.

여태까지, 어디까지나 받은 것에 불과하던 『가호』가, 이 순간에 이르러 소유자 안에서 진짜 힘으로서 뿌리 내리고 꽃을 피웠다.

그것은 릴리아나의 가수로서의 실력과 지금 이 순간에 그 모든 것을 내던지더라도 상관없다는 각오에 뒷받침되어 신들린 『음악』의 힘을 실현했다.

물론 릴리아나에게 그 자각은 없다.

그리고 사실이 그러하다며 멋없이 그녀에게 일러 줄 사람도 이 자리에 없다.

릴리아나는 한사코 온 마음을 담아 노래 불렀다.

음유시인으로서, 노래 전부를 퍼부어 이 순간의 모든 것에 있는 그대로를 맡기고.

이곳에 확실하게 프리스텔라의 『가희』가 부르는 노랫소리가 울렸다.

5

"──역시, 저치를 눈여겨본 소녀의 안목은 확실했군."

내부에 태양을 품은 듯 붉게 달아오른 양검을 잡은 프리실라는 고혹적인 미소를 지었다.

노랫소리는 프리실라의 귀에도 닿았다.

하얗게 타오르는 제어탑을 무대로 릴리아나의 노랫소리는 최고조에 달해 있었다.

양검의 불은 태울 것을 가린다. 하지만 불꽃이 품은 열기는 거짓이 아니어서 제어탑 안은 찌고 탈 만큼 뜨겁고, 붉게 달아오른 석탑의 벽은 살점을 거뜬히 태울 만큼 뜨겁다.

이 순간에도 릴리아나의 발은 뛰어내리고 싶어질 작열에 타고 있으리라.

하지만 릴리아나의 감정 전부가 담긴 이 노랫소리에는 그녀가 맛본 고통과 푸념, 허세와 변명 같은 불순물이 일절 느껴지지 않았다.

아무것도 느끼지 않을 리가 없다. 그냥 노래가 아픔을 능가하고 있다.

이것은 실로 바보 같은 이야기다. 바보밖에 못할, 바보짓의 극치.

재능 있는 바보의 궁극이야말로 도리를 뒤집을 만한 바보 같은 결과를 낳는다는 증거——.

"저치의 바보스러움은 상쾌해. 어리석은 것과 바보는 비슷하면서도 다른 법이지. 어리석은 자에게 살 가치는 없지만 바보에겐 유쾌하다는 장점이 있어. 저치는 거기에 유쾌 이상의 가치를 스스로 증명해 보였다. 따라서 그 활약에 포상을 내리지."

프리실라의 강평 도중에도 머리 위에서 불타는 쇠사슬이 으르렁대며 짓쳐들었다. 불꽃을 휘감은 금속제 뱀은 발을 멈춘 프리실라의 살점을 뜯어먹으려 사납게 울었다.

프리실라는 풍류를 모르는 불쾌함의 극치라고 그 공격을 콧방귀와 함께 영격했다.

유려한 궤적을 그린 양검이 요동치는 금빛 뱀을 쉽게 쳐냈다. 경쾌한 소리가 연속해서 울리지만 그 전부가 미모를 찢지 못했다. 문득 혀 차는 소리가 울렸다.

"너도 저 계집도 성가셔! 저 계집은 뭐하고 있지?! 뭘 부르고 있어?! 수단은 달라도 본질은 동일! 저 계집도 한 가지 수단으로 소통한다는 증명을 하고 있을 뿐이잖아!"

목청 높여 외친 시리우스가 자신의 권능이 방해받았다는 분노에 침을 튀겼다.

팔을 이리저리 휘두르며 분노 어린 불꽃의 기세를 높이는 붕대 차림의 괴인—— 붉은 불꽃을 등진 시리우스는 밉살스럽다는 눈빛을 머리 위의 릴리아나에게 보냈다.

릴리아나의 『전심의 가호』가 각성해 현재 그 효력은 괴인의 권능과 팽팽히 맞서고 있다.

시리우스가 릴리아나의 노래에 영향을 받으면 그 영향이 권능을 통해 『세혼(洗魂)』된 도시 주민에게 전파된다. ──그야말로 릴리아나의 『노래』가 진가를 발휘하고 있다.

아직껏 하얗게 불타는 수로의 바깥쪽에서 우두커니 선 사람들의 눈에서 광기가 사라졌다. 그들의 눈을 채운 것은 부조리한 격정이 아니라 감정에 따른 눈물뿐.

괴인은 그 눈물의 의미를 더럽힐 수 없다. 그것이 『가희』와 괴인의 실력 차였다.

"어째서, 어째서야?! 그이가, 그이만 있어 주면 증명할 수 있는데……! 어째서 너희는 내 앞을 막아서?! 사람은 서로를 바라며 하나가 되고 싶어 하는 법이잖아! 그렇게 세상은 이어져 왔어. 이어져 가고! 그런데!"

"노래 하나를 들어도 어떻게 느끼는지는 천차만별. 명곡을 듣고 반해 훌륭하다는 한마디에 담는 의미마저 옆 사람과 다르다. 감정이 어떻다느니 시끄럽게 아우성치는 것에 비해 가장 중요한 부분에 대한 이해가 천박해……. 너 같이 어리석은 것에게 그려낼 사랑이란 없다."

"시이이이끄럽다고오오오!"

프리실라의 멸시에 견디다 못해 시리우스가 자신의 두 어깨를 거머쥐었다. 다음 순간, 그 온몸에 감긴 붕대가 벗겨지고 그 안의 몸에 휘감긴 금빛 사슬이 해방되었다.

사슬과 붕대, 이중의 구속을 받고 있던 몸에서 혈육이 떨어진다. 아파 보이는 모습에 프리실라가 불쾌한 듯 눈썹을 찌푸렸다. 그 눈앞에서 해방된 쇠사슬이 본격적으로 적의를 드러냈다.

시리우스는 팔 가죽이 벗겨지고 살점이 떨어지며 뼈를 깎는 격통 속에서, 흐르는 피를 불로 바꾸었다. 사납게 휘둘러대는 쇠사슬에 불이 붙어 겁화의 일격이 터졌다.

시리우스의 팔이 두른 두 개의 불뱀, 강대한 불꽃은 휩쓸린다면 그림자마저 남기지 않을 화력이다.

"사는 모습이 볼썽사나운 자는 싸우는 법조차 볼썽사납군. 인생은 얼굴에 드러난다는 말을 잘 기억해 둬라."

여태까지 중에서 최대 화력, 최대의 위협을 앞두었음에도 프리실라의 태도는 여전하다.

"떨리는 감정, 격한 감동! 다시 말해 격정! ——다시 말해 『분노』!"

증오와 혐오를 원동력으로 시리우스의 불이 증대, 열파가 제어탑 앞 광장을 가득 메웠다.

도망칠 곳 없는 염열이 해일처럼 광장을 남김없이 뒤덮고 그저 프리실라라는 존재 하나를 불태우기 위해서만 밀어닥쳤다.

회피 불가능, 방어 불능. 모든 것을 태우는 불꽃에 단지 인간 나부랭이가 무얼 할 수 있으리.

"——내 뜻이야말로 하늘의 뜻이나니, 양검의 빛 또한 그에 준한다."

닥쳐드는 불의 파도를 향해 프리실라는 스윽 양검을 하단세로

잡았다. 발을 빼어 옆으로 돌아선 자세로 불을 마주 본다. ──
아름다울 정도의, 검사의 몸짓.

"날아가 버려──!"

격돌의 순간, 시리우스가 불 너머에 있는 프리실라에게로 증
오를 외쳤다.

프리실라는 그 말을 흘려 넘겼다. 그녀의 귀에 닿는 건 노랫소
리뿐이다.

"──톡톡히 맛보아라."

천상의 노랫소리에 가슴을 떨며 프리실라는 다가드는 불을 양
검으로 올려 베었다.

그저 검의 일격. 그것이 상식을 초월한 힘을 가진 보검, 마검
의 부류여도 저만한 불꽃의 파도 앞에선 속수무책으로 재가 될
뿐이다.

──그것이 프리실라 바리에르가 지닌 양검만 아니었더라면.

양검을 그은 자세의 프리실라. 그 붉은 드레스는 건재하다. 불
꽃에 삼켜져 그림자마저 남기지 못하고 불타 없어져야 했을 미
모에는 땀 한 방울도 맺혀 있지 않았다.

프리실라를 집어삼켰어야 할 불꽃의 파도 자체가 광장에서 홀
연히 사라져 있었다.

하지만──.

"큭──."

불꽃의 파도를 베어내고 그 칼날의 빛을 더한 양검을 든 프리
실라의 표정이 바뀌었다. 그리고 혀를 찰 새조차 아까워하며 쏜

살같이 달리기 시작했다.

붉은 시선 앞에 프리실라에게 등을 보인 채 달리는 시리우스
의 모습이 있었다.

사납게 달리는 괴인의 튼튼한 다리로 프리실라로부터 단숨에
멀어졌다. 그 달리기는 명백하게 앞선 공격의 결과를 보지 않았
다. 도망. 아니다.

시리우스의 목표는 처음부터 프리실라가 아니라——

"그 귀에 거슬리는 노래를 집어치워! 내가, 그 사람에게 받은
『분노』를! 자기 편한 논리와 감정으로 부정하게 둘까 보냐——!"

핏발 선 눈의 시리우스가 일직선으로 릴리아나가 노래하고 있
는 제어탑으로 달렸다.

제어탑을 둘러싼 하얀 불꽃은 릴리아나에게만 자유를 허락한
불이다. 만약 시리우스에게 불을 조종하는 술수가 있더라도 양
검의 불은 예외, 뛰어들면 응당 불타기 마련이다.

그걸 알면서도 여전히 달리는 괴인의 목적째로 베어 넘긴다
——.

"——어리석은 것이, 소녀 것에 무슨 행패더냐!"

뛰어드는 프리실라. 그 속도가 단숨에 상승하고 바람을 뛰어
넘어 괴인의 등에 육박했다. 쳐든 칼날이 곧게 시리우스의 가는
등에 대각선으로 베었다.

"큽——?!"

그 순간, 양검이 시리우스를 가르기 직전에 금빛 사슬이 프리
실라의 팔을 휘감았다.

쳐다보니 쇠사슬은 아무것도 없는 공간에서 출현해 프리실라의 팔을 등 뒤에서 구속했다. 생각지 못한 충격에 눈을 부릅뜬 프리실라. 그 눈앞에서 시리우스가 반전, 발을 번쩍 들었다.

그 발에 휘감긴 붕대가 벗겨지고 가는 다리를 구속하던 사슬이 훤히 드러난다.

"흐으으으아아아아아아!"

음산한 포효와 사슬의 일격이 겹치고 프리실라의 안면을 정면으로 찍었다. 천하의 프리실라도 기습에 가까운 일격을 피하지 못해 직격당했다.

발재간으로 휘두른 사슬은 팔로 휘두른 것보다 몇 배나 되는 속도와 위력으로 프리실라의 안면을 터트렸다. 살점에 무쇠가 처박히는 충격음이 울리고 프리실라의 주황색 머리를 묶던 머리핀이 튕겨 날아가 아름다운 머리가 펄럭 밤하늘에 펼쳐졌다.

"──네년."

짧게 중얼거리고 붉은 두 눈이 시리우스에 꽂혔다.

그, 프리실라의 얼굴에 상처는 없다. 그만한 위력을 맞아 두 눈 뜨고 못 볼 얼굴이 되기는커녕 그 아름다움에 그늘 한 점 없었다. 하지만 긍지는 상처 입었다.

위력을 죽이지 못한 채 발은 멈추었다. 그 결과, 시리우스의 전진을 허용하고 말았다.

"부서져, 불타 버려라, 사기꾼 가희이이이──!"

그 사이 시리우스는 제어탑과의 거리를 단숨에 좁혀 프리실라에게 내리찍은 것 이상의 각력을 구사해 상식 밖의 사슬 일격을 석탑에 후려갈겼다.

불꽃을 둘러친 구렁이가 울고 제어탑이 어마어마한 위력으로 옆구리를 얻어맞았다. 그 위력은 석탑의 근간을 꿍음과 함께 분쇄하고, 제어탑이 장렬한 불바다로 기울다가 쓰러졌다.

——릴리아나를 꼭대기에 실은 채로 석탑이 그 형상을 잃고 무너졌다.

"————."

주황색 머리를 등에 펼친 프리실라는 무너지는 제어탑의 모습에 눈을 부릅떴다. 시리우스의 밉살맞은 등이 보인다. 기우는 제어탑 위에 릴리아나의 모습은 보이지 않는다.

하지만 릴리아나의 노래는 계속되고 있다. 발밑이 기울고 붕괴에 말려드는 지금도.

릴리아나는 자기 자신을 역할에 전념해『가희』로서 사람들의 마음을 끝까지 사로잡고 있었다.

"——그 뜻, 장하도다!"

프리실라는 발을 내디디고 망설임 없이 시리우스를 향해 직진했다.

릴리아나의 노래가 끊어지면 사람들의 마음은 또다시 시리우스의 마수에 떨어진다. 한순간의 판단을 내려 광채를 더한 양검을 떠멘 프리실라의 한 걸음에 포석이 터졌다.

그 모습에 시리우스가 입꼬리를 올리고 욕설을 뱉었다.

"정나미 없는 이기주의자가! 타인에게 공감할 수 없는 자신을 정당화하고 남과 연결되지 못하는 자신의 결함을 좋다고 떠들어! 웃기지 마! 서로 이해하고 서로 녹아드는 것이 인간의 바람이다!"

"범잡한 년이."

제어탑을 무너뜨린 시리우스가 릴리아나보다 적을 우선한 프리실라의 판단을 매도했다.

도약하고 발꿈치를 내려찍는 기세를 타고 쇠사슬이 쏟아졌다. 충격, 뒤늦게 내달린 불꽃이 폭렬을 만들고 폭풍에 휩쓸린 프리실라의 자세가 무너졌다. 버텨 섰다가, 전진.

열파를 받았음에도 프리실라의 홍옥 같은 눈동자는 흔들림이 없다.

그것은 시리우스의 분노도 마찬가지였다. 이미 괴인의 정신에 타인의 목소리는 닿지 않는다.

완결했다. 양쪽 다 가치관이. ──따라서 두 사람은 절대 양립할 수 없다.

기우는 제어탑이 거센 소리를 냈다. 파괴에 말려든 돌덩이가 산산조각 나고 연기가 검은 불을 흩뿌려 광장은 작열지옥으로 변했다.

쓰러진 제어탑의 발밑에 있던 사람들이 눈물을 흘리며 비명과 함께 도망쳐 다녔다. 하지만 그 눈물은 슬픔이 아니다. 노랫소리에 대한 끊이지 않는 찬미였다.

프리실라는 그것을 똑똑히 지켜보고──.

"──사랑이란 하나가 되는 것이다!"

"아니지. ──사랑은 달라도 된다는 관용으로 받아들이는 것이니라. 모두가 다 같은 방향을 보고 똑같이 생각하며 똑같이 느낀다니 소름이 끼치는구나."

번뜩이는 빛. 프리실라는 사방에서 가차 없이 짓쳐드는 쇠사슬을 직감만으로 베어냈다.

그 직후 발생한 불의 벽을 양검이 집어삼키고 미쳐 날뛰는 쇠사슬을 모조리 격추한 뒤 프리실라가 전진. 검과 사슬의 칼부림 소리가 쓰러지는 제어탑의 굉음에 지워졌다.

그 붕괴의 소리 속을 지나며 마침내 프리실라의 기세가 시리우스에게 도달했다.

"끝이다."

"──글쎄, 어떨까?!"

양검이 시리우스에게 닿는 찰나, 괴인의 팔 앞 공간이 부자연스럽게 일그러졌다.

일그러짐 저편에서 나타난 것은 온몸이 금빛 사슬로 구속된 소녀였다. 열 살 안팎의 귀여운 소녀. 시리우스가 그녀를 뒤에서 껴안았다.

"읍~~~~!"

프리실라는 그 소녀가 바로 작전이 시작되기 전에 언질을 들은 '티나'이며, 줄곧 시리우스가 구속하던 존재임을 한눈에 간파했다.

"이 소녀를 가엾어 하는 마음! 그것이 바로 당신의 마음에 싹튼 사랑──."

"잔말이 많다."

간파했지만, 프리실라는 소녀의 존재에 구애되지 않았다. 작전 전에 말한 대로 사소한 문제 때문에 할애할 노력이 프리실라에겐 없기 때문이었다.

따라서 프리실라는 여봐란 듯이 나타난 인질에 대해서도 아무런 주저를 하지 않았다.

번뜩이는 빛. 참격의 기세는 죽지 않은 채 티나째로 시리우스의 몸을 사선으로 그었다.

어마어마한 열량을 두른 양검의 붉은 날이 티나를 구속하는 쇠사슬을 너끈히 절단, 그 목적을 마치고 하얀 불길이 솟구쳤다.

"――어머, 머?"

"소녀의 양검은 태우고 싶은 것을 태우고, 베고 싶은 것을 벤다."

쇠사슬이 갈라지며 구속되었던 소녀의 몸이 자유로워졌다. 그 자리에 무릎부터 허물어진 소녀가 눈물로 더러워진 고개를 들어 자신의 몸을 그은 검의 감촉에 아연실색했다.

어린 소녀의 몸에 잔혹한 칼날의 상처는 한 가닥도 없었다.

사소한 문제를 위해 할애할 노력은 없다. 그건 앞서 말한 바와 같다. 따라서 쓸데없는 것을 베는 작은 일을 피했을 뿐. ――그 배후의 너저분한 괴인이 피를 뿜었다.

괴인은 자신의 상처를 내려다보다가 느릿느릿 고개를 젓고 프리실라를 쳐다보았다. 그리고 유유히 서 있는 프리실라를 보자 이상하다는 듯이 갸우뚱했다.

"여기, 내 고통을…… 당신, 은?"

"네년의 고통을 소녀가 왜 느끼지? 하나가 되고 싶든 말든 알 바더냐. 너는 헛소리를 떠안은 채로 혼자 죽어라."

프리실라는 기울어진 괴인의 목에 양검을 옆으로 후려쳤다.

시리우스의 몸이 어마어마한 소리와 기세를 동반하며 포석 위를 튀어 피를 뿌리고 날아가다가 수로의 수면에 떨어졌다.

크게 물기둥이 일었다. 프리실라는 그 결과를 흘긋거렸다가 양검을 바라보았다.

눈부시게 빛나던 칼날이 흐려져 보검에서 빛이 사라지고 있다.

"……일조(日照)가 끝나고 일륜(日輪)이 졌나. 악운이 강한 속물 같으니."

중얼거린 프리실라 옆에서 쓰러지던 제어탑이 완전히 넘어갔다. 석탑은 대부분이 부서진 잔해 더미로 변하고 릴리아나가 있던 상층 부분 또한 흔적이 없었다.

수로로 처박히듯 제어탑이 붕괴하고 당연히 이제 노래도 들리지 않았다.

"……저, 저기."

잔해 더미를 바라보며 눈을 가늘게 뜬 프리실라를 어린 목소리가 불렀다.

티나다. 그녀는 자유로워진 게 아직 믿을 수 없는 표정이었지만 자신을 내려다보는 프리실라의 시선에 어깨를 떨고 눈물을 뚝뚝 흘리기 시작했다.

그 모습에 프리실라는 자그맣게 숨을 내쉬고 손아귀의 양검을 허공의 칼집에 거두었다.

그러자마자 수로를 불태우던 하얀 불꽃이 소멸하고 많은 사람들이 다가오는 기척이 났다. 몇 명쯤은 쓰러진 파편 더미 쪽으로 가서 휘말린 『가희』를 찾을 심산인 모양이다.

　"소란스러운 밤에, 소란스러운 놈들이로고. 이 자리에야말로 시가가 나설 차례거늘, 소녀의 의도에 반하다니 태만 말고 아무것도 아니지. ——재미없는 일이야."

　평소와 같이 따분하게, 그러나 그 따분함에 얼마간 감정을 담아서.

　프리실라는 흐느끼는 어린아이에게서 뒤돌아 잔해 더미에 묻힌 수로를 바라보고 뇌까렸다.

　"하나 나쁘지는 않았다. ——칭찬해 주마."


6


　둥실—둥실—, 둥실—둥실—. 물의 흐름에 몸을 맡겨 둥실—둥실—.

　온몸이 나른하고 기력도 횅. 대충 이렇게 만신창이? 아무튼 한 발짝도 못 움직이겠어요.

　"아~~~ 으~~~."

　목도 싹 나가서 이 릴리아나, 이미 그냥 고깃덩이로다.

　이 꼴로 물에 빠지다니 영락없이 익사할 흐름이었지만, 다행히도 음유시인의 의상은 노출이 화려해서 물을 흡수하지 않기에 가까스로 둥실둥실 떠 있을 수 있는 노릇이었습니다.

뭐, 진짜로 그냥 이렇게 흘러가다간 최종적으로는 티그라시 대하를 통해 바깥세상에 방류되니, 너무 느긋하게 있을 수 없지만요—요—요—.

"이~~~ 에~~~."

그건 그렇고 불타는 제어탑. 펄펄 달아오르던 화력. 거기서 줄곧 온몸이 지지고 볶는 상태였기에 처음 수로에 떨어진 순간엔 시원해서 기분 좋다~라고 생각했는데, 슬슬 차가움도 못 느낄 정도의 온도라, 넵. 뭐, 꽤 위험할지도 모르겠시유.

위험하다 그러자니 애초에 무너지는 석탑 위에서 마냥 노래하는 정신 상태 쪽이 꽤 위험했던 느낌도 들지만요! 그 순간, 나는 신이었어!

그래서, 뭐, 최악의 경우 이대로 가라앉아도 그냥 그렇달까. 내가 이긴 건가 해서요.

아직 음유시인으로서 이뤄야 할 야심은 산더미 같지만, 어떻게 보면 정말 필요할 때 다 이룬 여자 중의 여자란 걸로 봅시다.

역사에 남을 노래를 부른다는 꿈은 이루지 못했어도, 그 순간 제 노래를 듣던 사람들의 마음에는 뭔가 남기지 않았을까요. 예를 들어 저녁 식사 식탁의 화제에 오를 정도라도 발자국이 남았더라면 말이죠.

"오~~~ 오~~~."

참고로 아까부터 지르는 괴성은 일단의 구조신호라고 할까, '전 여기에 있어요' 같은 발언이기도 합니다. 네. 까놓고 말해 죽고 싶지 않거든요!

그래도 슬슬 한계도 가깝고, 별 일 다 있었지만 종합적으로 즐거운 인생이었습니다.

그럼, 둥실둥실, 지금까지 참 고마웠——

"——릴리아나!"

"히엑?!"

힘을 빼고 물에 안겨 가라앉기 직전, 갑자기 이름 부르는 소리에 벌렁 뒤집어졌습니다. 이어서 들린 것은 누군가가 물에 뛰어드는 소리와 헤엄치며 다가오는 기척.

그리고 제 귀여운 어깨를 잡은 것은 뜻밖에 탄탄한 손가락으로——.

"혹시, 키리타카 씨인가요오?!"

"다시 만나서 기뻐, 릴리아나! 수면을 떠도는 너도 사랑스럽고 멋지지만, 그만큼 크게 활약한 다음이잖아. 목이든 몸이든 너무 식히면 안 좋지 않을까?"

"어, 어쩜 느끼한 소리를…… 저기 그게, 근데 저기……."

나를 끌어당기며 호들갑스러운 말로 재회를 기뻐해 준 사람은 놀랍게도 키리타카 씨였습니다.

평소에는 빳빳하게 세우던 머리도 폭삭 젖었고, 어울리지도 않게 웃옷 벗고 수로에 뛰어들어서 익사 직전이던 저를 확보하고 이런 웃음을 짓다니.

뭔가 좀, 이야기가 너무 그럴싸해서 겸연쩍을 지경인데요.

"키, 키리타카 씨, 어째 된 거예유? 그 대죄주교는 보호하니 해방하니 해서 폭도와 함께 날뛰고 있다고 했는데……."

"으, 극! 그, 그에 관해서는 변명할 수 없어. 내가 착란을 일으켜 광장 사람들과 함께 모여 폭도 노릇하던 건 분명해……."

"호, 호오라. 그건 참, 키리타카 씨도 추태깨나……."

참으로 뭐한 이야기지만, 키리타카 씨를 보호해 놓고 대충 놔뒀단 말에 거짓은 없었던 모양이라 저는 오묘한 표정을 숨기지 못했습니다. 거짓말을 안 한다. 그렇게 호언장담하던 건 사실 같지만 한 가지 좋은 점으로 다 벌충할 결점이 아니라고 할까요!

까놓고 말해 다시는 관계하고 싶지도 않고 말이죠!

"그, 근데 근데요. 그렇게 힘든 상태이던 키리타카 씨가 왜 이곳에……."

"——그건, 네 노랫소리 때문이야. 릴리아나. 내 아리따운『가희』여."

"으히엑!"

곧게 직진한 한마디에 저는 무심코 괴상망측한 소리를 내고야 말았습니다. 물로 머리 모양이 망가진 키리타카 씨가 그런 저를 바라보며 웃었습니다.

"대죄주교의 사기(邪氣)에 휘말린 전원이 네 노래로 제정신을 차렸어. 하지만 그중에서 제일 빨리 내가 네 곁으로 달려왔지……. 이건 내가 네게 품은 사랑의 증거라고 할 수 없을까?"

"넉살도 좋으셔라."

그 답변이 참으로 키리타카 씨란 느낌이라 나는 완전히 김이 새고 말았습니다. 그대로 갑자기 어쩐지 꾸벅꾸벅 의식이 가물가물해져서.

"릴리아나? 릴리아나! 괜찮은 거야, 릴리아나!"

"괜찮은가 안 괜찮은가 따진다면 이젠 완전 괜찮지 않아요. 지금, 저 되게 졸리니까 좀 잘래요. 진짜 아예 한계……."

왠지 죽을 것 같은 분위기지만 죽을 맘은 없으니 괜찮음.

단지 그게 말이죠. 안심해서리. 키리타카 씨의 품속에서 안심하다니 뭐하지만요.

"안 죽으니까, 뒷일은 맡길게요……."

"그, 그래. 알았어! 안전한 곳으로 옮길 테니 걱정할 건 없어. 릴리아나!"

"자는 저한테 장난하는 거 참아내면, 더, 얘기하죠……."

"으에에?!"

안 하겠지만, 일단 노파심에. 아가씨인지라.

여하튼 저, 깨어나면 필시 부끄러운 말이라도 할 것 같아서요.


──당신의 『가희』이길 잘했다는 말 같은 거요.

제5장 『——믿어.』

1

하늘을 뚫을 듯이 자란 고드름이 성당을 차갑게 얼렸다.

공기가 삐걱거리는 비명을 지르고 밤하늘조차 하얗게 죽어 간다. 그렇게 뻗어 오른 고드름은 그 내부에 얼마나 서글픈 결의를 품고 있는 것일까.

그것은 필시 이 광경의 창작자밖에 모르리라.

"……에밀리아."

강대한 마나가 소용돌이치는 얼음의 닫힌 세계, 그것은 바로 에밀리아가 만들어 낸 광경이었다.

『사자의 심장』을 해제하기 위해서는 레굴루스의 『왕국』을 깨트려야만 한다.

그 때문에 『왕국』에서 신민을 해방할 필요가 있으며, 필시 그 방법을 신부가 알고 있을 게 틀림없다고 스바루는 기대했다.

그리고 만약 이 기대가 배신당해 신부들에게도 『왕국』에서 벗어날 방도를 알아낼 수 없다면, ——이 방법밖에 없겠다고도 떠올리긴 했었다.

하지만 떠올리기는 해도 실행은 할 수 없다.

에밀리아로는 도달할 수조차 없을 거라고 스바루는 추측했던 것이다.

그러나 이 광경을 보면 그 생각이 잘못이었음을 알 수 있다.

──에밀리아는 선택했다. 그 답이, 이 광경이라고.

"야, 야야야, 야……. 이건, 너희, 설마……."

고드름이 우뚝 선 성당을 목격한 레굴루스가 아연실색하며 얼굴에 경련을 일으켰다.

성당 안에서 어떤 대화가 이루어졌는지 외부로선 알 수 없다. 하지만 말귀가 어두운 레굴루스에게도 눈앞의 광경이 가진 의미는 뚜렷하게 전해졌을 것이다.

적어도 레굴루스의 신부들은 『왕국』에서 떠났음을──.

"너는! 이러고 싶었던 거냐! 이게 인간이 할 짓이야?! 남이 사랑해 마지않는 것을 이렇게 이기적으로 앗아가! 도대체…… 도대체 얼마나 냉혹해지면 이런 끔찍한 짓을 할 수 있느냐고오──?!"

레굴루스가 발을 구르고 머리를 쥐어뜯으면서 소리쳤다.

그의 발 구름에 가도가 터지고 도시 자체가 기울었을까 착각할 만큼 지면이 뒤틀렸다. 실제로 주위 건물은 가차 없이 각도가 바뀌고 화풀이에 얻어맞은 벽은 크게 패였다.

그런 분노도 식히지 않은 채 레굴루스는 피칠갑한 스바루를 노려보았다.

"만족하냐? 이걸로 만족해?! 나만을 죽이기 위해서 아무 죄도 없는 아내들의 생명을 빼앗고, 그래서 희희낙락하다니 인간성이—— 우억!"

말버릇 더럽게 욕하며 반려를 빼앗긴 슬픔을 토로하는 레굴루스. 그 몸이 날아갔다.

원인은 가도 저편, 얼어붙은 성당에서 나타난 소녀가 쏜 얼음 창이었다.

얼음의 창이 어마어마한 기세와 회전을 얻어 우뚝 서 있는 레굴루스의 몸에 잇달아 명중, 그 호리호리한 몸을 인형처럼 가차 없이 날리고 날아간 몸에도 추격의 고드름이 꽂혔다.

멈추지 못한 레굴루스의 몸은 그대로 수로에 처박혔다. 물기둥이 세차게 삐걱대며 얼음덩이가 되고, 레굴루스의 얼음상이 만들어졌다.

"——방금 그건, 당신의 신부들이 보낸 절연장인 줄 알아."

침수된 가도를 얼리면서 은발을 펄럭인 에밀리아가 전장으로 되돌아왔다.

남보랏빛 눈에 차가운 적의와 격렬한 각오를 띠며 천천히 걷는 에밀리아. 스바루는 그 곁에 달려갔다.

"에밀리아!"

"스바루, 그 상처는 괜찮아?"

"이쪽은 멀쩡해! 좀 넓게 베여서 화려하게 피가 나올 뿐. 그보다 성당의 신부들은……."

"——다들, 레굴루스를 무찌르고 싶대. 그래서."

눈을 내리깐 에밀리아의 의식이 등 뒤의 얼어붙은 성당에 쏠렸다.

그 반응만으로도 충분하고도 남게 에밀리아가 짊어진 것의 무게가 전해진다. 하지만 그 선택을 혼자서 지게 할 셈은 없다.

"싫은 역할을 떠넘겨서 미안해. 하지만 이걸로 저 녀석의 『사자의 심장』은……."

"으응, 아니. 그리 쉽게는 안 되나 봐."

"뭐?"

괴로운 선택 끝에 레굴루스를 타도할 답이 있다.

그 때문에 노력한 에밀리아. 그러나 스바루의 말에 고운 눈썹을 찡그렸다. 그 대답에 놀라는 스바루의 등 뒤에서 얼어붙은 수로의 물기둥과 얼음상에 금이 갔다.

균열이 점점 확대되며 물길이 막혀 있던 수로에도 미쳤다. 붕괴된 수로에서 넘치는 물이 도시를 침범해 스바루와 에밀리아 발밑에도 넘쳐 나왔다.

그리고 그 깨진 얼음상 속에서 팔이 튀어나왔다.

"진짜로, 웃음이 나올 만큼 불손하고 속절없이 저속하며, 질릴 만큼 무능하고, 믿기지 않을 만큼 후안무치하며, 구제할 도리가 없을 만큼 하등해……!"

물기둥을 불필요한 화려함으로 깨고 온몸에 몸을 뒤집어쓰면서도 젖지 않은 흉인이 걸어 나왔다.

하얀 예복에는 물의 얼룩 한 점 없고 백발은 바람에 흐트러질 줄 모른 채, 창백한 얼굴에는 상처는커녕 땀방울조차 솟지 않은 그 존재는 백일몽—— 아니, 백일악몽 그 자체였다.

그만한 집중 공격을 받고도 여전히 건재. 그것은 『사자의 심장』이 건재함을 의미한다.

"그래서, 어쩌겠대? 너희는 말이야. 어떻게 책임을 지려고? 그만큼 으스대며 이것저것 하던 것 같은데 말이야. 그게 전부 헛다리 짚은 대실패로 끝나고 남은 게 성대한 희생뿐? 그거, 웬 웃음거리래? 어떻게 만회하려 해?!"

광분하는 레굴루스의 태도에 스바루는 상황이 변하지 않은 것에 이를 갈았다.

설마 진짜로 헛다리를 짚었다면, 무의미한 희생이었다면.

"그럴 리 없어! 『사자의 심장』의 효과는 너도 나불나불 떠들고…… 거기서 허풍 떨 잔머리와 배짱이 너한테 있을 리 없잖아!"

"못 들은 척할 수 없는 말을 못 들은 척해 줄 만큼 내가 호구라고 생각하나 봐? 말해 두지만 남의 마음을 침해하면 안 된다는 건 배울 필요도 없이 인간으로서 최소한의 예의잖아?! 누구에게도 누군가를 업신여길 권리 따윈 없는데, 어떻게 그런 저능함을 다 티 낼 수 있대? 마음만이 아니라 머리에 뇌까지 안 들었어?"

의도치 않게 도발적인 스바루의 발언에 레굴루스는 여유와 조롱을 되찾고 바보 취급하듯이 자신의 백발을 손가락으로 두드렸다.

"그 헤픈 여자가 수라도 잘못 센 거 아냐? 빼앗은 생명의 수도 셀 수 없다니, 완전히 살육자의 발상이지. 미쳤어."

"너……! 무슨 입으로 그따위……."

"논점 이탈하지 마라. 내가 여태까지 뭘 해 왔는지는 그 여자가 사람도 아니란 거하곤 무관하잖아. 저지른 죄에서 도망치지

마. 눈을 돌리지 마. 어디 치워 두고 상대를 탓하려 하다니, 속죄의 마음도 반성도 없구나. 인간으로서 부끄럽지도 않나 보지?"

사리에 안 맞는 분노와 도리에 맞지 않는 논리로 타인을 규탄하는 레굴루스. 그 일그러진 자기 존재에 의문조차 품지 않기에 레굴루스 코르니아스는 성립되고 있다.

자기 발언 하나 속에 얼마나 많은 모순을 품어야 직성이 풀린단 말인가.

레굴루스와의 대화는 신경을 갉아먹는다. 대죄주교와 마주 보는데 제정신으로 있는 게 잘못 아니냐는 위기감을 품게 할 정도로.

"그치만…… 제길, 오산이야."

『사자의 심장』과 『작은 왕』이 연동하고 그 근간은 성당의 신부들이 맡고 있다.

지금까지 듣고 본 레굴루스의 언동으로도 그 추측은 틀리지 않았을 것이다. 스바루는 목숨 건 도발 행위를 반복해서 레굴루스의 지성과 어휘력을 판가름했다.

레굴루스에게는 타인을 기만하거나 말주변으로 발뺌할 능력이 없다.

레굴루스에게는 공감 능력이 완전히 결여되어 타인의 마음을 알 수 없기 때문이다. 놈의 세계에는 놈밖에 없으며 놈의 이해는 놈의 내면에만 있다.

혼인은 흉내. 발언은 일반론. 전투는 초짜. 존재는 순수악. —— 대죄주교다.

"53명……."

조급해지는 스바루 옆에서 별안간 에밀리아가 중얼거렸다.

성당에서 돌아온 이래, 에밀리아는 지극히 조용하다. 직전에 있던 일을 감안하면 당연하긴 하지만, 레굴루스의 얼토당토않은 반응에도 무반응이라, 비로소 입을 열었나 했더니 그게 방금 한마디였다.

다만 레굴루스는 눈치 빠르게 방금 한마디를 주워듣고 "하아?" 하고 갸우뚱했다.

"뭐? 뭐라고? 미안하다거나 울며 사과하겠다는 말이 아니었지?"

"──53명이야. 그게 당신이 억지로 잡아두던 여성의 수. 잘못 세다니, 그런 짓은 안 해. 나는 생명의 수를 잘못 세진 않아."

"흐─응. 근데? 그래서? 그런데 무슨 말을 하고 싶다고? 숫자 셀 수 있어서 장하다고?"

에밀리아의 차분한 정정을 레굴루스는 모멸과 조롱으로 짓밟았다. 그 자세, 도발의 제1인자인 스바루조차 졸업 증명서를 넘겨주고 싶어지게 밉살맞았다.

그러나 에밀리아는 그 자세에 눈을 감고 살며시 스바루 쪽으로 돌아섰다.

"괜찮아, 스바루. 이제 다 알았어."

"알았다니……."

"그리고 나, 엄─청 화났거든. ……이젠, 용서 같은 거 안 해 줘."

쩔쩔매던 스바루는 보았다.

조용히 그 부드러운 얼굴에서 표정을 지우고 목소리를 낮춘 에밀리아. 그렇게 감정이 얼어붙은 모습을 보이는 에밀리아. 지금까지 봤던 그녀 중에서 가장 화가 나 있다.

얼어붙은 눈동자 속에 차가운 불을 피운 채로 에밀리아는 자신의 가슴을 만졌다.

그리고 말했다.

"레굴루스의 심장은 여기. ──지금, 내 가슴에 있어."

2

"후크큭."

가슴에 손을 짚은 에밀리아가 굳게 단언한 직후였다.

레굴루스가 더는 못 참겠다고 자기 입을 막으며 비굴한 소리로 웃었다. 그 웃음은 차츰 커지며 점점 세차지다가 이윽고 가가대소로 바뀌었다.

여봐란 듯한 그 폭소에 스바루는 에밀리아의 추측이 옳다고 단단히 깨우쳤다.

"너 이 자식, 뭐가 웃겨!"

"당연히 웃기지?! 너희야말로, 이번에야말로 진짜 속수무책인 상황이라고 체념의 경지에서 웃을 수밖에 없을 지경 아냐? 저기 말이야. 의미 알기나 해? 자기들이 자기 목을 뿌득뿌득 조이고 있단 걸!"

"으……."

터져 나온 정론에 스바루는 말이 막혔다.

레굴루스의 일리라곤 없는 논법이, 이 순간의 반론만은 대꾸할 여지가 없다. 신부들이 그랬듯이 『사자의 심장』의 도피처가 있는 한, 놈은 무적이다.

그리고 이번 『사자의 심장』의 위치는 정말로 정말, 최악이었다.

"에밀리아땅, 진짜로 저놈 심장은……."

"응, 진짜야. 미정령 아이들에게 확인해 달라 했고, 나도 스스로 느끼고 있어. 자기 안에 자기가 아닌 것, 이상한 것이 있다고. 속이 울컥거려."

자신의 복부를 쓰다듬는 에밀리아. 그것은 절망적인 사실의 단언이었다.

『사자의 심장』의 효과를 끊어내려면 『작은 왕』의 대상이 된 존재를 어떻게든 없애야만 한다. 즉, 이번에는 에밀리아를——.

"할 수 있겠냐! 애초에 어째서 에밀리아의 심장에……! 『작은 왕』의 효과를 내가 착각하고 있었나? 저놈 심장은, 아무에게든 좋아하는 상대에게."

——아니, 그렇게 편리한 권능이었으면 그건 제한이 없는 거나 마찬가지다.

어디까지나 자신의 『왕국』에 들인 상대 말고는 『사자의 심장』을 깃들일 수는 없다. 그러지 않으면 지금까지 거친 싸움이 전부 성립하지 않는다.

그렇다면 역설적으로 레굴루스는 에밀리아를 자신의 『왕국』에 들여놓고——.

"몰염치한 작자."

"간통녀가 무슨 말을 해도 패배자의 오기로밖에 안 들린다고. 아아, 물론 너희가 패배자답게 떠드는 건 패자의 권리지. 실컷 권리를 행사해 봐. 그걸 우월감을 맛보며 듣는 게 승자인 내 권리…… 하핫. 나쁘지 않아. 나쁘지 않은데!"

소리 높여 웃는 레굴루스. 그것을 경멸한 눈초리로 노려보는 에밀리아의 말에 스바루도 동감이었다.

단순한 이야기였다. 알기 쉬운, 잡것의 발상이다.

즉, 레굴루스는 그토록 실컷 에밀리아를 우롱하고 욕설을 퍼부어놓고서 약삭빠르게 유사시의 심장이 피할 곳인 자신의 아내로서 『왕국』에 더했던 것이다.

끔찍스러운 것은 거기에 에밀리아 측의 양해가 일절 없어도 성립한다는 점에 있다.

"나는 자신의 부인에게 어울리지 않는다며, 그토록 말했으면서."

"시끄럽긴. 주절주절 잘난 척 설교하지 마, 갈보. 그보다 내 아내들을 죽인 책임은 어떻게 질 거지? 내 이상적인 신부들이야. 그토록 모으는데 얼마나 시간이 걸린 줄 알아? 이 나이 먹고 아내도 연인도 한 명도 없다니, 내가 등신 같은 홀아비 대접받게 할 셈이냐? 너한텐 새 아내를 찾을 때까지 자리를 메꿀 의무가 있잖냐고!"

에밀리아가 좀처럼 보이지 않는 강한 혐오를, 막장 논리로 내쫓는 레굴루스.

흉인이 믿는 폭론은 에밀리아의 심장에 자리 잡은 자신을 긍정하고 있었다. 하지만 그 논리가 먹힌다면 『사자의 심장』이 에밀리아 외에 깃들 가능성도——.

"시험해 보지 그래? 그 밖에 내 심장이 깃들 장소가 있는지 없는지, 쉽잖아?"

"너……."

"지금 네 눈앞에 있는 그 여자를 죽이면 된다고. 그 여자의 숨통을 끊으면 자연히 내 한계에 대해서도 알아낼 수 있다 이거야. 엄청 쉽고 합리적……. 네게는 불가능하단 점만 빼면 말이야! 하하하! 할 수 있어? 할 수 있을 리 없지? 그런 짓 했다간 애초에 이렇게 내게 도전한 이기적인 대의명분도 없어지니까!"

분하지만 우쭐대는 레굴루스의 발언은 옳다.

스바루에게 에밀리아를 희생한다는 선택지는 없다. 신부들이 생명과 맞바꾸어 승리를 끌어당겼다고 해도 에밀리아는 희생할 수 없다. 이기적이라고 욕해도 그게 사실이다.

나츠키 스바루는 생명의 가치에 차이를 매긴다. ——자신 외의, 식구가 소중하다.

언제나 스바루의 선택은 자기 위주고 이기적인 것이니까.

"자, 보라고. 그놈은 도저히 못 한 댄다. 그럼 대신에 네가 스스로 해 보면 어때? 쉬워. 네가 다른 신부들에게 한 거랑 같은 짓을 하면 그만이야. 아니면 왜? 못해? 남의 생명은 이기적으로 빼앗으면서 자기 생명은 아까워서 희생할 수 없단 이거야? 굉장해라. 구역질 나네?"

"──스바루."

"잠깐! 안 돼. 정말로, 그것만은 안 돼."

오는 말에 가는 말. 레굴루스의 도발에 왠지 결의 어린 표정을 짓는 에밀리아를 말렸다. 고작 세 글자, 스바루를 부르는 목소리의 각오가 치달은 곳이 스바루에게는 두려웠다.

물론 그냥 도발에 넘어간 것도, 자포자기한 것도 아니다. 단지 다른 방법이 없다면 최악의 경우 그걸 선택할 만한 각오가 에밀리아에게는 있다.

그리고 스바루에게는 그것을 선택하지 못하게 할 의지밖에 없다. ──그래서는 패배다.

대안이 없으면 이 자리의 지배자가 레굴루스라는 사실은 흔들림은 없는 채다.

"저기 말이야. 아무것도 없으면 그만 끝내도 될까? 너 같이 밉상인 여자를 데리고 다니는 건 취미가 아니지만 일단 타협해 줄게. 다음 신부를 찾기 전까지 빈자리 때우기로. 그쪽 남자는 죽이겠지만. 내 권리를 이만큼 침해하고…… 아아, 그래, 그래. 그러고 보니 우습지?"

이를 가는 스바루 앞에서 레굴루스가 정녕 즐겁게 입술을 뒤틀었다.

"너, 그거지? 식전에 시끄러운 소리로 이것저것 방송하던 놈이지? 뭐더라, 대죄주교를 죽였다던가? 웃음거리도 오죽하더라. 그런 되다만 걸 죽인 정도로, 그걸로 나한테 이길 수 있다고 착각했던 거면 안 되셨지 뭐야. 그놈은 대죄주교가 되기 전에도, 되고 나서도, 뭐 하나 만족스럽게 해내지 못한 굼벵이였단 말이지."

거리낌 없이 웃는 레굴루스. 그의 말이 가리키는 것은 스바루에게도 가증스러운 원수, 페텔기우스 로마네콩티가 틀림없다.

페텔기우스는 항변할 여지가 없는 최저최악의 존재다. 그 사정령(邪精靈)에 호감일랑 품을 도리가 없고, 원한이 골수에 사무쳐서 죽는 게 당연한 요물이었다.

하지만 그것을 조롱하고 매도하는 레굴루스의 태도에는 몹시 원시적인 불쾌감을 느꼈다.

대죄주교에게 동지의식 따위 바랄 여지도 없지만, 같은 진영에 선 존재끼리 서로 미워하는 모습은 녀석들의 끔찍스럽고 일그러진 자의식의 비대를 드러내고 있었다.

애초에 페텔기우스는――.

"――아."

증오하는 남자의 피로 물든 흉소가 뇌리에 떠오르고 자극받은 순간, 스바루는 고개를 들었다. 그리고 자신의 가슴을 쥐어뜯 듯이 잡고 숨을 집어삼켰다.

――설마, 그런 짓이, 가능한가.

"할 수, 있나⋯⋯?"

자기 자신에게 던지는 물음. 그 답변은 '모르겠다'다.

지금, 스바루의 뇌리에 스친 가능성에는 아무 보증도 없다. 탁상공론―― 아니, 그보다 스바루의 망상의 산물이라고 하는 편이 정확, 스바루만의 사고 실험이다.

그러나, 그렇기 때문에 그 가능성을 검증하고 실행할 수 있는 것도 스바루뿐.

발상은 직전, 근거는 직감, 가능성은 사소, 성패 여부는 하느님조차 모른다.

하지만──

"에밀리아."

"──────."

부르는 말에 조용히 마나를 높여가던 에밀리아의 시선이 돌아보았다.

이 순간 스바루가 움직이지 않으면 분명히 에밀리아가 먼저 결단했다. 신부들과 자신을 같은 입장에 몰아넣어 레굴루스의 타도를 스바루에게 맡기고 무너질지도 몰랐다.

그것을 불러 세운 스바루를 바라보는 남보랏빛 눈에는 비장한 결의와 각오── 그 너머에서 넘쳐 나오는 기대와 신뢰가 있었기에.

그 감정에 떠밀린 것처럼 스바루는 물었다.

"에밀리아."

"응."

"──날 믿고, 전부 맡겨 줄 수 있어?"

"응."

쥐어짠 물음에 대답은 간결하고 명료하며 망설임이 없었다.

에밀리아는 가슴에 손을 얹고서 성당을 나온 뒤로 처음으로 부드럽게 미소 지었다.

"스바루라면 해 줄 거라고, 계속 믿고 있어."

아아, 제길, 정말이지 이렇게 비겁할 수가.

좋아하는 여자애한테 이만큼 신뢰받았는데 감히 어떻게 실패를 할까. 매달려 물고 늘어져서라도 성공해야만 한다.

"————."

깊이 숨을 들이쉬고 내뱉었다.

그리고 잠자코 바라보는 레굴루스를 쳐다보았다. 레굴루스는 스바루와 에밀리아의 대화를 방해하지도 않으며 느긋한 자세로 비릿한 웃음을 머금고 있었다.

"여유 있네?"

"여유 있다만?"

패배할 요소라곤 한 톨도 없다.

레굴루스는 술수 전부를 밝히고 스바루와 에밀리아를 완전히 봉쇄했다. 실제로 레굴루스의 권능인『사자의 심장』은 강적이다. 내막을 해명하고도 이만큼 손이 닿지 않는 곳에 승리가 놓여 있을 줄은 예상치 못했다.

그 완전성 때문에 레굴루스는 눈앞의 승리를 의심치 않는다. 언제든 손에 넣을 승리의 미주, 거기에 탐욕스러워지지도 않는다. 그러니까 놈은 저리도 여유로운 태도로 있을 수 있는 것이다.

스바루가 발버둥 친 결과가 자신에게 닿지 않으리라 여긴다. 그렇기에——

"————."

베아트리스가 여기에 있어 주면, 혹은 더 다른 방법이 번뜩였을까. 똑똑한 그 소녀가 곁에 있어 준다면 더 승산이 높은 헌책을 해 주었을까.

가슴속, 자신의 파트너인 소녀와의 연결고리를 느꼈다. 아마 전부 정리한 뒤에 대차게 혼날 테고 혼내야 한다.

서로 참 무리하게도 굴었다고, 이 수문도시의 사건을 웃으며 돌아보기 위해서.

"스바루."

"————."

"해 버려."

에밀리아의 마지막 보탬, 거기에 용기를 얻었다.

스바루는 자신의 가슴을 거칠게 거머쥐고, 자기 안에 있는 자신의 것이라고는 여겨지지 않을 만큼 거무칙칙하게 휘몰아치는 힘에 의식을 집중, 공포와 고통의 기억을 일깨우고 해방했다.

지금 이 순간, 그 힘을 고쳐 부르겠다.

무슨 일이 일어나는지 동지 의식이 하나도 없는 흉인에게도 전해지도록, 지금만은.

이 『힘』은, 그 가증스러운 원수로부터 물려받은 것이라고.

"와라, 보이지 않는 손——!"

3

──인비지블 프로비던스. 또 다른 이름을 『보이지 않는 손』.

자기 안에 깃든 이 힘을 스바루는 마녀인자에 기인하는 마녀의 힘이라고 정의한다.

『성역』, 묘소 안에서 악질 마녀 에키드나로부터 들은, 페텔기우스를 살해함으로써 계승된 마녀인자―― 그것을 흡수한 불이익은 솔직히 알 수 없다.

하지만 스바루가 투명한 마수를 물려받은 건 틀림없이 그 인자가 원인이다.

솔직히 말해 자기 안에 페텔기우스가 숨 쉬고 있을 가능성은 상상하기도 싫다. 스바루는 페텔기우스가 싫다. 미워한다. 놈은 죽는 게 당연한 존재였다.

――그런데도 이 가슴속에 솟구치는 감각은 무엇인가.

휘몰아치고 화색을 띠며 스바루의 내면에서 말이 못 되는 목소리의 갈채가 터지고 검은 마수가 넘친다.

불러 깨운 것을 갈채하고 다시 힘을 얻은 것을 환희하며, 요구받아 완수할 수 있음에 감격한다. 그리고 그것들 전부를 뭉뚱그린 것에 대한 이해 못 할 감동이 있다.

스바루만의 감개로는 설명이 가지 않는다. 마치 인자 자체가 갈망하는 것처럼.

힘이 해방되는 행복감과 감격, 그리고 끝없는 폭풍 같은 감사――.

"뭐어어어?!"

드높이 외친 스바루의 목소리에 레굴루스가 경련하는 표정으로 기겁했다. 레굴루스는 그 놀람을 품은 채로 필사적으로 시선을 돌려 보이지 않는 손을 찾으려 했다.

그러나 보일 턱이 없다. ——이것은 보일 수 없는 마수다.

투명하며 치명적, 레굴루스가 굼벵이라 욕하고 실컷 업신여기며 조롱하던 되다만 놈의, 더욱 옅어진 열화품의 힘에 불과하다.

수는 하나, 사정거리는 극히 짧고, 가능성은 미지수, 상황 타개의 열쇠로서 제 값 못하는 수준이 아니다.

"_____."

제1단계, 마수의 발동에 성공. 이다음부터 미지의 영역인 제2단계에 들어서 최종 단계인 제3단계로 도달한다.

스바루의 의사에 따라 검게, 그림자를 엮은 듯한 마수가 천천히 움직였다.

마수가 가는 곳은 에밀리아, 그녀의 심장 고동을 새기는 가슴으로 검은 손끝이 다가든다.

"_____."

에밀리아에게 그 검은 손끝은 보이지 않았다. 다만 그녀는 희미하게 눈이 커졌다. 마치 거기에 생각지도 못한 누군가를 발견한 표정으로.

그리고 에밀리아는 스바루와 스바루가 아닌 누군가를 위해서 희미하게 웃었다.

"뭐야. ——거기 있었구나, 쥬스."

이해와 친애를 속삭이며 에밀리아는 살며시 두 팔을 벌렸다.

스바루의 의도를 짚어 무슨 일이 일어나는지를 내다본 것처럼 자신의 심장으로 가는 최단 거리를 나타냈다. 스바루는 거기에 망설임 없이 마수를 뻗었다.

"_____."

칠흑의 손가락이 에밀리아의 풍만한 가슴 중앙으로 미끄러졌다. 손끝이 하얀 살결을 지나간 순간, 에밀리아는 뭔가를 느낀 것처럼 살짝 드러낸 어깨를 들썩거렸다.

하지만 손은 멈추지 않는다. 가슴뼈를 지나 폐 사이를 넘어, 그리고 고동의 원천으로 이르렀다.

마수가 에밀리아의 심장에 도달, 제2단계가 성립했다.

차가운 땀이 스바루의 이마에 흐르는 건 이 마수로 심장에 닿는 것에 대한 망설임 때문이다. 이것과 흡사한 손에 심장을 잡힌 고통을 스바루는 숙지하고 있다.

『사망귀환』을 털어놓는 금기에 저촉했을 때, 『마녀』의 손은 스바루에게 벌을 내렸다. 스바루의 목적이 그것과 완전히 같은 참사로 이어지지 않는다고도 단정 못 했다.

지금까지 거친 도박에는 이겼다. 문제는 이다음의 최종 단계에 아무 근거도 없다는 점.

다만 가능한 게 아니냐는 불확실한 예감이 스바루가 이런 무리를 하게 했다. 남은 건 이 손끝에 마지막 힘을, 그것을 담을 용기를.

"_____."

이 『보이지 않는 손』이란 인간의 생명을 구하는 힘일까.

페텔기우스 로마네콩티의 권능으로서 『보이지 않는 손』은 얼마나 많은 생명을 앗아왔는지 모른다.

힘이란 어떻게 쓰느냐에 따른다고 그래도, 용도가 한정된 힘은 왕왕 존재한다. 『보이지 않는 손』 또한 파괴를 위한 힘에 불과하지 않은가.

이 힘이, 누군가를 살리기 위해서 이용되는 것 따위——

"스바루."

찰나의 주저와 망설임, 그 속에 가닿을 리 없는 에밀리아의 목소리가 닿았다.

그리고 에밀리아는 남은 한 걸음을 내딛지 못하는 스바루에게 말했다.

"괜찮아. ——나, 두 사람을 믿으니까."

"————."

누구와 누구를 말하는 걸까.

스바루와, 스바루가 모르는 또 한 명에게 에밀리아의 신뢰가 가서.

하지만 아주 선뜻 믿을 수 있었다.

——이 손은 결코 에밀리아를 상처 입히는 짓을 하지 않을 거라고.

"오오오오! 울어라, 내 제3의 손아아아——!"

자기 안에 있는 『힘』에 대한, 끝내 믿지 못하던 의심이 풀렸다.

이 힘의 원점이 어디에 있는지는 이미 관계없다. 이 힘이 지금 스바루 안에 있고 스바루에게 에밀리아를 구하고 싶다고 소원케 하며 이 힘이 그것을 이루어 준다면.

——에밀리아의 가슴 속에서 그림자로 엮인 마수가 손가락을 여물었다.

고동을 새기는 심장에 손끝이 닿아 표면을 부드럽게 할퀴는 감촉에 에밀리아가 살짝 신음했다. 고통보다 간지러움이 표출된 접촉.

뺨과 목을 붉히는 에밀리아의 가슴 속에 손가락을 여문 마수가 확실한 존재를 거머쥐었다.

에밀리아를 살리는 박동과는 다른, 너무나 작은 『사자의 심장』을——.

"——잡았, 다."

부드럽게 끄집어낼 여유는 없었다.

에밀리아의 내부에서 뻔뻔스럽게 맥동하는 심장을 스바루의 마수가 힘으로 쥐어 터트렸다.

에밀리아의 심장에는 상처 하나 주지 않고, 사랑을 노래하며 기생하던 해악 기관을.

존재하지 않는, 투명한 손으로 가차 없이 쥐어 터트렸다.

"푸하아!"

전에 없던 집중력과 본래 자신의 것이 아닌 『힘』을 사용한 페널티가 왔다.

내장이 뒤틀어 떼어내듯이 아프고 자신이 덧칠되는 상실감이 내달려 스바루는 그 자리에 무릎을 꿇었다. 세차게 기침하고 침에 피 맛이 섞였다.

"스바루!"

침수된 지면에 무릎 꿇고 입가에서 피를 흘리는 스바루에게 에밀리아가 손을 뻗었다. 스바루는 그 하얀 손을 잡고 자신의 뺨에 끌어당겼다.

"아······."

"살아, 있지?"

"······응. 괜찮아. 내 심장, 제대로 내 안에서 뛰고 있으니까."

스바루가 피가 흐르는 손의 온기를 확인하자 에밀리아도 빈 쪽 손으로 자신의 박동을 확인했다. 그것은 확실히 지금 여기에 있음을 축복하는 심장 고동을 새기고 있었다.

그리고 그런 두 사람을 레굴루스만이 이해를 초월했다는 표정으로 보고 있었다.

"······허? 뭐야, 대체 뭐야? 자기들끼리만 알고, 주위는 못 따라가거든요? 방금 한 소꿉장난 아니면 촌극의 설명이나 해!"

레굴루스가 다가붙은 스바루와 에밀리아를 노려보며 분노에 눈을 번쩍이고 부르짖었다.

스바루는 그런 레굴루스를 보고 자그맣게 한숨을 내쉬었다.

"······너, 눈치 못 챘냐?"

"뭐어? 뭔 소리래? 아무 말도 안 해도 상대에게 눈치채라 알아채라 분위기 파악해라 그 소리? 그거, 타인의 사고를 속박하고 지배하는 침략 행위 그 자체로······."

"발, 젖었다."

"아앙?"

발작을 터트리려던 레굴루스. 스바루가 그 발밑을 손가락으로 지적했다. 레굴루스가 분개한 채로 그 손가락질을 눈으로 좇다가 자신의 신발을 본 순간, 의아한 표정을 지었다.

하얀 예복에 맞춘 하얀 신발. 그것이 발밑을 침범한 물에 젖어 더러워져 있었다.

그리고 그 사실이 무엇을 뜻하는지 뒤늦게 깨달은 레굴루스가 기겁했다.

"너희…… 컥?!"

간신히 사태를 이해한 레굴루스가 분노에 맡겨 팔을 쳐들었다. 하지만 거기에 하얗고 긴 다리가 우아하게 뻗으며 그 따귀를 호쾌하게 차 버렸다.

무방비하게 그 발차기에 직격당한 레굴루스가 비명을 지르며 물에 젖은 땅바닥에 처박혔다. 예복이 흙탕물에 더러워지고 걷어차인 얼굴에 신발 자국이 남았다.

"커, 풉……? 이, 이런 게…….."

믿을 수 없다고나 말하고 싶은 듯이 레굴루스가 멍하니 걷어차인 얼굴에 손을 짚었다. 아름다운 발차기를 날린 에밀리아가 그 레굴루스를 내려다보며 주먹을 불끈 쥐었다.

"됐다. ——이제야 맞았어!"

"너, 너, 너, 너어어어!"

에밀리아의 짧은 감탄에 레굴루스가 얼굴을 붉히며 격노했다.

일어서는 기세로 물을 건져 물보라의 산탄으로 에밀리아를 노리는 레굴루스. 하지만 발로 차인 충격이 가시지 않아 무너진 자세로 던진 물보라는 엉뚱한 방향으로.

그리고 도리어 텅텅 빈 레굴루스의 몸통에.

"아이스브랜드 아츠!"

"커푸라으아악!"

에밀리아의 손아귀에 생긴 얼음 망치가 골프 스윙의 요령으로 레굴루스를 때렸다.

내장이 살해당할 위력의 풀 스윙을 맞은 흉인의 몸이 등 뒤의 건물에 격돌했다. 벽을 뚫고 지나가지 않고 등으로 충격을 받으며 무너진 레굴루스가 대량의 피를 토했다.

그대로 피의 구토를 반복하는 레굴루스가 분노 어린 표정으로 스바루와 에밀리아를 노려보았다.

"어떻게! 어떻게어떻게어떻게어떻게! 너희는, 너희 따위가 어떻게 뭘 어째서 『탐욕』의 권능을! 내 권리르으으을?!"

"그만큼 보고도 모르겠다면 설명해 봤자 헛수고지. 뭐, 쉽게 말해, 그거야."

고함을 빽빽대는 레굴루스를 불쌍히 여겨 주면서 스바루는 자신의 고통을 숨기고 비웃었다.

페텔기우스에게 뒤지지 않을 만큼 흉악한 웃음으로.

"너, 깔보고 발컨질하다가 적에게 역습당한 거야."

"크악——!"

말뜻은 못 알아들어도 조롱의 의사만은 똑똑히 전해졌다.

레굴루스는 말이 못 되는 목소리로 절규하고, 에밀리아를 무시하며 스바루에게로 공격을 갈기려고 움직였다. 그러나 그것을 가만 보고 있을 에밀리아가 아니다.

"맨 처음, 신부들의 몫—— 제대로 맞아 줘."

"웃기지, 마아——!"

한 걸음 내디딘 에밀리아의 퍼 올리는 듯한 발차기가 레굴루스의 아래턱을 후려쳐 수직으로 날렸다. 이어서 비어 버린 몸통에 에밀리아의 장저가 직격, 얼음 망치로 찌부러뜨린 내장을 쥐어짜는 것 같은 강렬한 타격이 레굴루스를 벽에다 처박았다. 그리고 벽에 격돌한 레굴루스의 온몸에 에밀리아의 가련한 주먹이 폭풍처럼 꽂혔다.

"으야야야야야! 차압!"

깜찍한 기합성과 정반대로 에밀리아의 주먹 한 방은 뼈를 부술 만큼 무겁다. 그것을 무방비하게 무수히 얻어맞아 레굴루스의 안면이 한순간에 피로 물들었다. 등 뒤의 벽에 끼어 레굴루스는 쓰러지려 해도 쓰러지지 못한 채 샌드백 상태였다.

안면, 명치, 옆구리, 목 뒤. 에밀리아는 가차 없이 인체 급소를 파괴한다. 맹렬한, 그녀답지 않은 연격이 곧게 지른 정권으로 일단 끝나고——

"이걸로 끝! 53!"

가슴 중앙, 얄궂게도 심장 바로 위에 타격을 받아 관통한 충격파가 레굴루스의 등 뒤 건물 벽을 분쇄하고 그 몸을 비명과 함께 건물 속으로 처넣었다.

심상치 않은 타격의 폭풍은 맞았던 게 스바루라면 세 번쯤 죽었을 법했다.

그리고 그만큼 한 에밀리아가 만족했느냐면——

"신부들의 몫은 끝. 나머지는, 제대로 당해 줘."

뒤로 뛴 에밀리아가 손을 들자 레굴루스가 처박힌 건물을 에워싸듯이 밤하늘에 무수한 고드름이 전개되었다. 비살상의 파괴력 다음은 살상성이 높은 고드름을 통한 화력 집중—— 레굴루스는 밟아선 안 될 고양이 꼬리를 밟은 것이다.

그 죄업은 부드러운 에밀리아가 이렇게까지 격노할 지경이었다.

"_____."

건네는 말조차 없이 사출된 고드름의 폭풍이 레굴루스가 사라진 건물에 매섭게 돌진했다.

석조 건물이 파괴되고 얼음이 깨지는 소리가 울려 퍼졌다. 고드름의 날카로움은 칼날이나 다름없어 온몸에 맞으면 당연하게도 목숨은 없다. 깨진 얼음 조각이 하얀 안개를 만들어 내고 침수된 거리가 파랗게 얼어붙기 시작했다. 스바루가 무릎을 꿇은 가도 지역까지, 젖은 부분에 얼음 막이 쳐졌다.

스바루에게 배려했음에도 이만한 피해가 작렬한 환경이다. 그토록 얻어맞아 의식의 유무조차 미심쩍은 레굴루스에게 살아남을 가망은 없을 것이다.

그러나——

"……잘도, 설, 쳤겠다."

얼음의 탄막이 그친 뒤의 하얀 광경에 천천히 걸어 나오는 하얀 그림자가 있었다.

레굴루스가 예복 웃옷을 피로 더럽히고 딴판으로 변한 안면을 쓰다듬으면서 섰다. 그는 가쁘게 숨을 쉬고 이마에서 피를 흘리면서도 어디 꿰이지도 얼음덩이가 되지도 않았다.

마치 한순간만이라도 『사자의 심장』의 효과를 되찾은 것처럼.

"씨흑, 씩, 아, 하악……."

"──아! 그렇게 된 건가."

헐떡거리는 모습으로 가슴을 쥐어뜯는 레굴루스. 그 모습에 스바루가 이해했다.

『사자의 심장』의 효과는 심장이 자신의 내부에 있어도 통하는 것이다. 단.

"『무적화』하기 위해서 자신의 시간을 멈추면, 자기 안에 있는 심장도 멈춰야 하지. ──완전히 시간 제한이 딸린 『무적화』로군?"

"으, 으으으그으으!"

정곡이었는지 레굴루스가 가슴의 고통에 견디면서 표정에 증오를 띠었다. 시간 제한이 있다면, 에밀리아가 계속 물량으로 몰아붙이면 언젠가는 공격이 먹힌다.

그런 레굴루스 따위, 지상 최강의 공격력만 가진 잡병이다.

"저, 저기 말이야……! 너희, 비겁하다고 생각 안 해?!"

"앙?"

스바루가 피아 전력 차를 분석하는 중에 레굴루스가 삿대질했다. 급기야 레굴루스는 그 손가락을 에밀리아에게도 겨누고 두 사람을 번갈아 노려보았다.

"둘이서 한 사람을 괴롭히는 짓을 하고, 마음도 안 아파? 그거 인간으로서 중요한 부분이 이상 있는 거 아냐? 그런 자신들에게 의문은 안 솟나? 주저나 망설임 같은 게 있어야 하잖아!"

"……너, 진짜 끝내주네."

『사자의 심장』의 효과로 우위에 서 있었을 때 그토록 멋대로 말했으면서, 그 우위를 잃자마자 같은 입으로 자신의 불리를 들먹이며 상대에게 정당성을 호소한다.

스바루는 기가 막히는 것을 넘어서 아예 존경스러웠다.

이렇게까지 인간적 매력이 없는 존재와 향후 평생 다시는 만날 기회는 없으리라.

"즉, 넌 그거냐? 2대1은 비겁자가 아는 짓이니 1대1로 정정당당히 싸우자. 그게 바로 정당한 싸움이다, 그런 소리냐?"

"그래! 당연한 걸 당연하게 할 뿐이잖아? 내가…… 내가 누군지 알아?! 나는 마녀교 대죄주교, 『탐욕』 담당 레굴루스 코르니아스거든?! 이 세계에서 가장 충족되고! 굳건한 존재인데……!"

떨리는 목소리로 말하면서 레굴루스는 자신의 두 손을 빤히 바라보았다. 거기에 머무른 것에 매달리듯이. 스바루는 그런 모습에 눈을 가리고 싶은 심정이다.

그렇게 이미 말도 못하는 스바루를 대신해 에밀리아가 말했다.

"했던 말이 금방 바뀌고, 얘기 내용은 속이 없어서 잘 모르겠어. 나, 당신을 세상에서 제일 불쌍한 사람이라고 봐."

"──큭, 깝치지 마! 이 몸을…… 바보로 취급한 걸 후회하게 해 줄 거다!"

경멸에 대한 반론조차 바닥이 얕아 레굴루스는 거듭거듭 욕설을 내뱉었다.

스바루는 그 답이 없는 모습을 바라보면서 한숨을 내쉬었다. 레굴루스는 정말로, 최고로 우위에 선 입장에서 얻는 승리 말고 모르는 것이다.

아직 단시간이라도 『사자의 심장』을 쓸 수 있으면 승산이야 얼마든지 마련할 수 있다. 그런 판국인데 힘겨운 국면이 됐다고 반면을 구석구석까지 보지도 않으며 승부를 던졌다.

"인생 날로 먹다 보면 생각지 못한 곳에서 발목 잡히는 법이지."

그런 레굴루스의 자세에 스바루는 제 몸을 돌아보고 무심코 하늘을 우러렀다.

그리고——

"야, 레굴루스. 네 결투 신청, 받아줘도 좋다."

"——크! 그래, 그래야지. 물론 기사가 자신의 주인님 뒤에 숨어서 응원만 할 뿐, 그런 짓은 안 하겠지?"

레굴루스는 입맛 좋은 이야기에 달려들어 치졸한 교섭술로 자신의 우위를 끌어내려고 했다.

스바루와 에밀리아 중 어느 쪽 전투력이 높은지는 논의할 필요도 없다. 스바루를 먼저 죽이고 에밀리아의 동요를 끌어내면 승산이 보일지도 모른다.

없는 머리를 쥐어짜서 불필요하게 교활한 면을 발휘한 결과로서는 나은 발상이다.

다만 소인배 근성으로 스바루에게 이기겠다니, 그거야말로 만년 이르다.

외통수 반면에서 승리할 길을 발견하는 것이야말로 나츠키 스바루의 싸움에서 기초 중 기초다.

그런 의미로는 승부를 마주하는 시점에서부터 레굴루스는 스바루에게 지고 있었다.

"그러게. 기사가 싸우는 게 마땅하지."

"암, 그래. 그럼…….."

"그러니까, 재탕이 되겠지만—— 끝마무리는 맡기마."

스바루는 레굴루스도, 에밀리아도 아니라 가볍게 머리 위를 향해 말했다.

그 말에 레굴루스가 "뭐?" 하고 눈을 크게 떴다. 거기에——

"알았어. ——결투 신청, 기사로서 받겠다."

——다음 순간, 스바루와 에밀리아, 그리고 레굴루스가 보는 경치에 활활 눈부시게 빛나는 불꽃 색깔의 기사가 하늘에서 날아왔다.

"————."

밤하늘로부터 곧게, 스바루 쪽으로 내려선 『검성』—— 착지한 그의 발밑에서 침수된 가도가 증발하고 열파가 얼어붙은 세계에 원래 색을 되돌려 주었다.

그리고 그 따스한 변화의 중심에 라인하르트 반 아스트레아가 귀환했다.

라인하르트가 두르고 있는 것은 레굴루스의 가짜 신비와는 다른, 하늘에 사랑받은 자만이 내려받는 가호의 힘——.

"말도, 안 돼……. 하늘, 저편까지 내던졌는데…… 무, 무슨 수로……."

"확실히, 그건 좀 난감했어. 아무래도 하늘 저편에 던진 건 두 손 들었지. 다만 넌 딱 하나 실수했더군. ——나를, 달을 향해 던져서는 안 됐어."

"뭐?"

멍하니 레굴루스가 입을 벌렸다. 하지만 레굴루스가 그런 표정을 짓는 것도 당연하다. 방금 라인하르트의 발언은 다른 의미로 받을 여지가 없다.

설마, 달까지 날아가서 그걸 박차고 되돌아왔다고밖에 생각할 수 없는 코멘트다.

"루그니카 왕국 근위기사단 소속, 펠트 님의 첫째 기사, 『검성』의 계보── 라인하르트 반 아스트레아."

불현듯 표정을 다잡은 라인하르트가 허리의 검에 손을 짚으며 그렇게 이름을 밝혔다.

신상을 밝히며 정정당당한 일대일 결투를 청하는 자세다.

그것은 그 『창자 사냥꾼』 엘자조차 응답할 만큼 보편적인 결투의 예의── 그에 대해 레굴루스는 두 손을 앞으로 내밀고 외쳤다.

"자, 잠깐! 잠깐! 이런, 이런 건, 이상하잖아?!"

신성한 결투의 예의를 더럽히고 전사를 부정한 자를 『검성』은 용서치 않는다.

꼴사납게 발뺌하려던 흉인, 그 비명 같은 외침을 무시하고 일렁이는 불꽃이 눈 깜빡일 새에 사라졌다. ──그때, 검격이 번쩍였다.

빛과 같은 검광이 레굴루스의 가랑이 아래로 들어가 그 몸을 대각선으로 그었다. ──레굴루스는 소리조차 지르지 못한 채로 아득한 상공을 향해 사출되었다.

자기 자신이 실컷 파괴한 수문도시, 그 전경을 내려다볼 수 있을 정도의 높은 하늘로 올라간다.

　비명도 욕설도 아닌 목소리를 수문도시의 밤하늘에 메아리치면서――.

# 제6장 『레굴루스 코르니아스』

## 1

　말도 안 돼, 말도 안 돼, 말도 안 돼. 뭐가 어떻게 된 거야. 의미를 모르겠어. 왜 내가 이런 꼴을 당해야만 하는데. 내가 누군 줄 아는 거야. 나는 마녀교 대죄주교 『탐욕』 담당, 레굴루스 코르니아스다. 이 세상에서 가장 충족되고! 가장 개체로서 완성된! 심신 모두 흔들릴 여지 없는 존재! 그럴 텐데 왜 이런 꼴을 당해야만 하는 거냐고! 까불고 앉았어. 말 같지도 않아. 이놈이고 저놈이고 왜 이런 영문 모를 부조리를 당연한 것처럼 받아들이는 거야 정신이 나간 거 아닌가. 그 남자도 그 여자도 그 기사도 내가 좀 자비를 보여 줬더니 우쭐해 가지고, 내가 진짜 실력을 보였으면 처음부터 가루가 났는데 자신들의 힘인 줄 착각하고 있는 거 아니야? 내가 보면 우스꽝스러운 그런 착각을 부끄러운 내색도 없이 할 수 있으니 싫다고 남이랑 엮이는 건! 번잡해 짜증 나 열 받아 가증스러워 밉살맞아 징그러워 야비해 끔찍해 굼벵이 놈들. 나는 줄곧 줄곧 여태까지 잘 해내 왔어. 몇 년이고 몇십 년이고 백수십 년이고 줄곧 이렇게, 다른 바보들과 달리 대죄주교로서 끝까지 잘했어.

처음 마녀인자에 선택받아 권능을 손에 넣고, 수입도 안 좋으면서 술독에 빠진 아비와 꿍얼꿍얼 매일매일 불평불만만 떠드는 재주밖에 없는 어미와 내 몫에 눈을 빛내던 비열한 형제들을 몰살하고, 나를 우습게 보던 동네 놈들도, 나를 그런 답이 없는 동네와 집에 밀어 넣은 마을 놈들도, 애초에 그런 마을과 동네를 손 놓고 방치하던 무능한 놈이 운영하던 나라째 전부 없애 버리고, 전부 지우고 비로소 나의 나다운 삶의 방식을 깨달았단 말이야! 아무것도 필요 없거든. 죄다 번잡할 뿐이라고. 충족되어 있단 말이야. 안 가졌던 게 아냐. 필요 없었던 거라고. 생색이나 내는 쓰레기들. 나는 아무것도 필요 없었어. 그런데 뭔가를 받으면 그건 내가 남이 봐서 결여되고 부족하고 가운 존재라고 말하는 거랑 똑같잖아. 필요 없던 것을 떠넘기는 놈들의 씨를 말리고, 충족된 내게 아무 말도 안 하는 인간만이 이 세계에 있으면 그만이야. 이놈이고 저놈이고 자기 멋대로 떠들어대긴, 개같이. 나를 동정할 권리는 누구에게도 없어. 내가 동정받았다고 절망하게 할 권리는 누구에게도 없어. 누구든 그러게 할까 봐. 나는 아무것도 필요 없어 안 바라. 수입도 안 좋으면서 술독에 빠져 가끔 선물을 사 오는 아비 따위 똥 같아. 죽어. 매일매일 불평불만만 떠드는 재주밖에 없는데 고생시켜서 미안하다며 당연한 소리를 반복하는 어미 따위 똥 같아. 죽어. 내 몫에 눈을 빛내면서 내 배가 울었을 때는 자기 몫을 주려고 드는 비열한 형제들 따위 똥 같아. 죽어. 하지 마 개새끼들아. 맘대로 나를 다정하게 대했겠다. 타인을 업신여기는 놈 따위 똥 같고, 타인은커녕 가족을 업신여기는 녀석들은 인간 이하라고 멸시받는 게 당연하잖아. 죽는 게 당연하지. 난 잘못 없어. 아무 잘못 없어. 너희가 잘못한 거야. 너희가 나를 동정하고 불쌍하다며 혼자로 만든 거야. 자신이 세상에서 제일 속절없이 비참한 존재라는 생각이 드는 감각을 너희도 맛봐라. 웃음소리가 들려. 날 보는 거겠지. 날 보고 비웃는 거겠지. 내 어디가 우습냐? 내 어디를 보고 웃었어. 실실 웃지 마. 주둥이만 잘 돌아가는 쓰레기들. 내 아내는 안 웃었어. 내 첫 아내는 뭘 해도 안 웃었다고. 그냥 예쁜 얼굴로. 어릴 적부터 줄곧 봐 온 예쁜 얼굴로, 줄곧 날 보고 있었어. 내 가족을 죽이고 아내의 가족을 죽이고 아내에게 추근거리는 인간을 죄다 싹 다 죽이고, 단둘이서 항상 그녀는 한 번도 안 웃었어. 그러면 돼. 아내는 안 웃어도 된다고. 웃지 못한 게 아냐. 안 웃어도 되는 거야. 안 웃는 얼굴이 예뻤으니까, 안 웃어도 되는 거야. 가만. 왜 웃어. 그만둬. 왜 마지막 순간에만 비웃지? 비웃지 마. 비웃지 마. 비웃지 마. 내가 무슨 혼자야. 너는 내 아내면서 왜 내가 혼자가 되는 걸 꼴좋다고 비웃지? 웃기지 마! 날 동정하지 마 헐뜯지 마 불쌍한 건 내가 아니라 너희라고 무력하고 무지하고 그런데도 『탐욕』스러운! 부족한 자신을 채우려고 평생 빌빌 기는 너희야말로 동정받아 마땅한 『탐욕』이라고! 나는 달라 나는 그렇지 않아 나는 아무것도 안 원해. 아무것도 바라지 않는 나는 부족한 너희보다 잘났어. 사실은 내가 부러워서 못 견디면서 샘나면서 동경하면서 속이 타면서, 손이 닿지 않으니까 오기나 부리는 거지? 그렇지 그런 거지 당연히 그렇겠지. 잠깐, 기다려, 기다려 봐. 그만해. 날 보지 마 내 이름을 꺼내지 마날 가지고 얘기하지 마. 좋은 말이든 나쁜 말이든 하지 마. 내게 주목하지 마. 나를 내버려 둬. 개체로 완결했으면 마음은 짓밟히지 않고 끝나는데 왜 너희는 접촉하려고 그러는데. 서로 이해 못한다고. 너도 나도 다른 인간이라고. 합리적이지가 않아. 불가능하다고. 머리 이상한 거 아니냐. 냉정해지면 알 거잖아. 나 외의 모든 인간이 열에 들떠 있을 뿐이야. 타인을 바라는 것이야말로 무익하고 무위하고 무의미한 짓이라고 못 깨닫냐. 너희가 사랑이니 연애니 우정이니 신뢰니 바보처럼 반복하는 말 따위 전부 환상이라고. 생식 활동 따위 최고로 소름 끼치는 행위 그 자체다. 의미를 모르겠어. 뭐 때문에 해? 반려든 자식이든 간에 가족이란 말로 꾸며도 다른 존재, 역겨운 다른 생물이다. 그게 살아 있어서 내게 무슨 의미가 있는데. 아무것도 없어. 있을 수 없지. 사랑이나 연애는 사람을 못 구해. 사람은 원래 혼자야. 서로 이해하는 것도 통하는 것도 환상이야. 인생은 배려와 타협의 저울을 맞출 뿐인 시답잖은 장난이지. 타인에게 모멸당하는 것도 어처구니없으니까 아름다운 여자를 모아서, 선택한 상대에게 배신당하는 것처럼 얼빠진 짓도 없으니까 처녀로 통일하고, 그 이상 뭘 하란 건데. 아무 소리 지껄이지 마. 날 이만큼 침해해 놓고. 난 잘못 없어. 난 잘못 없어 난 잘못 없어 난 잘못 없어 난 잘못 없어 난 잘못 없어 난 잘못 없어 난 잘못 없어 난 잘못 없어 난 잘못 없어 난 잘못 없어 난 잘못 없어 난 잘못 없어 난 잘못 없어 잘못 없어 잘못 없어 잘못 없어 잘못 없어 잘못 없어——!

## 2

"꺼, 어어어억——!"

올라간다, 올라간다, 강풍을 휘감고 레굴루스의 몸이 밤하늘
로 날려 올라간다.

가랑이로부터 충격이 들어온 순간, 레굴루스는 『사자의 심
장』을 발동해 자기 육체의 시간을 멈추어 무적 상태에 들어갔
다. 그 결과 검격은 무효화되었지만——

"꾸엑……."

레굴루스는 격통에 목구멍에서 비명을 흘렸다. 시야가 새빨
갛게 물들었다.

『작은 왕』이 발동하지 않는 상태에서 『사자의 심장』의 효과
는 5초가 한계다. 그 이상 육체의 시간을 멈췄다간 심장이 멎어
버릴 가능성도 있다.

덤으로 『사자의 심장』을 해제해 멈추던 심장이 단숨에 움직
일 때의 고통은 회피할 수 없다. 아픔이나 괴로움 따위, 백수십
년만의 감각이었다.

이런 걸 떠안고 살다니 다른 놈들은 진심으로 미쳤다고밖에
생각할 수 없다.

"까불고, 앟……."

피를 토할 것만 같은 증오가 꼬리를 끌 듯이 수직 위의 밤하늘
로 날아간다. 날아가는 육체는 무방비한 채로 마침내 도시를 한
눈에 내다볼 고도에 도달했다.

수문도시 프리스텔라, 경치가 좋기로 유명한 물의 도시——
거기서 신부의 공석을 메운다고 『복음서』에 기록되었을 때는
오로지 행운에 가슴이 설레었건만.

"이런, 말 같잖은 전개가 어디 있어어어!"

그토록 고생해서 모은 신부를 전부 잃고, 『탐욕』이란 지위까
지 위협받아, 말만 앞서는 망할 꼬마에게 욕을 먹고, 첫눈에 반
했던 상스러운 악녀에까지 동정받았다.

이만한 굴욕은 없다. 이만한 치욕은 맛본 적이 없다. 이런 신
경 곤두서는 경험을 맛보고 싶지 않아서 자신은 대죄주교 노릇
을 해 먹던 게 아닌가.

그런데 이런 꼴을 당하다니, 이야기가 다르다.

"이젠, 이젠, 이젠……."

살살 하자는 생각은 때려치웠다. 자비를 베추는 것도 이제 끝
이다. 상대가 『사자의 심장』의 권능을 해명한 것이나, 그 『검
성』이 있다는 건 관계없다.

고작 5초라도 『무적』의 시간이 있으면 레굴루스에게는 얼마
든지 적을 죽일 방도가 있다. 절망하는 얼굴이나 단말마를 즐길
수 없으니까 일부러 안 했을 뿐.

『사자의 심장』의 발동 중, 레굴루스는 마음만 먹으면 이 세상
모든 법칙을 무시할 수 있다. 그 수법을 이용하면 개념에 얽매
인 존재 따위 레굴루스의 적이 못 된다.

가령 『사자의 심장』의 효과를 모래에 적용해 도시 상공에서 닥치
는 대로 뿌리기만 해도 섬멸하기에는 족하다. 도시에는 다른 대죄

주교도 있지만 그딴 놈들이 살든 죽든 알 바가 아니다. 지금 이 순간, 자신이 이 굴욕에서 벗어나는 것 이상으로 중대한 일이 있을쏘냐. 이겼다고 으스대는 바보들의 얼굴을 공포로 덧칠해 주마.

이 어이없는 상승이 멈추고 레굴루스가 지상에서 모래를 주웠을 때가 놈들의 최후다. 그때까지 열심히 허울뿐인 승리의 예감에 잠겨 있으면——

"——어흑?!"

원망의 말을 하염없이 읊던 레굴루스가 등에 충격을 받아 비명을 질렀다.

공중, 레굴루스가 상승하는 기세는 급속히 멈추어 억지로 밤하늘에 붙들렸다. 그것도 마치 하늘 위에 있던 누군가가 발로 막은 감각으로.

"본래의 결투라면 싸울 의지를 잃은 시점에서 나도 검을 거둘 참이지만."

그 목소리의 주인은 레굴루스의 등에 발을 싣고 그렇게 내뱉었다.

"————."

자신의 등을 밟고 공중에 서 있는 존재. 그것이 누구인지 한순간에 레굴루스는 이해했다. 이해함과 동시에 아연실색했다. 이곳이 지금 어디인 줄 아는가.

구름과 나란한 고도까지 자신이 올려친 레굴루스보다 빠르게 어떻게 도달했단 말이냐.

"자랑이 아니지만 각력에는 자신이 있거든. 구름 위를 날던

비룡의 등에 지상에서 뛰어오른 적도 있지."

"괴, 괴물 놈……!"

"그래. 나는 괴물을 사냥하는 괴물. ──너도, 운명을 받아들일 순간이다."

라인하르트의 발이 등에서 떨어졌다.

직후, 레굴루스의 결코 깨어난 적이 없던 생존 본능이 영혼에 호소했다. 백수십 년의, 대죄주교로서 보내던 삶 속에서 한 번도 맛본 적이 없는 감각.

──『죽음』의 직감에 『사자의 심장』이 발동한 순간, 공격이 왔다.

레굴루스의 등 한복판에 라인하르트의 벼락 같은 수도가 들어갔다.

명검의 예리함조차 능가하는 일격이지만 레굴루스는 『사자의 심장』의 효과로 상처는 입지 않았다. 단, 눈 아래를 향해 무시무시한 기세로 추락한다.

"으, 아아아악──!"

레굴루스는 쭉쭉 다가오던 지면에 안면부터 격돌했다. 하지만 여기서도 『사자의 심장』의 효과는 건재, 물에 삼켜지듯 육체가 지면을 도려내었다.

그대로 레굴루스의 몸은 일직선으로 포석을 관통해 단단한 암반을 지나 대지에 침입했다. 무저항으로 지면의 굴삭 작업을 진행하다가 퍼뜩 레굴루스는 깨달았다.

이, 낙하 속도를 막을 방법이 없다.

본래라면 레굴루스는 자신이 접촉한 사물의 시간을 멈추고 자신의 육체가 그것을 파괴하지 않도록 자연스럽게 권능을 제어하고 있다. 하지만 『작은 왕』과의 연계가 끊어져 의식적으로 『사자의 심장』을 조종할 필요가 있는 지금, 자신의 육체 외에 간섭하기는 어렵다.

　이대로는 기세가 멎지 않아 레굴루스의 몸은 끝없이 떨어지다가 이윽고 대지 바닥에 도달한다. 그 경우, 자신은 어떻게 되는가.

　솔직히 대지에 바닥이 있는지 생각도 해 본 적이 없지만, 세상 끝에는 대폭포라고 불리는 끝자락이 있다. 가로에 한계가 있다면 세로에도 한계가 있는 게 이상하진 않다.

　그렇다면 바닥을 뚫고 간 자신은 대폭포가 떨어지는 미지의 장소로 가는가.

　"그런 걸, 허용할 수 있을 리…… 욱?!"

　말 그대로 바닥 모를 공포에 레굴루스가 숨이 턱 막힌 순간, 심장의 한계가 왔다.

　멈춘 지 5초가 경과했다. 위기 신호가 뇌를 달구어 레굴루스는 자기 판단을 망설였다. 5초 이상 심장을 자신의 체내에서 멈춘 적은 없다. 최대로 몇 초, 10초는 무리일 것이다. 그리고 시간을 연장해 봤자 파고드는 거리가 늘기나 할 뿐이다.

　그러나 지금, 지면을 잠행하는 이 상태에서 권능을 해제하면 어떻게 되나.

　——고민할 시간은 없다. 심장을 지나치게 멈춰서 죽다니, 어처구니없는 데도 한도가 있다.

"으, 으으으으, 으으으으으――!"

레굴루스는 딱딱 부딪치려는 어금니를 꾹 깨물고 각오를 다졌다.

레굴루스는 심장 고동의 재개를 강하게 호소하는 가슴을 누르고 『사자의 심장』의 효력을 해제, 『무적화』가 풀리고 육체의 강도와 물리 법칙은 원상복구되어――

"뿌엑――?!"

온몸의, 뼈가, 으스러졌다.

그렇게 생각할 정도의 충격이 인정사정없이 레굴루스의 온몸을 짓뭉갰다.

당연하다. 레굴루스의 몸은 자유낙하를 아득히 웃도는 속도로 지면에 침입해 그 기세가 조금도 죽지 않은 채로 땅속을 파고들고 있었다. 몸이 산산조각 나지 않고 그친 건 파고드는 땅 속에 사지가 날아갈 정도의 공간적 여유가 없었기 때문일 뿐이다.

"어, 어으……."

공허한 목소리가 나온다. 레굴루스는 완전히 찌부러진 눈에서 피눈물을 흘렸다. 충격은 레굴루스의 육체를 세로로 관통해 그 몸의 기능을 모조리 파괴했다.

과장 없이 온몸의 뼈는 으스러지고 뱃속 내용물도 흐물흐물 진탕이 되었다. 티 하나 없던 백발은 피와 진흙으로 범벅되고 뭉개진 하복부에서는 분뇨가 질질 흘러나오고 있었다.

이미 그곳에 있는 건 인간으로서의 원형이 망가진 고깃덩이였다.

그러나 놀랍게도 고깃덩이에는 아직 숨이 붙어 있었다.

"어, 어어으……."

끔찍스러울 정도의 삶에 대한 집착── 아니, 이건 집념이 아니라 원념이라고 불러야 할 것이다.

살기를 바라는 집착이 아니다. 있는 것은 그저 머리 위에 자리 잡은 산 자에 대한 원망. 이렇게까지 되고도 이것을 움직이게 떠미는 힘은 알맹이 없는 허영심.

내가, 진지하게 나서면, 너희 따위. ──그뿐이다.

"으어, 으."

하지만 그 집념을 얕잡아 보지 말지어다.

그 생애를 '동정받지 않는 것'에만 소비한 존재는 백년 이상을 걸쳐 가다듬어 배배 꼰 심성에 한 점도 흠을 내지 않고, 자신의 생존에 최적의 판단을 내렸다.

"어흑, 에윽."

극히 단시간의 『사자의 심장』의 운용. ──레굴루스는 5초뿐인 효과 시간을 이용해 맨손으로 대지를 파서 지상으로 돌아가려는 행동을 개시했다.

5초. 권능이 효과를 발휘하는 동안은 육체의 고통이 사라진다. 5초 뒤에는 또다시 지옥이 돌아와 다음 5초가 천국으로 여겨질 정도의 고통을 반복하고 반복하며 맛본다.

맛보면서, 레굴루스의 뇌리를 지배하는 것은 지상의 쓰레기들에게 품은 망집이었다. 지금쯤 지상에선 구더기들이 레굴루스를 쓰러뜨렸다고 들떠서 신이 나 있으리라.

용서 못한다. 용서할 수 있을 턱이 없다.

깔보는 건, 업신여기는 건, 동정하는 건 견디기 어려운 고통이다. 자신이 살아 있는 동안의 중상 비방은 물론, 사후에라도 용서할까 보냐. 아아, 그래. 잽싸게 해치워 버릴 걸 그랬다. 눈에 띄는 것 안 띄는 것 전부 몰살했으면 아무도 자신의 험담은 못한다. 처음부터 그럴 걸 그랬다. 이제 다음엔 실수하지 않겠다. 지상에 올라가 그 셋을 죽이면 남은 건 전부다. ——몰살이다.

"크히."

지상으로 돌아갔을 때, 녀석들이 진지해진 자신에게 목숨 구걸하는 모습이 기대되기 그지없다. 특히, 자신을 계속 바보로 취급하던 그 여자만은 진심으로 욕보여야만 한다.

79번째의 아내, 그럴 예정이던 여자. 애초에 그 번호가 원래 주어졌던 건 한적한 숲에 있던 엘프 여자로, 거기에는 가증스러운 페텔기우스도——.

——.

————.

아아아아아. 아아아아아아아아아아아. 아아아아아아아아아아아아아.

생각났다. 지금 생각났다.

그 여자! 그 여자다! 아냐. 그때 그 꼬마다!

79번을 맞이하러 갔을 때, 그 주위를 쫄랑거리며 울부짖던 그 꼬마야! 그때의 꼬마가 지금 그 여자가 된 거야!

첫눈에 그 공석을 그 여자로 메우려고 마음먹은 이유를 알았다. 단순한 이야기다. 그 딸이 어미 대신 갚는 게 당연했던 거지.

그건 나를 바보로 만들었던 79번과, 굼벵이 페텔기우스가 소중히 여기던 꼬마였어. 왜 더 일찍 깨닫지 못했지? 아니, 지금 잘 깨달았어.

깨닫지 못한 채로 죽였더라면 내 마음의 상처는 아물지 않았어. 분명하게, 녀석들의 죄를 인정한 지금이기에 죽일 만한 가치가 있지. 이 굴욕에 보답할 달성감이 있지.

오랜만에 자각했다. ——욕망을, 채울 의미가 있다고.

더럽혀 주마, 79번. 빼앗아 주마, 페텔기우스.

너희가 소중히 여기던, 나를 불쌍하다고 동정하던 그 계집애를.

"아, 히힛."

목구멍에서 터지는 충동에 레굴루스는 환희로 끓었다.

치아도 거의 잃은 채 너덜너덜한 입술을 뒤틀며 웃는다. 살아갈 희망이 솟았다. 자신을 모욕한 녀석들이 필사적으로 남긴 존재를 잡아 뜯는다는 기쁨이 있다.

기어오르고, 기어오르고, 기어올라서, 그리고——

"——?"

지상을 향해 파고 나가던 레굴루스는 별안간 손 끝에 위화감을 느꼈다. 정상적인 형태를 잃은 오른손을 끌어당기고 피와 진흙덩이가 된 그것을 찌부러진 안구에 비추었다. 그, 거무칙칙한 손가락의 표면이 어렴풋이 피가 아닌 것에 젖어 있었다.

핥아 본다. 떫은 진흙 맛이 났지만 그건 아무래도 물이었다.

물. 물이다. 물이라고 이해하자마자 레굴루스는 목의 갈증을 깨달았다. 한 방울로는 부족하다. 목을 축이고 배를 채울 만한 물이 필요하다. 『사자의 심장』의 효과가 끊어져 육체가 흐르는 시간 속으로 돌아온 레굴루스는 백년 이상의 공백을 거친 식사의 기회를 바랐다.

지금은 물만이라도 좋다. 극상의 맛이 저기에 있다.

그렇게 생각한 직후, 레굴루스가 바란 대로 물이 쪼르르르 머리 위에서 흘러왔다.

"하푸, 하푸."

흙 맛이 나는 물을 빨아댔다. 치아는 없어지고 혀도 끊어져 한없이 피가 넘치는 입 안이라도 맛있는 물맛은 알 수 있었다. 충족되었다. 그런 기분이 들었다.

──흘러드는 물의 양이 단숨에 불어서 땅을 파던 레굴루스의 몸이 다시 구멍 밑까지 떨어진 것은 그 만족감 직후였다.

"아, 으, 어어?!"

흘러든다. 흘러들어 온다. 도망칠 곳 없는 땅 속에 물이 끊임없이 흘러든다.

단단한 암반에 둘러싸인, 쓸데없는 공간이 없는 지저다. 눈 깜빡할 새에 레굴루스의 몸은 흙내 나는 물 속에 잠겨서 자유를 잃고 말았다.

──이때, 무슨 일이 일어났는지 레굴루스는 전혀 이해하지 못했다.

이것은 그의 머리 위, 수문도시 프리스텔라의 대수로에 흐르던 물이다.

라인하르트의 일격으로 포석을 뚫고 땅속에 파고든 레굴루스. 그의 몸이 만들어 낸 땅 속의 길에 그 자신이 파괴하고 침수

시킨 수로의 물이 흘러들어 온 것이다. 그 물은 그치지 않고 구멍에 쏟아져 흉인을 수몰시킨다.

마치 아름다운 거리를 파괴당한, 도시 자체의 분노를 체현하는 것처럼.

"끕, 푸악."

물론 바야흐로 물에 빠진 레굴루스가 그 사실을 알 일은 없다.

땅속에서 물고문을 당하던 레굴루스는 폐에 침입하는 물의 압력을 두려워해 필사적으로 버둥거려 달아나려 했다. 그러나 땅속에서는 팔다리를 흔들 유예조차 없어 그가 할 수 있는 일은 진흙 속에 웅크려 『사자의 심장』으로 생명을 지키는 것뿐이다.

『사자의 심장』을 발동하는 중에는 호흡 곤란의 고통을 맛보지 않아도 된다. 파괴된 육체의 고통도 그때만은 제거되었다.

하지만 『사자의 심장』은 5초 이상 유지되지 않는다.

심장의 한계를 느끼면 『죽음』에 대한 공포가 레굴루스를 다시 물고문의 지옥으로 되돌린다.

번갈아 찾아드는 『죽음』의 유혹.

양쪽 다 선택할 수 있을 리 없다. 양쪽 다 거절해야만 한다. 그러나 레굴루스에게는 그 방책이 없다. 궁지를 벗어난 경험이 없다. 있는 것은 불평불만뿐.

『사자의 심장』은 몇 번이든 발동할 수 있지만, 호흡 쪽은 그럴 수도 없다. 그리고 『사자의 심장』을 재발동하려면 몇 초의 간격을 둘 필요가 있다.

죽음이 다가든다. 『무적』과 『빈사』가 5초 간격으로 전환되며, 죽음이 시시각각 다가온다.


심정지. 익사. 심정지. 익사. 심정지——. 익사——.


무한하게 이어지나 싶을 만큼 끝없이 끊임없이 다가드는 아픔
과 괴로움.

레굴루스는 입을 벌렸다. 벌린 입으로 물이, 진흙이 흘러들었
다. 그것에 폐와 내장을 범해지면서 레굴루스는 외쳤다. 소리
가 못 되는 목소리로 외치고 외쳤다.

인간의 이름이 아니다. 이 상황에서 최후에 부를 누군가의 이
름 같은 건 있지 않았다.

대답은 없다. 아무도 그의 곁에 없다. 최후의 순간, 혼자다.

그런데도 외치고 외쳤다. 이 외침으로 온 세상의 사람이 죽으
면 좋겠다고 원한을 담아서.

자신이 죽은 다음에 비웃음 사는 건 절대 사절이다.

그 계집애가 어미와 페텔기우스의 원수를 갚았다고 떠드는 것
도 사절이다.

그 계집애가 레굴루스의 죽음을 기뻐해 폴짝 뛰고 감격한다고
생각만 해도 구역질이 난다.

인생의 목표, 사는 방침, 그것을 달성한 것처럼 행동할 게 뻔
하다.

레굴루스의 죽음으로 자신의 인생은 움직이기 시작한다. 빛
나기 시작한다.

도리에 안 맞고 생뚱맞고 심히 논리에 맞지 않는 기쁨으로 레굴루스의 죽음이 뭔가의 계기가 되는 양 넋두리하며, 자신을 채울 이유로 삼다니, 견디기 어렵다.

　자신의 죽음이, 그 계집애의 마음에 크고 큰 영향을—— 억.

3

　포석을 깨트리고 땅속으로 잠긴 레굴루스 코르니아스.

　흉인이 자신의 몸으로 만들어 낸 무덤에 수문도시의 물이 대량으로 흘러들었다. 그 흉인의 생사는 불명이지만 『사자의 심장』의 효과는 오래가지 않는다. 어디에 있든 효과가 끊어진 순간에 온몸은 찌부러지고 도망칠 곳은 이 물이 막는다.

　강력한 권능에 빠진 흉인은, 자신이 파괴한 도시의 반격에 빠져 끝나는 것이다.

　"……에밀리아땅, 개운치 않은 표정이네."

　그런 레굴루스의 무덤을, 에밀리아는 어딘가 마뜩잖은 표정으로 바라보고 있었다. 그녀의 옆얼굴에 떠오른 희미한 우려, 그것이 걱정되어 스바루는 말을 걸었다.

　그 흉인에게 동정할 점이라곤 한 톨도 없다. 그 점에는 에밀리아도 동의했을 테니, 땅속의 말로에 가슴이 아파할 일은 없지만——.

　"에밀리아땅이 착한 건 좋은 점이지만, 이놈에게까지 그 마음을 보내는 건 잘못이라고 봐. 방법이 없는 놈도 역시 있긴 있어."

　"……걱정해 줘서 고마워. 근데, *그*세 아냐. 그게 아니라."

마음 써 준 스바루의 말에 에밀리아는 느릿느릿 고개를 가로저었다. 그런 뒤 잠시 침묵하던 그녀는 긴 속눈썹이 둘러친 눈꺼풀을 내리깔면서 말했다.

"레굴루스, 말인데…… 나, 처음 봤을 때부터 어디선가 만났던 기분이라서."

"초면이 아니었다는 거야? 그렇다면, 언제."

"그게 있지. 기억이 안 나."

스바루의 물음에 에밀리아는 갸웃거렸다.

──그것은 공교롭게도 땅속에 잠긴 레굴루스가 절규한 것과 같은 타이밍이었다.

닿지 않은 외침으로 에밀리아가 자신의 죽음을 기뻐하지 않기를 빌던 흉인.

모친의 죽음과 은인의 표변, 그 양쪽에 관련된 자신의 존재는 소녀에게 잊기 어려운 인생의 쐐기이며, 그런 자신의 죽음이 그녀를 채우는 것 따위 절대 거절한다고.

그런 흉인의, 지상까지 닿지 못한 최후의 소원은──.


"──레굴루스는 나랑 어디서 만났을까."


레굴루스 코르니아스가 에밀리아에게 남긴 영향이라곤 하나도 없다.

그런 얄궂은 형태로 똑똑히 이루어진 것이다.

# 4

하얀, 하얀 빛이 보였다.

따스하고 부드러운, 몹시 편안해지는 빛이 보였다.

이렇게나 온화한 기분으로 아침을 맞이하는 건 얼마만일까.

잠에서 깨어날 때는 언제나 우울했다. 끝나지 않는 악몽 속에 있던 나날에는 안녕이라곤 어디에서도 바랄 수 없어서.

분명, 언제까지고 영원히, 그 어둠은 개이지 않는 것이라고 믿고 있었기에.

그렇기 때문에 이 빛은 이렇게나 사랑스럽고 이 가슴을 태우는 것일까.

"──얘, 일어나."

누군가의 목소리가 들린다.

하얀 빛 저편에서 누군가가 자신을 부르고 있다.

그 목소리의 인도에 따라서 부모에게 손이 이끌리는 아이 같은 심경으로 어둠을 지나갔다.

멀리 보이던 하얀 빛이 이윽고 시야를 가득 메우고──

"_____."

"잘 잤어? 잠꾸러기도 그만 일어나야지."

눈을 뜬 저편에서, 은발 소녀가 쑥스럽게 웃으며 그렇게 말해 주었다.

# 5

파르스름한 빛이 녹아들 듯 풀려나가고 얼음의 결계가 그 형상을 잃었다.

반파된 성당을 휩싸고 있던 얼음은 빛의 입자로 변하고, 뿔뿔이 흩어지는 마나는 춤추는 미정령들에게 감싸여 똑똑 빗방울처럼 사라졌다.

환상이 환상에 삼켜져 사라지는 광경은 보는 이의 마음에 어딘가 처량한 감정을 품게 했다.

무심코 눈물샘이 자극받아도 이상하지 않을 광경이지만, 그녀들이 몸을 맞대며 흐느끼는 이유는 그게 다가 아니리라.

그녀들의 인생, 그 가장 빛나는 시간을 옭아매던 악몽에서부터 해방된 것이다.

"그건 그렇고 내 에밀리아땅은 대단하기도 해."

미소를 띠면서 스바루는 만족스럽게 중얼거렸다.

시선 앞에는 에밀리아와, 그녀에게 울며 매달리는 신부——전 신부들의 모습이 있었다. 드레스를 입은 여성의 수는 딱 53명. 한 명의 결원도 나오지 않았다.

에밀리아가, 스바루가 떠올린 최악의 상상을 배신해 멋지게 해냈기 때문이다.

"……이 결과는, 나로선 찾지 못했어. 신부와 심장이 동화되어 있다고 들었을 때는, 신부들을 안 죽게 하고 어떻게 할 방법은 없는 줄로만 알았으니 말이지."

신부들의 생명을 빼앗아 『작은 왕』을 벌거벗은 임금님으로 끌어내린다. 그 외의 방법으로 레굴루스는 막을 수 없다고, 스바루는 희생을 반쯤 진심으로 각오했었다.

　그런 스바루와 다르게 에밀리아는 포기하지 않았다.

　레굴루스 상대로 목숨 걸고 시간을 벌었다고는 해도 다른 수단은 없다고 사고를 정지한 스바루 대신에 에밀리아는 자기가 가진 수단과 하염없이 대치했다.

　그리하여 그녀는 이 결과를 뽑아낸 것이다.

　"이번은 완전히, 에밀리아땅에게 빼앗겼군."

　"후훗, 그렇지 않아."

　성당 구석에 주저앉은 스바루 곁으로 방금 중얼거림을 주워들은 에밀리아가 다가왔다. 하얀 드레스는 쭉 찢어지고 사투를 극복한 은발은 꽤 엉망이었다. 그럼에도 싸움을 마치고 달성감을 표정에 드리운 에밀리아는 여전히 고왔다.

　"하아, 귀여워……."

　"그래? 이렇게 다 찢어진 복장인데……."

　"찢어진 건 찢어진 것의 장점이 있는 거야. 에밀리아땅은 싸울 줄 아는 히로인이니까 싸운 뒤의 모습이 매력적인 건 당연하다고. 하지만 지켜야 할 일상의 상징 같은 히로인이기도 하니까 내게 보내 주는 웃음도 귀여워. 즉, 내내 귀여워."

　"미안. 무슨 말을 하는지 좀 모르겠어."

　싸움이 끝나서 꽤 신난 스바루의 넉살에 에밀리아가 쓴웃음 지었다. 그런 에밀리아의 등 뒤, 스바루는 해방된 신부들에게 눈길을 주고 물었다.

"괜찮겠어? 아직 신부들, 에밀리아땅에게 감사를 덜 전했다는 표정인데."

"놀리지 마. ……나, 모두에게 잘난 척 말 못하는걸. 순간적으로 잘됐으니까 망정이지, 정말로 위험한 선택을 모두에게 하게 했으니까."

"하지만 아무도 안 죽었지. 모두 살아 있어.──그게 제일이야."

그 결과야말로 제일, 그것이 무엇보다 최상이다.

"그 점에서 나는 잘한 게 없단 말이지. 내내 도망만 다녔고."

"아, 또 그런 소리. 그거, 스바루의 엄─청 나쁜 버릇이야."

에밀리아가 자기 허리에 손을 짚고서 자기 평가가 낮은 스바루를 나무라듯이 노려보았다. 그녀의 시선은 스바루가 곳곳에 입은 상처, 특히 붕대를 감은 오른쪽 다리로 쏠렸다.

"상처투성이고, 많이 무리하고…… 스바루가 노력해 주지 않았으면 지금쯤 다들 끝장이었어. 레굴루스의 약점을 알아챈 것도 스바루잖니?"

"마지막 한 수는 에밀리아땅이잖아. 용케 떠올렸더라. 신부들을 얼음에 담아서, 그걸로 가사상태로 만들다니."

"그 왜, 나도 얼어 있던 시간이 길었으니까."

에헷 하는 느낌으로 에밀리아가 혀를 내밀고 멋쩍게 웃었다. 귀엽다.

도저히 귀엽게 넘어가도 될 내용은 아니었지만 에밀리아의 임기응변이 레굴루스와의 싸움을 완전 승리로 인도해 준 것이다.

다양한 것이 헛수고가 아니었다.

에밀리아의 얼음 속에 갇힌 과거도, 스바루가 실컷 페널티로 고통받은 기억도.

——모든 것은 여기서 레굴루스를 참패시키기 위한 복선이었다고, 그렇게 생각된다.

"_____."

에밀리아가 말없이 살짝 자신의 가슴을 만져 그 고동을 확인했다. 자신만의 심장 고동을 확인하고 부드럽게 미소 지었다.

"스바루가, 레굴루스의 심장을 잘 해치워 줘서 다행이야. 그게 없으면 나도 스스로 얼음에 가둘 수밖에 없어서…… 또 백 년 잠들었을지도 모르는걸."

"또또 그런다——. 아무리 그래도 그건 호들갑이지."

"_____."

"호들갑 아니었어?! 세상에, 나 종이 한 장 차이의 파인 플레이였다!"

스바루는 말없이 미소 짓는 에밀리아의 모습에 하마터면 금생의 작별이었음을 알고 안도했다.

만약 그리되었더라면 왕선이 문제가 아니며, 얼음에 갇힌 에밀리아를 녹일 방법을 찾아 온 세상을 헤매고 다니는 이야기가 시작될 참이었다.

"잠자는 공주를 둘이나 만들면 나 같은 화근덩어리가 따로 없을 수준이니 좀 봐줘."

아무튼 간에 에밀리아는 무사히 구원받았고 신부들의 생명도 구원받았다.

레굴루스와의 싸움은 일개 인간과의 싸움이라곤 생각할 수 없을 만큼 대규모 파괴를 도시에 새겼지만, 인적 피해만이라면 이쪽이 입은 피해가 거의 없다.

기껏해야 스바루의 부상이 늘어난 것과, 그리고——

"——라인하르트, 다친 데 치료도 안 하고 가 버렸는데 괜찮을까."

에밀리아가 어떻게 보면 스바루 이상의 부상을 입었을 라인하르트를 걱정하며 고운 눈썹을 찌푸렸다.

레굴루스 전에서 인적 피해는 주로 스바루와 라인하르트 둘에게 집중되었다. 특히 라인하르트는 진지하게 한 번은 살해당했을 정도다. 되살아났고, 애초에 살해당할 것이 전제인 교섭술이었기에 단순히 그의 규격외성이 증명되었을 뿐이지만.

그 규격외성을 더욱 증명하듯이 레굴루스를 격파하자마자 위험이 없음을 확인한 라인하르트는 다른 전국에 원군으로 갔다.

에밀리아와 전 신부들의 안전을 확보하라고, 그렇게 스바루에게 말을 남기고 간 건 함께 갈 여력이 남지 않은 스바루에 대한 배려이리라.

그렇기에 스바루 쪽도 라인하르트를 새삼스레 걱정하고 불안해하진 않는다.

"걱정할 필요 없어. 왠지 걔, 내버려 둬도 맘대로 미정령이 상처를 고쳐 준다고 그러고, 본인도 그렇게 말하더라."

"그렇지. 나랑 계약하지 않은, 자연의 미정령들이 다들 라인

하르트를 따라가서…… 라인하르트, 정령술사의 소질이 있을
지도 모르겠네.”

“내 개성이 날아가니 그러지 마!”

“그래? 둘이 같으면 친한 사이 같아서 좋을까 싶었는데…….”

귀여운 생각이지만, 그렇게 말하면 율리우스와도 친한 사이
라는 뜻이 되니 사양하고 싶다.

그리고 라인하르트의 경우, 정령의 힘을 빌리지 않아도 충분
히 최강이다.

레굴루스에게 라인하르트를 붙이는 건 스바루의 작전이었지
만 마지막에 달을 박차고 돌아왔다는 의혹을 포함해 그의 나 홀
로 인외마경에는 벌어진 입이 다물리지 않는다.

솔직히 같은 인간이라고는 생각할 수 없지만, 왕선 후보자의
기사라는 같은 입장이긴 한 것이다.

“에밀리아땅, 약해 빠진 나지만 버리지 말아 줘.”

“──어? 나, 스바루한테 엄─청 의지하고 있는걸?”

“그치! 그렇지! 앞으로도 전심전력을 다할게!”

“가, 갑자기 왜 그러니? 하나도 걱정 안 하고 앞으로도 잘 부
탁해……?”

신난 스바루에게 곤혹스러워하면서도 자상하게 받아들여 주
는 에밀리아에게 감사.

어쨌든 그쪽 이쪽 비교하는 건 그만두었다. 그야말로 타인을
평가 기준으로 삼아 못한 쪽을 봐야지만 안심하는 레굴루스 같
은 남자가 된다.

볼 만한 구석이 없는 저질스러운 인간성이었지만, 반면교사로서는 나쁘지 않다. 너무 나빠서 나쁘지 않은 건 역시 다시 볼 만한 점 같은 게 아니지만.

"……다른 사람들은 괜찮을까."

"그걸 위한 라인하르트. 그리고 까놓고 말해 다들 나보다 강하잖아."

맡기자고 말하면 남의 힘에 기대는 걸로 들리지만, 믿는다는 표현이 가장 적절하리라.

소속 진영은 다르고 언젠가는 한 왕위를 둘러싸고 부딪칠 관계이긴 하지만, 스바루는 그네들을 믿고 있었다. ──인격, 능력, 신념으로 이유는 여러 가지다.

하지만 아마 궁극적인 이유는 심플하게, 스바루는 함께 싸우는 그들을 좋아했다.

그렇기에 마녀교 따위에 지지 않을 거라고, 그리 믿으며 소망하고 있다.

"_____."

따라서 만약 누군가가 패배해 목숨을 잃는 일이 생기면── 필시 스바루는 『사망귀환』하기를 주저치 않을 것이다.

로즈월과의 계약을 따로 치더라도 구할 수 있을 가능성이 있다면, 구하러 가겠다.

아픈 것도 괴로운 것도 싫다.

하지만 슬픈 건 더, 더 싫은 것이다.

"──스바루."

그렇게, 『죽음』의 가능성을 생각하는 스바루에게서 무엇을 보았는지 에밀리아가 그 옆에 앉았다.

 그녀는 스바루의 왼쪽 어깨에 몸을 기대고 숙이려던 머리를 자상하게 쓰다듬었다. 간지러운 감촉에 목을 움츠리지만, 온기로부터는 떨어지기 어려웠다.

 "에밀리아땅?"

 "지금, 스바루와 같은 기분. 모두가 걱정되지만 이제 힘이 텅텅 비어서 도우러 갈 수 없어. 그러니까 나도 스바루와 같이 기도하게 해 줄래? 모두를 위해서."

 "_____."

 "꼭 괜찮을 거야. 왜냐면 다들 우리보다 엄—청 강하고, 엄—청 똑똑하고, 엄—청 노력가뿐이니까."

 스바루를 안심시키기 위해선지 말을 고르고 있는 에밀리아. 말을 가리는 센스가 참으로 그녀다워서 스바루의 마음이 아주 약간 편해졌다.

 ——믿자, 모두를. 맡긴 동료들을. 배웅한 라인하르트를.

 아무도 빠짐없이 아침을 맞이하고 싶다.

 그러면 스바루의 걱정거리는 이제 단 하나면 충분해진다——.

 "_____."

 무너진 성당 천장, 그 너머의 별이 뜬 하늘을 기도하듯 바라보는 스바루. 그 옆에서 에밀리아도 같은 밤하늘을 우러르며 천천히 다가붙는 두 사람의 시간이 흘렀다.

 그녀를 옆에 둔 채로 스바루는 자신의 가슴을 꼬옥 조용히 움켜쥐었다.

——레굴루스가 죽었다는 실감과 함께 정체 모를 뭔가가 가슴속에 쑥 들어왔다.

——그것은 페텔기우스가 죽었을 때, 역시 스바루에게로 파고든 뭔가와도 비슷해서.

"＿＿＿＿＿."

그것을 에밀리아가 깨닫지 못하게 그저 조용히.

그저 조용히 나츠키 스바루는 떠안았다.


——하늘에 기도하며 자기 자신에게 각오를, 별들이 지켜보는 앞에서 그저 조용히.


6


——시간은 스바루와 에밀리아가 동료들의 무사를 빌기보다 살짝 거슬러 올라간다.

그것은 오토가 펠트 일행과 함께 적과 마주하고, 가필이 『여덟팔』과 함께 핏덩이에 삼켜지고, 빌헬름이 후드를 떨어뜨린 젊은 날의 아내와 칼부림을 벌이고, 율리우스와 리카드가 짚이는 데가 없는 과거 추억에 분노를 느끼고, 신부의 양해를 얻지 않은 채 결행된 결혼식에 난입자가 있으며, 수문도시의 수로가 하얀 불꽃에 휩싸여——

──그리고 비전투원뿐인 도시청사에 누군가가 외부에서 침입한 순간이었다.

"짜자자잔─! 이 몸의 행차〜!"

그렇게, 카랑카랑하고 요란한 웃음소리가 도시청사의 한 방에 울려 퍼졌다.

귀가 따가워질 목소리로 웃는 것은 반짝이는 금발을 목 어림에서 치고, 빛나는 붉은 눈이 사랑스러운 어린 소녀다. 아리따운 용모의 소녀지만 그 몸에는 과도한 노출이 목적인 천 조각밖에 두르지 않아 정상적인 인간이라면 하나같이 일그러진 혐오감을 품게 했다.

아마도 그것이야말로 모든 의도에 침을 뱉을 괴물── 마녀교 대죄주교 『색욕』 담당, 카펠라 에메라다 루그니카의 악랄한 목적일 것이다.

그리고 그런 카펠라의 가학적인 눈초리를 받는 것이──

"네가, 『색욕』의 대죄주교……!"

분노로 목소리를 떨며 카펠라와 마주한 것은 황갈색 고양이 귀를 단 호리호리한 인물이었다. 그 인물은 두 손으로 단검을 쥐고 그 칼끝을 입구에 선 카펠라에게 겨누었다.

온몸을 피로 더럽히고 그 노란 눈을 팽팽한 감정으로 채운 자는 페리스였다. 페리스를 앞두고 카펠라는 "어라어라어라?" 하고 갸웃했다.

"뭐 때문에 니는 이런 네 남아 있대? 그거잖아요? 지금은 다

같이 일치단결! 도시를 지배하는 마녀교 놈들에게 정의의 심판을! 같은 전개잖아요? 그런데 따돌림? 그런 법이 있느냐고요! 안 그래요, 다들!"

"──오냐! 그렇고말고! 다 같이 힘을 합쳐서 이 도시를 지키자!"

"우리의 도시를, 아름다운 고향을 이 손으로 되찾는 거야!"

"정의를 위해서 싸우는 우리가 질 리 없어!"

"선한 행동에는 보답이, 악한 행동에는 화가! 이 싸움, 우리의 승리다──!"

카랑카랑한 카펠라의 찬동을 바라는 목소리에 늠름한 청년의 목소리가 이어졌다.

젊은 소녀의 용감한 목소리가 겹치고, 역전이 느껴지는 엄숙한 남자의 개가가 있으며, 이지적이고 묘령의 여자 목소리가 독려하듯이 고무를 호소했다.

어느 목소리에도, 그 말에 부끄럽지 않을 만한 의지와 각오로 가득했다. ──단, 그 말들을 읊는 입은 단 하나에 불과하다.

"라─고, 그런 멋있는 장면인 거 아녜요?"

그리고 그 말들을 읊은 것과 같은 입술이 그때까지 나온 말 전부를 배신하는 모멸과 조롱, 씻어낼 도리 없는 악의를 치덕치덕 바른 목소리로 내뱉었다.

그 뒤로 목소리에 맞추어 그 모습을 자유자재로 변모시키던 카펠라는 원래 소녀의 모습으로 돌아오더니, 그 가는 어깨를 안고 도리질하며 몸부림쳤다.

"그, 것이······『색욕』의, 권능······."

"꺄하하하핫! 그렇게 흥분한 눈으로 보지 말아 줄래요? 그렇게 껄떡대지 않아도 제 사랑은 너 또한 차별 안 한다고요! 어떤 형태의 사랑이라도…… 오?"

소리 높여 웃던 카펠라가 거기서 말을 중단하고 흥미롭게 붉은 눈을 가늘게 떴다. 그 시선이 가는 곳은 페리스의 등 뒤, 그가 단검을 들고 지키고자 필사적인 존재였다.

침대에 뉘인 긴 머리의 여성. 그것은 페리스에게 생명과 똑같은 존재였다.

카펠라가 침입한 방은 도시청사의 싸움으로 중상을 입어 지금도 아물지 않는 고통에 견디고 있는 크루쉬, 그녀가 안정을 취하는 방이었던 것이다.

카펠라는 페리스 너머로 침대를 바라보며 "아—, 역시." 하고 심드렁한 한숨을 쉬었다.

"피에 져 버렸나요. 뭐, 안 되겠거니 싶었더랬죠. 싶었더랬는데, 실제로 그러면 실망이 크네요. 그럭저럭 고귀한 피였을 텐데."

"닥쳐! 크루쉬 님을 이렇게 만들고, 무슨 속셈이야?! 어떡하면 고칠 수 있어?!"

유감보다 따분함의 기색이 짙은 카펠라의 한숨에 페리스의 노성이 겹쳤다. 페리스는 고운 옆얼굴을 분노 일색으로 물들이고 손에 든 단검을 앞으로 내밀었다.

아름다운 장식과 사자 문장이 조각된 단검은 실전용이라기보다 관상용이다. 페리스 본인의 미숙한 기량과 합쳐 서글프게도 놀이용 소품으로밖에 보이지 않았다.

"그런 장난감 휘두르며 고함쳐 대고, 귀여운 얼굴이 망가지 잖…… 응?"

혀를 내밀고 웃던 카펠라가 거기서 말을 중단하고 눈썹을 찡 그렸다.

"우와, 징그러. 엉? 니 그 부자연스러운 몸, 대체 뭐래요. 남 자면서 그 몸은…… 자기 몸을 얼마나 만지작거렸대요? 솔직 히 식겁하는데, 나."

"으――."

"그 복장, 남자의 방심이라도 유도하려고 그래요? 그렇다면 인간이란 것의 시답잖음을 잘 이해하고 있잖아요. 그래그래. 남자는 바보고, 여자는 쓰레기고, 인간은 하나같이 다 추잡한 것들뿐……. 제 취향의 결론이지만요."

"시끄러워! 쓸데없는 소리를……. 질문에 대답해! 크루쉬 님 께 무슨 짓 했어!"

"아― 진짜, 시끄럽네."

일방적으로 떠드는 카펠라에게 페리스가 치욕을 참고 다시 고 함쳤다. 하지만 그 말에 카펠라는 어깨를 으쓱이고, 다음 순간 그 안면이 주르륵 녹았다.

숨을 집어삼킨 페리스 앞에서 녹은 카펠라의 모습이 꿈틀대면 서 변했다.

그리고 눈 깜빡인 직후에 그곳에 나타난 것은――

"아, 으……."

"――놀랄 게 뭐 있어요?"

그렇게 말하고 자신의 긴 녹발을 매만진 것은 페리스가 가장 사랑하는 얼굴이었다.

앞에 선 카펠라의 모습이 순식간에 페리스가 경애하는 주인으로 바뀌었다. 그 사실에 페리스의 얼굴이 창백해지며 손에 쥔 단검이 가늘게 떨렸다.

"봐, 미운 상대가 사랑하는 얼굴이 되자마자 이러잖아요. 이 얼굴, 이 몸, 이 목소리로, 그런데도 내용물은 저인데."

카펠라가 본 적도 없는 크루쉬의 얼굴로 웃고 천천히 앞으로 나섰다.

그녀는 페리스의 눈과 코 앞, 숨결이 닿을 거리까지 걸어오더니 거기서 떨리는 단검 칼끝을 자신의 가슴에 맞추었다. ── 크루쉬의 모습, 그 가슴의 중심에.

"미운 상대가 눈앞에 있다고요. 제 원수를 갚아 주세요. 괴로워, 괴로워, 빨리, 제발……. 자, 당신의 주인이 그리 말하고 있어요."

꾹 단검을 밀어 넣으면 그대로 심장을 찌를 위치다. 그 자세로 사랑스러운 목소리가 희롱하듯이 페리스의 마음을 쥐어뜯었다.

"──하아, 하아."

호흡이 가빠지며 시선이 또렷해지지 않는다. 천금 같은 상황. 단검을 뻗으면 심장을 찌를 수 있다. 주인의 원수를, 복수를 할 수 있다.

단지, 그 적이, 경애하는 사람과 같은 모습을 하고 있을 뿐이지.

"찔러, 찔러, 찔러, 찔러, 찔러, 찔러."

"────."

"찔러——!"

저주처럼 명령받아 눈을 부릅뜬 페리스가 단검을 세게 밀었다.

"————."

그, 날카로운 칼끝이 인체를 쉽게 뚫고 뼈 사이를 지나 내부에 있는 심장을 파괴. 단검을 틀어 당기니 중요한 혈관이 끊어져 피의 분출과 함께 단검이 뽑혔다.

"하, 하악."

피가 몸에 튀지 않게 물러난 페리스가 가쁜 숨을 쉬었다. 그 손에서 소리와 함께 단검이 떨어지고, 바닥에 떨어진 피가 천천히 번져나갔다.

"아파, 아파요……. 왜, 왜 이런 짓을……."

그리고 가슴이 찔린 카펠라가 무릎을 꿇고 입에서 대량의 피와 원성을 흘렸다.

크루쉬의 외견인 채로, 아픔과 괴로움에 그 얼굴을 일그러뜨리며 촉촉한 호박색 눈이 믿을 수 없는 것을 본 것처럼 페리스를 응시했다.

그, 결코 진짜는 아닌데 가장 사랑하는 사람과 똑 닮은 표정에 페리스가 이를 갈았다.

"네가, 찌르라고 그랬잖아! 나더러, 크루쉬 님을 찌르라고!"

"괴로워, 괴로워……. 너무해, 용서 못해. 그렇게, 나랑 사랑을 나누었으면서……."

"큭——! 나랑 크루쉬 님은, 그런 싸구려 관계가 아냐!"

"아, 그런 건가요? 요거 연출을 실수해 버렸네요—."

카펠라가 싹 털어 낸 표정으로 일어나서 소매로 가볍게 자기 가슴을 훔쳤다.

즉시 거기에 깊이 새겨졌을 상처가 사라지고 고통에 일그러지던 표정도 어디 갔는지 카펠라는 태연한 기색으로 어깨를 으쓱였다.

"역시, 할 거면 사전 준비부터 안 하면 의미가 없죠. 서로 사랑하는 주종을 서로 죽이게 한다, 그 각색에 사랑의 모독이 있는 법인데…… 아아, 실패, 실패."

"이런 촌극을……. 넌 뭘 하고 싶은 거야, 시키고 싶은 거야!"

"딱히? 의미 따윈 없는데요? 남편에게 아내의 모습을 죽이게 하는 거야 심심풀이 같은 짓이고, 자신의 기사를 여장시키는 주인의 취미는 도착적일까 싶었을 뿐."

"나랑 크루쉬 님의 약속을, 그런 허울뿐인 거랑 같이 보지 마!"

"성벽이나 성애가 허울이라니, 그거야말로 얕은 생각이 다 드러난다는 게 제 생각인데 말이죠—."

언성을 높인 페리스의 항변에 갸웃거린 카펠라가 그렇게 말했다.

그다음 카펠라가 오른손을 들어 올리자 그 형태가 크게 변용했다. 손바닥이 거대한 꽃잎이 되어 뻗어 나간 촉수가 페리스를 후려쳐 벽에 처박았다.

"커, 흑……."

"외견대로 약해 빠진 몸뚱이잖아요. 그렇게 여자가 되고 싶으면 제가 여자로 만들어 줄까요? 뭐든지 바라는 걸 달아 준다고요?"

"내, 몸 따위, 아무래도…… 그보다, 크루쉬 님을……."

"항, 어처구니없어. 자기보다 남이 소중해~라는 걸만 번지르르한 말 집어치워 줄래요? 그리고 피에 진 몸을 고치는 법? 그딴 거, 제가 알고 싶을 정도거든요."

"끼, 아아아아!"

꿈틀대는 촉수가 페리스의 손발을 묶고 그 호리호리한 몸을 강력하게 조였다. 카펠라는 뼈가 삐걱거려 고통에 절규하는 페리스를 즐겁게 응시했다.

"자자, 그럼, 헤어지기 섭섭하지만 너무 오래 있을 수도 없어요. 여하튼 전 소중한 수집품을 찾아야 해서. 이쯤에서⋯⋯."

"──물."

조여진 페리스가 별안간 절규 외의 말을 입에 올렸다.

그 말에 카펠라는 눈썹을 치켜들었다. 그리고 흥미롭게 그의 입가에 귀를 대고 물었다.

"뭔데 뭔데? 목숨 구걸? 저한테 최후에 전하고 싶은 말은~?"

"이, 무용지물⋯⋯."

노란 눈에 깃든 증오, 동시에 내뱉듯이 페리스가 말했다.

그 직후, 페리스의 몸을 묶고 있던 촉수가 터지고 꽃잎이 색을 잃고 썩어 문드러졌다. 그, 자기 오른팔의 부식에 카펠라가 "하?" 하고 빤히 자기 팔을 쳐다보았다.

"어──라라? 이거, 제 손에 무슨 짓거리를 하고⋯⋯."

"──마, 성격 나쁜 기야 그쪽 전매특허가 아이란 야기려나."

썩어 문드러진 촉수로부터 페리스의 몸이 해방되었다. 그 사실에 고개를 모로 꼰 카펠라를, 또 다른 목소리가 가로막고── 찰나, 발사된 빛이 카펠라의 안면에 꽂혔다.

"——카페."

한순간, 실내의 온도가 상승했나 착각할 만큼 고열의 열선, 그 것이 곧게 발산되어 직격을 맞은 카펠라의 안면, 그 왼쪽 절반이 불에 사라졌다.

고기가 타는 탄내와 탄화한 상처를 드러내며 몸을 뒤로 꺾은 카펠라가 크게 물러났다. 그 상처를 뱀처럼 길게 뻗은 혀가 핥고, 괴물이 웃었다.

"후훼. 옹오의얼을힌데…… 동료의 얼굴인데 인정사정없네요."

말하는 중에 타 버린 안면이 재생, 부자연스러운 말이 복원되었다. 고통조차 무시한 카펠라의 눈빛, 그것이 가는 쪽은 방 안쪽의 침대였다.

거기에 누워 있었을 장발의 여성은, 카펠라에게 손바닥을 겨누고 있었다.

"피에 진 게 거짓말……인 건 아닌가 보네요. 인마, 누구세요?"

"초대받지 못한 손님이 꽤 잘난 척하지 않나. 내가 누구냐, 그 라코롬 물으믄, 그라네."

물결치는 머리카락을 등에 흘리고 그렇게 말하며 해사하게 미소 지은 것은 크루쉬 칼스텐——이 아니라, 그녀를 대신해 침대에 누워 있던 다른 인물.

그것은——

"내는 아나스타시아 호신. ——지금은 이 도시의 대표 대리쯤 되긋네."

"그건 또, 대차게 저질러 주셨네. 동료의 안면을 태우다니 무자비한데요."

납작한 가슴을 편 아나스타시아, 그 말에 카펠라가 말끔히 복원한 자신의 얼굴을 쓰다듬었다. 그 이목구비는 크루쉬가 아니라 원래 카펠라의 것으로 돌아왔다.

그 얼굴을 바라보며 아나스타시아는 "동료라 카다니." 하고 고개를 가로저었다.

"우리는 장사 적수……가 아이라 경쟁 상대데이. 그런 상대의 모습을 흉내 낸 정도로 내 손은 주춤하진 않제."

"그럼 일부러 얼굴을 노린 건 장래의 적에 대한 화풀이란 뜻이에요?"

"그런 공사혼동 안 한다. 머리를 노리는 기는 단순히 거기 없애면 죽을까 기대했을 뿐."

실제로 노린 대로 카펠라의 머리는 날아갔다. 하지만 그것은 카펠라의 생명을 빼앗을 수준의 성과에 이르지 못했다. 카펠라는 건재. 그 모습에 아나스타시아는 한숨 쉬었다.

"기대했는디, 죽질 않네."

"웃는 얼굴로 겁나는 여자잖아요! 망설임 없이 여자의 얼굴을 태우다니, 합리적인 걸 넘어서 이기적이라 실로 제 취향의 썩을 암코기!"

"댁한티 호감 사는 긴 내도 사양이구마. 그 와, 내 취향은 털 수북해서 만질 맛이 좋은 사랑받을 계열이라고 정해졌고."

카펠라의 모욕적인 발언에도 아나스타시아는 담담한 대응을 고수했다. 대죄주교의 과격한 언동도 그녀에게 걸리면 무례하고 악질적인 손님의 접객과 별 차이가 없다.

그렇긴 해도——.

"제가 오기를 기다리셨다, 그런 느낌이잖아요. 제가 오리란 확신, 없었을 텐데요?"

"——뭔 말이고? 나츠키가 한, 그 연설 몬 들었나? 그라믄 반드시 여기에 올 끼지. 그도 그럴 게, 댁들 성격 최악 아이나."

"흐응."

"장사는 상대가 하고 싶은 걸 몬 하게 하는 기캉, 이쪽 하고 싶은 기를 끝까지 하믄 이긴데이. 그라니께 싸움에도 같은 짓을 해 봤을 뿐이데이."

그리고 대죄주교 중에서도 『색욕』의 카펠라는 특히 그런 기분이 강하다고 추측했을 뿐.

따라서 아나스타시아는 함정을 치고 카펠라가 도시청사로 쳐들어오기를 기다렸다. 당연히 진짜 크루쉬와 부상자들은 일시적으로 피난소로 옮겼다.

건물에 남아 있는 건, 이 방의 페리스와 아나스타시아, 그리고——.

"마, 다들 순순하니께, 내캉 저 공주 외에는 눈치 몬 챘던 것 같데야."

"그래서, 잔머리 굴러가는 니가 빈집을 지키며 나를 기다린다……. 그건 대정답. 하지만 날 너무 얕보고 있지 않나? 그쪽 고양이 귀도, 아가씨도, 양쪽 다 제대로 저랑 붙을 수 있을 것처럼 보이지 않는데요."

"아가씨라니 부끄럽데이. 이래 봬도 내는 연장자에 속한다카이?"

입술을 핥는 카펠라 앞에서 아나스타시아가 자신의 **뺨**에 손을 짚고 대답했다.

그 당당한 태도에 카펠라는 미심쩍은 기색을 얼굴에 드리우며 입술을 뒤틀었다.

"그 여유, 목 아래가 애벌레가 되어도 남아 있을지 시험해 봐 주죠."

"게 무섭데이. ……무서우니께네, 일단 작별하까."

"————."

아나스타시아의 거절, 거기에 한순간 허가 찔렸다가 즉각 카펠라는 이해했다.

아나스타시아의 여유를 뒷받침하는, 대기 자세에는 이유가 있다고.

"오는 건 알았다고 카지 않았나. ——그라믄 환영할 준비도 안 하는 장사꾼은 이 세상에 한 명도 없데이."

말을 마친 직후, 아나스타시아가 발끝으로 방바닥을 가볍게 두드렸다.

짧게 두 번, 마치 무슨 신호처럼—— 그 즉시 카펠라의 발밑에서 바닥이 갈라지고 그 자세가 무너진 채로 붕괴하는 바닥째 아래층으로 추락한다.

방의 바닥이 뚫리고 추락하는 아래층에도 마찬가지로 구멍이 있다. 카펠라는 그 구멍을 지나쳐 그대로 단숨에 최하층으로——
1층보다 더 아래, 지하 공간에 처박혔다.

철퍽 하는 소리를 내며 카펠라의 몸이 추락 시체처럼 찌부러
졌다. 무방비하게 바닥에 처박혀 차가운 지면 위로 어린 몸이
질퍽질퍽 찌그러졌다.

하지만 그런 추락 시체로 있는 것도 불과 몇 초였으며——

"꺄하하핫! 뭐야 이거 뭐야 이거, 대단해! 즐겁게 해 주잖아요!"

빈사든 임사든 죄다 무시하고 그저 결과만을 참조한 카펠라가
폭소했다. 매복당해 얼굴이 타고 높은 곳에서 추락해 찌부러진
것을 진정 유쾌한 듯 웃어 넘겼다.

컴컴하고 차가운 습한 공기가 감도는 공간이다. 도시청사의 지
하라기보다는 온 도시에 깔린 지하수로, 그 점검용 구획쯤 되리라.

카펠라는 바로 옆을 흐르는 물소리와 불어오는 바람을 온몸으
로 맛보면서 천장을 우러르고 자신이 떨어진 아득히 높은 곳으
로 시선을 보냈다.

"이렇게 열렬한 환영, 자유자재로 크기가 바뀌는 가슴이 설레
잖아요. 빨리 돌아서 꼭 껴안아, 제 가슴속에서 저 말고 아무것
도 사랑할 수 없게 다시 버릇을 들여 줘야……."

"——못 돌아갈걸."

별안간 뺨을 붉히며 흥분에 몸부림치던 카펠라에게로 누군가
가 말했다.

낮게 웅웅 울리는, 나른한 남자의 목소리다. 그 목소리에 카펠
라가 돌아보자 지하의 어둠에서 누군가가 걸어 나왔다. 그 상대

의 모습에 카펠라는 강한 혐오를 띠었다.

"내 미의식은, 자신의 추함을 감추고 싶어 하는 놈에게 자비가 없는데요?"

"그러시냐. 안심하셔. 내 미의식도 너한테 용서할 맘 없다."

상대는 경멸이 강한 카펠라의 말에 응수하고 보는 쪽도 마음이 무거워질 한숨을 쉬었다.

그리고——

"위에서 들었지? 네 움직임은 우리 쪽 성격 나쁜 일당에게 간파당했다고. 그리고…… 성격 나쁜 걸로 내 공주보다 더한 짝이 있을 리 있겠냐."

말하면서 동시에 지하에 울린 것은 묵직하게 칼 뽑는 소리. 날폭이 두꺼운 검이 칼집에서 뽑혀 나와 둔탁한 빛이 어둑한 곳에 흐릿하게 남자의 모습을 비추었다.

외팔이 남자가 그곳에 서 있었다. 검은 투구를 쓴 남자였다. 해괴한 복장의 이방인이었다.

그 남자는 카펠라를 향해서 그 외팔로 뽑은 청룡도의 칼끝을 겨누고——.

"마중 나오자마자 좀 그렇지만, 오늘의 난 기분이 더러워. 그러니까—— 내가 죽기 전에 얼른 집에 가라, 연체생물."

《끝》

# 후기

——레굴루스 씨의 역겨움, 모두에게 전해져라!

이 인사도 이번으로 끝입니다. 나가츠키 탓페이이자 네즈미 이로네코입니다.

이번에 본편 19권, 함께해 주셔서 감사합니다!

18권 후기에서 저는 역전극을 참 좋아한다고 썼죠. 하지만 그와 비슷한 수준으로 저는 아군이 결속해 강적과 맞서는 전개를 아주 좋아해요!

다양한 사정, 복잡한 관계에 놓인 캐릭터들이 한 거악에 하나로 뭉쳐 도전한다. 이 5장의 이야기는 그런 전개를 그리고 싶어서 생겨났습니다.

이번 권에서 결판난 싸움이 있다면 아직 더없는 혼전 속에 빠진 전장도 있습니다. 수문도시 프리스텔라의 싸움도 최종 국면. 여러분, 다음 20권도 기대해 주세요.

또한 이번 권 띠지에서도 발표됐지만 리제로의 애니메이션 2기가 결정됐습니다! 영화화 및 눈 축제 참가 등, 리제로는 다양한 행사를 보여 드렸지만 또 한 번 TV 애니메이션으로 움직이고 말하는 나츠키 스바루 일행이 돌아옵니다!

속보는 앞으로 더 두고 봐야겠지만 작가는 본편 집필에 더불어 1기를 넘는 기대와 협력을 아끼지 않을 자세이니 여러분도 기대하고 계세요!


그럼, 완전히 익숙해진 지면 속에서 늘 하는 인사의 말로 옮기도록 하겠습니다.

담당자 I 님, 이번은 지난번 이상의 빡빡한 스케줄 중에 독감으로 피차 애먹는 등 고생하셨습니다. 내년에는 예방접종 제대로 받겠습니다! 아니, 진짜로!

일러스트의 오츠카 선생님, 프리실라의 새 의상 및 에밀리아의 신부 의상 등, 여러 포인트에서 정교하게 묘사해 주셔서 정말 감사합니다! 표지의 기세등등한 프리실라와 태평한 릴리아나, 바로 이거다! 라는 완성도더군요!

디자인 쿠사노 선생님, 정열적으로 타오르는 한 장을 아름답게 보여 주셔서 탄복했습니다.

월간 코믹 얼라이브에서는 마침내 마츠세 선생님의 3장이 피날레를 맞이합니다. 노자키 츠바타 선생님이 맡은 『검귀연가』 시리즈의 훌륭한 만화판도 더불어서 눈을 뗄 수 없습니다.

그 밖에도 MF 문고 J 편집부 여러분, 교열 담당자님과 각 서점, 영업 담당자님 등 많은 여러분께 신세를 졌습니다 여러분, 늘 감사합니다.

그리고 끝으로, 늘 응원해 주시는 여러분께 최대급의 감사를.

여러분의 응원 덕에 리제로의 TV 애니메이션 2기를 볼 수 있습니다. 자기 작품을 애니화하는 꿈을 두 번이나 이루어 주셔서 정말, 정말로 고마워요!

그럼 또, 다음 20권에서 만나 뵙죠! 모두에게 행복 있으라!

2019년 3월

《2019년도 바빠질 거라고 목을 풀면서》

# CHARACTER DESIGN

프리실라
새 의상
움직이기 편하게
가벼운 장비

백룡의 비늘
의상 디자인
임시 얼굴.

릴리아나

Liliana

"프리실라 님! 프리실라 님~! 큰일, 큰일, 큰일일 났어요오!"

"무어냐. 노래꾼이 파닥파닥 소란피우지 마라. 그 목, 함부로 낭비하지 말도록. 네 목은 오로지 내 조차 탄성이 나올 노래를 부르기 위해서만 써라."

"에잇, 그런 말씀이나 할 때가 아네요! 프리실라 님, 큰일 났어요! 리, 리, 리, 리제로의 TV 애니메이션, 제2기가 결정 났다구요오!"

"호오. 안색까지 바꾸고 웬 호들갑인가 했더니 그럭저럭 솔깃한 보고 아니더냐."

"그럭저럭 솔깃하다니 당치도 않은 말씀! 애초에, 애초에 말이죠?! TV 애니메이션 1기는 그런 식으로 끝났는데, 그 이상 도대체 뭘 하자고?!"

"당연히 미처 못 그린 뒷이야기겠지. 다소 전향적이 됐다곤 해도 필부는 필부……. 대중의 손가락 질을 받으며 웃을 살 만큼은 힘껏 발버둥 쳐야 할 게야."

"오, 오우야. 프리실라 님은 참 자비도 없으셔……! 근데! 근데 근데요! 실은 아직 소식이 더 있어요. 두다다당—!"

"흠, 좋다. 들어주마. 아뢰어 보라."

"예잇스! 전부터 말씀드린 OVA 제2탄 『빙결의 유대』 말인데요. 이쪽은 2019년 가을에 극장 상영하기로 결정됐어요!"

"반마와, 그치가 거느린 색깔 추레한 고양이의 만남 이야기 말이렸다. 소녀는 도무지 구미가 안 당기지만 애니 2기 전에 봐 두는 것도 나쁘진 않겠지."

"아아뇨오! 그리고 애니 관계라면 잊어선 안 될 『이세계 콰르텟』이 있어요, 프리실라 님! 줄여

Re: Life in a different world
from zero

프리실라

Priscilla

「세콰르」!"

세계, 콰르텟……? 그 해괴한 말은 무어냐. 죽고 싶은 것이냐?"

그렇게까지 말씀을?! 아뇨, 그게. 『리제로』와 『오버로드』, 『유녀전기』와 『이 멋진 세계에 축복
을」이 크로스오버한 작품인데, 이쪽도 4월부터 방송이 개시하기로 결정되어서, 거시기—, 프리실
라 님이 괜찮으시다면—"

————."

그게요. 축제 벌이듯 다들 크게 흥을 내는 자리구요. 춤추는 바보에 보는 바보, 너도 나도 다
보에 얼씨구절씨구 냥냥 같은 건데!"

제라. ……그렇군. 축제라면 됐다. 축제라면 소녀도 좋아해. 용서하마."

서받았다! 그, 그리고, 리제로의 본편 20권이 6월 발매 예정이에요! 자, 요렇게 소식이 여럿이
는데 어떠신감유, 프리실라 님!"

아, 칭찬해 주마. 제법 소녀를 추어올리는 재주가 있더구나, 노래꾼. 역시 넌 소녀 옆에 놔두고
자만……"

-음, 저, 그건 말이죠, 프리실라 님."

관없다. ——대신에 노래해라, 노래꾼아. 소녀를 즐겁게 하며 세계를 노래로 꾸미거라."

히입! 그럼 불초 릴리아나, 한 곡 뽑겠습니다! 『리제로, 앞으로도 잘 부탁해』!"

※ 일본어판 발매 당시 내용입니다.

# Re:제로부터 시작하는 이세계 생활 19

**2019년 08월 25일 제1판 인쇄**
**2021년 06월 15일 제4쇄 발행**

**지음** 나가츠키 탓페이 | **일러스트** 오츠카 신이치로

**옮김** 정홍식

**발행** 영상출판미디어(주) | **등록번호** 제 2002-000003호
**주소** 21311 인천광역시 부평구 평천로 132 (청천동)
**전화** 032-505-2973(代) | **FAX** 032-505-2982

**ISBN** 979-11-6466-434-4
**ISBN** 979-11-319-0097-0 (세트)

Re : ZERO KARA HAJIMERU ISEKAI SEIKATSU volume 19
ⓒTappei Nagatsuki 2019
First published in Japan in 2019 by KADOKAWA CORPORATION, Tokyo.
Korean translation rights arranged with KADOKAWA CORPORATION, Tokyo.

노블엔진(NOVEL ENGINE)은 영상출판미디어(주)의 라이트노벨 및 관련서적 브랜드입니다.

# 나가츠키 탓페이
# 관련작 리스트

Re : 제로부터 시작하는 이세계 생활 1~19
Re : 제로부터 시작하는 이세계 생활 단편집 1~4
Re : 제로부터 시작하는 이세계 생활 Ex 1~3
Re : 제로부터 시작하는 이세계 생활 Re:zeropedia

## [코믹스]

Re : 제로부터 시작하는 이세계 생활 제1장 왕도의 하루 1~2 (완)
· 만화 : 마츠세 다이치 (원작 :나가츠키 탓페이/캐릭터 원안 : 오츠카 신이치로)

Re : 제로부터 시작하는 이세계 생활 제2장 저택의 일주일 1~5(완)
· 만화 : 후게츠 마코토 (원작 :나가츠키 탓페이/캐릭터 원안 : 오츠카 신이치로)

Re : 제로부터 시작하는 이세계 생활 제3장 Truth of Zero 1~5
· 만화 : 마츠세 다이치 (원작 :나가츠키 탓페이/캐릭터 원안 : 오츠카 신이치로)

## [단행본]

Re : 제로부터 시작하는 이세계 생활
오츠카 신이치로 Art Works Re:BOX
· 오츠카 신이치로 (원작 :나가츠키 탓페이 / KADOKAWA)

『온리 센스 온라인』의 작가가 선보이는
좌천기사의 마물 목장 스토리, 개막!!

# 몬스터 팩토리

## 1
~좌천기사가 시작하는 마물 목장 이야기~

모든 인종이 태어나면서 신에게 【가호】를 받
는 세계. 【강건】의 재능을 지닌 왕국 기사 코티
스 리버틴은 전투에는 맞지 않는 가호라는 이
유로 변경의 목장 마을로 좌천되는데—
"그건, 아주 목장에 잘 맞는 【가호】잖아요!"
마을에서 만난 마물 목장 처녀 레스카. 우여
곡절 끝에 한 지붕 아래에서 살게 된 그녀와 지
내는 생활은 놀라움이 가득했다! 물을 정화하
는 슬라임 통에 물 넣기, 걸어 다니는 버섯 수
확, 밤에는 마물 재료가 듬뿍 들어간 요리. 튼
튼한 몸만이 자랑거리였던 남자는 어느새 소녀
에게, 그리고 이 변경 마을에서 점점 인정받게
되는데……. 그런 느낌의 세컨드 라이프 in 마
물 목장 이야기가 시작됩니다.

 아로하자초 지음 | 야노 미츠키 일러스트 | 2019년 9월 출간
청춘의 상상, 시동을 걸어라!